신화 전설이 된
영웅의
이세계담 7
타테마츠리 / 일러스트 미유키 루리아

"때리면 돼요."
???

말을 쥐어짜듯 리즈는
목이 쉬어라 외쳤다.
"어떻게 하면 좋을지 모르겠어!"
리즈

클라우디아
"너무 일편단심이라
질투가 나네요."
"너무 예민하게 생각한 거야."
흑진왕
수르트

# 이세계담 영웅의 신화와 전설이 된

7

타테마츠리 지음
미유키 루리아 일러스트
송재희 옮김

# INDEX

## 프롤로그

시체 냄새가 감돌았다.

후각이 이상해질 만큼 꺼림칙하고, 속이 쓰릴 만큼 생생한 악취가 공기를 침식했다.

초원을 뒤덮은 것은 불탄 병사의 시체. 모두가 고통스러운 표정으로 죽어 있었다.

바람이 불자 전장의 흔적인 열기가 주변 일대에 퍼졌다.

"가시려고요?"

"그래……."

말 못하는 송장이 가득한 정경 속에서 그 인물은 자은(紫銀)의 소녀에게 대답했다.

지면에 떨어진 깃발의 잔해를 주워 든 인물의 표정은 짐작할 수 없었다.

가면이 그 얼굴을 가리고 있었기 때문이다.

"이건 시작에 불과해."

억양 없는 음성을 통해 그가 남성임을 알 수 있었다.

그러나 슬퍼하고 있는지, 웃고 있는지, 희로애락은 전혀 느껴지지 않았다.

죽음과 증오에 찬 옛 전쟁터에서 가면 쓴 남자는 고개를 돌려 주위를 둘러보았다.

가면 아래— 어둠에 휩싸인 오른쪽 눈에는 황금빛이 어려 있었다.

"정체되어 있던 1000년의 시간이 움직이기 시작했어."

가면 쓴 남자는 조용히 한 걸음 내디뎠다.

검게 피가 엉겨 붙은 잡초를 밟으며 망설임 없이 여유롭게 앞으로 나아갔다.

그의 걸음을 멈출 자는 이 세계에 존재하지 않았다.

죽음의 꽃이 흐드러지게 핀 세계에서 그 외의 산 자는 존재할 수 없듯이…….

"세계에 소란이—『전환기』가 찾아온 거야."

누군가에게 고하는 것은 아니었다.

하지만 그 목소리는 누군가에게 전달되기를 바라는 것처럼 떨리고 있었다.

그러나 그에게 대답할 자는 이곳에 존재할 수 없었다.

"종착점은 정해져 있어."

천공을 향해 손을 든 가면 쓴 남자는 태양을 세게 움켜쥐었다.

"—모든 것은 하나니까."

# 제1장 어긋나기 시작하는 톱니바퀴

이른 아침— 태양이 뜬 지 얼마 되지 않아 연무가 낀 것처럼 하늘 끄트머리가 여전히 어둑한 시각이었다.

주위를 덮은 아침 안개에 거리는 물 밑에 가라앉은 것처럼 사라져 있었다.

지상이 보이지 않는 가운데, 아득한 동쪽 끝에 보이는 것은 웅장한 그라우잠 산맥이었다. 쌀쌀한 오전의 햇빛을 받아 정상에 쌓인 흰 눈이 빛났다.

그런 환상적인 백연의 세계에 정적과는 어울리지 않는 소리가 울렸다.

뒤숭숭하여 간담이 서늘해지는 격음이 아득한 저편까지 대기를 진동시키며 퍼져 나갔다.

엄숙한 세계에 떨어진 어마어마한 금속음의 폭풍이 천공에 소용돌이쳤다.

신비와 소음이 뒤섞인 창궁 아래, 휘황찬란하다는 말이 잘 어울리는 대도시가 자리 잡고 있었다.

그란츠 대제국의 수도이자 흔히 대제도라고도 불리는 클라디우스.

1000년이라는 긴 세월을 거쳐 지금도 남아 있는, 세계에서 가장 오래된 도시 중 하나였다.

웅장하고 화려한 황궁 베네자인을 중심으로 운치 있는 거리가 사방을 둘러쌌고, 그것을 수호하듯 굳건한 성벽이 주위를 단단히 지키고 있었다.

그 정면 입구— 정문에 10만은 족히 넘을 군세가 정연하게 늘어서 있었다.

조금 전에 울린 이상한 소리를 낸 정체이자 이른 아침에 흉흉한 공기를 도래시킨 원흉이었다.

그래서 이날 대제도는 정적과는 무관한— 어울리지 않는 소음에 뒤덮여 있었다.

시작은 우렁찬 외침이었다.

"『군신(마르스)』!"

누가 먼저 말했는지는 분명치 않았다.

그래도 큰 목소리에 담긴 마음은 확실하게, 절실한 슬픔이 담겨 있었다.

"『군신』! 『군신』!"

안개를 날려 버릴 만한 열기가 급속도로 퍼져 나갔다.

한 명이 외치자 그 외침은 두 명이 되었고, 세 명이 되자 네 명이 되었다.

어느새 한 사람의 외침은 대합창이 되어 세계를 진동시키고 대지를 뒤흔들며 공기를 꿰뚫었다.

"『군신』! 『군신』! 『군신』! 『군신』!"

쌀쌀하기보다는 얼어붙을 듯한 기온임에도 불구하고, 식지 않는 열기가 차례차례 하늘로 쏘아 올려졌다.

"복수하라! 복수하라!"

휘몰아치는 외침의 압도적인 물량 앞에서, 하늘은 지배권을 사람들에게 내주고 말았다.

커다란 음성이 공기를 뒤흔들고, 증오 어린 성난 목소리가 구름을 찢어발겼다.

"복수하라! 복수하라! 복수하라! 복수하라!"

병사들이 계속하여 세차게 외치자, 그에 호응하듯 북이 울렸다.

"복수전이다! 분노의 철퇴로 여섯 나라를 때려눕히자!"

수많은 병사들이 검으로 방패를 때리자 맺혀 있던 안개 물방울이 튀었다. 반짝이는 물방울에 비친 것은 분노한 형상으로 발을 구르는 병사들의 얼굴이었다.

"이놈들! 지금은 묵도를 올려야 할 때다!"

소란 피우는 병사들을 보다 못해 상관이 제지했으나 기세는 멈추지 않았다.

불난 집에 부채질하듯 성난 열기는 눈에 띄게 높아질 뿐이었다.

"우리의 분노를 울려라! 우리의 슬픔을 울려라!"

제국력 1024년 3월 8일.

이날, 그란츠 대제국에 충격적인 소식이 전해졌다.

서방에 위치한 라릭스 평원에서 히로 슈바르츠 제4황자가 전사했다는 소식이었다.

"정령왕이시여! 우리의 분노를 들으소서! 우리의 슬픔을 보듬으소서!"

몇몇 기수가 큰 깃발을 들고 모래 먼지를 일으켰다.

대열의 틈을 누비듯 하늘을 향해 『사자 문장기』를 들어 올렸다.

"그란츠 열두 대신이시여! 우리의 길을 밝히고 어둠을 몰아내소서!"

1000년에 걸쳐 중앙(솔레이유) 대륙에 군림했던 왕— 그란츠 대제국은 흔들리고 있었다.

중앙 대륙의 서쪽 가장자리, 크림 지방을 지배하는 여섯 나라가 서방을 침공한 지 어언 두 달이 지나려 하고 있었다.

그 위협은 나날이 커졌고 피해는 헤아릴 수 없었다.

첫 번째로 백성들이 거처를 잃어 난민이 발생했다. 게다가 도적이나 괴물(몬스터)이 횡행하여 치안이 악화됐다.

두 번째로 국가의 상징인 5대 장군 중 두 사람을 잃어 국력이 약해졌다.

세 번째로 황제와 황족의 잇따른 전사로 인해 중추의 지휘 계통이 완전히 마비되었다.

하지만 이만한 희생을 치렀음에도 여전히 그란츠 대제국은 움직이지 않고 있었다.

광대한 영토를 가졌기에 그란츠 대제국은 계속 선수를 빼앗기고 있었다.

"여섯 나라에 천벌을 내리자! 분노의 벼락을 녀석들의 머리 위에 꽂아 주자!"

병사들의 분노는 침묵을 이어가는 귀족들을 향한 것이기도

했다.

"여섯 나라에 복수전을! 우리의 영광스러운 황제시여, 복수전을 펼치소서!"

병사들이 제각기 대제도를 향해 학수고대하며 외치기 시작했다.

지평선에 자리 잡은 거대한 성을 노여움이 깃든 눈으로 노려보았다.

주변 일대를 덮고 있던 안개는 걷힌 상태였다.

구름 사이로 태양이 얼굴을 내비치며, 여느 때처럼 아름다운 대제도를 내다볼 수 있게 되었다. 그러나 어쩐지 대제도를 뒤덮은 공기는 침체된 것처럼 보였다.

이번에 날아든 비보 때문인지, 아니면 분노에 찬 병사들의 마음을 배려한 하늘의 뜻인지, 아쉽게도 그 진의를 헤아릴 수 있는 자는 아무도 없었다.

그런 대제도의 정문을 지나면 중앙 가로— 노점 등이 늘어선 구획이 나온다. 지금은 여섯 나라의 침공에 상인들이 모조리 도망쳐서, 텅 비었다고는 할 수 없어도 예전과 같은 번화함을 잃고 한산했다.

그래도 적잖이 가게를 연 이들이 있었다.

하지만 바깥에 있는 병사들과는 딴판으로, 그들은 상인의 기질을 버리면서까지 소리 없이 묵도를 올리고 있었다.

그 시선 끝에서는 그란츠 열두 대신을 본뜬 거대한 조각상이 길 양옆에 늘어서서 사람들을 흘겨보고 있었다. 개중에서도 인기 있는 것은 『군신』이라고 불리는 신으로, 그란츠 대제국의 초석을 쌓아 올린 『쌍흑의 영웅왕』, 또는 『제2대 황제』라고 불리는 인물의 동상이었다.

"우리의 『군신』이시여…… 히로 제4황자님의 영혼을 돌려주시옵소서."

모여든 사람들은 『군신』 앞에서 무릎을 꿇었다.

계절은 봄을 맞이하려 하고 있지만 아직 추위는 계속되고 있는 시기였다.

토해지는 숨은 하얗고, 손은 곱아들어서 생각대로 움직이지 않았다. 보기만 해도 추위가 전해졌다. 하지만 중앙 가로는 지면에 무릎을 꿇고 기도를 올리는 자들로 넘쳐 났다.

고통에 얼굴을 일그러뜨린 자는 아무도 없었고, 모두가 슬픔에 눈가를 적시고 있었다.

조금 떨어진 곳에는 『미신(美神)[바르디테]』이라 불리는 동상이 세워져 있었다.

그란츠 열두 대신 중에서 유일하게 황제가 아님에도 신이 된 여성이었다.

두 팔을 벌린 여신의 발밑에도 사람들이 고개 숙여 기도를 올리고 있었다.

"부디…… 히로 전하를……. 초대 무녀공주님…… 제발, 제발……."

그렇게 신들에게 기도를 올리는 자들이 있는가 하면—.

"높으신 분들은 뭘 하고 있는 거야?! 히로 전하가 이끌었던 군대는 고작 4만이었다던데!"

"무모한 싸움에 보낸 그란츠 대제국 상층부는 무능한 놈들 뿐이야!"

"비전문가도 알 만한 일이거늘, 황제 폐하는 대체 무슨 생각이신 건지……."

그란츠 황가에 대한 불만을 숨기지 않는 자들이 황궁을 향해 투덜거리기도 했다.

그렇게 비난의 대상이 된 황궁에서는 긴급 군사 회의가 열리려 하고 있었다.

"……백성들의 불안은 나날이 커지기만 하는군."

창문으로 거리의 모습을 살피던 여성이 요염한 얼굴에 그늘을 더하며 뒤돌아보았다.

실내에 모인 유력 귀족들의 얼굴은 침통함에 지배되어 있었다.

'무리도 아니지만…….'

전력이 갖춰지고 있는 상황에 날아든 부고는 큰 충격을 동반했다.

탄식하는 듯한, 신음하는 듯한 무거운 분위기가 대기실에 감돌았다.

여성은 작게 한숨을 한번 쉬고서 자신에게 준비된 의자에 앉았다.

"그럼, 군의를 시작하지."

엄숙한 어조로 선언한 그녀는 미스테 칼리아라 로자 폰 켈하이트.

영롱한 미모 속에 관능을 담고 요염한 분위기를 자아내는 여성이었다. 그러면서도 켈하이트 가주 대리라는 직함에 부끄럽지 않은 오만한 대귀족의 엄격함도 겸비하였고, 아름다운 푸른 눈동자 안쪽에는 호승심이 반짝이고 있었다.

그러나 지금은 그 예리함도 모습을 감추고 초췌함이 크게 드러나 있었다.

“각지에서 불러들인 전력은 갖춰졌네. 남은 건 언제 출발할지인데…….”

일단 말을 끊은 로자는 귀족 제후의 안색을 엿보듯 주위를 둘러봤다. 이윽고 푸른 눈동자에 잡힌 것은 낯빛이 창백하고 얼굴이 갸름한 건강치 못한 인상의 남자였다.

“그 전에 한 가지 질문이 있습니다만?”

기리시 재상이 왼쪽 소매를 흔들며 오른손을 들었다.

로자는 말없이 발언을 허락했다.

“세리아 에스트레야 전하의 모습이 보이지 않는데, 어떻게 된 겁니까?”

그 지적에 다른 귀족 제후들도 이상하다는 얼굴로 방 안을 둘러보기 시작했다.

황제나 다른 황자가 건재했을 때는 리즈가 보이든 안 보이든 누구도 신경 쓰지 않았다. 그랬는데, 꼭 이럴 때만 눈치 빠르게 짚어 내니 로자는 자연스럽게 못마땅한 표정을 지을 수밖에 없었다.

"몸 상태가 조금 안 좋아진 것 같아서 오늘은 쉬라고 했네."
로자는 숨기고 있는 속마음을 들키지 않도록 주의하며 말했다.
이에 기리시 재상이 의심스러운 듯이 고개를 갸우뚱했다.
"괜찮으신 겁니까? 세리아 에스트레야 전하는 사령관으로서 여섯 나라를 정벌하러 가셔야 합니다."
"문제는 없네."
"그렇다면 다행입니다만……."
즉답하자 기리시 재상이 입을 다물었다.
귀족 제후도 추궁할 것 같지는 않았다.
여기서 불만이나 불평을 흘려서 리즈의 눈 밖에 나는 일은 피하고 싶을 것이다.
"의사에게 진찰도 받았는데 조금 쉬면 회복될 거라더군."
로자는 되도록 평정심을 가장했지만 마음속 불안은 점차 커지고 있었다.
리즈가 출진할 수 있을지 없을지 확실하지 않았다.
'연애나 사랑 같은 건…… 리즈에겐 아직 이르고 생경할 줄 알았는데…….'
히로가 전사했다는 소식을 들은 리즈는 그 충격을 버티지 못하고 과다 호흡을 일으켰다.
달래도 효과가 없었고, 혼이 나가 버린 그녀는 머리를 세게 부딪쳐서 기절하고 말았다. 의사의 말에 의하면, 깨어나지 않는 이유는 정신적 문제라는 것 같지만…….

'출진할 수 없게 되면 대역이든 뭐든…… 다른 수단을 생각할 수밖에 없겠지.'

지금은 켈하이트 가문의 저택에서 아우라와 스카아하가 리즈를 간호해 주고 있었다.

무엇보다 리즈의 심정은 아프도록 이해할 수 있었다. 자신도 울부짖고 싶은 기분이었다.

'그래도 입장이 허락해 주지 않아…….'

가까운 장래에 리즈도 슬픔을 버리게 될 것이다.

그녀가 목표하는 곳은 안이한 마음을 품은 채 군림할 수 없는 자리다.

그렇기에 지금만큼은…… 지금만큼은 시간을 주고 싶었다.

'리즈…… 실컷 울고 슬퍼하렴. 언젠간 그럴 수도 없게 될 테니까…….'

로자는 자신의 허리로 시선을 떨어뜨렸다. 히로가 출발하기 전에 건네줬던 『사자왕』을 보고, 그 칼자루를 움켜잡고서 숨을 토했다.

'원망할 거야.'

그렇게 마음속으로 중얼거린 뒤, 로자는 다시 주변으로 시선을 보냈다.

"그럼, 아까 말했듯 언제 출발할지에 관해서인데……."

"내일 당장 출진하는 편이 좋겠지요. 병사들을 억누르는 것도 한계일 겁니다. 이 이상 뒤로 미루면 무슨 일이 벌어질지 모릅니다."

기리시 재상의 말에 반응하여 로자가 의견을 말했다.

"아니, 이틀 후에 출발할 수 있을까?"

이에 다른 귀족들이 난색을 표하며 침음을 흘렸다.

이미 출발 준비는 갖춰져 있어서 내일 출진해도 문제가 없기 때문이다.

그러나 리즈가 언제 깨어날지 알 수 없는 상황에서 내일 출진하게 되면 여건이 몹시 어려워진다. 무엇보다도 대역이 필요하다면 되도록 시간을 확보해 두고 싶었다.

그래서— 진짜 이유를 숨기며 로자는 다음으로 중요한 용건을 입에 올렸다.

"실은 클라우디아 여왕 폐하께서 보낸 편지를 가지고 있네."

"레벨링 왕국…… 말입니까?"

"그래. 요전번에 온 편지에 의하면 여섯 나라 진영에서 뭔가가 일어나고 있는 모양이야. 다음에 도착할 편지에 자세한 내용이 적혀 있을 테지."

로자의 설명에 북방 귀족 중 한 사람이 입을 열었다.

"클라우디아 여왕 폐하는 뭘 하고 계신 겁니까?"

그녀가 원군으로 달려온 것은 이 자리에 모인 자라면 누구나 알고 있었다.

하지만 그녀의 군세는 대제도에 들르지도 않고 가로를 벗어나 행방을 감췄다.

"클라우디아 여왕 폐하는 자신의 군대만을 이끌고서 서방으로 향해 여섯 나라를 상대하고 계신 듯하네."

"맙소사……! 그럴 수는 없어!"

"그렇고말고! 이곳은 그란츠 대제국이지 레벨링 왕국이 아니야. 마족(조로스터) 따위가 뭘 자기 집 마당처럼 돌아다니는 거야?"

"자신의 입장을 이해하지 못한 모양이군. 엄중하게 항의해야 해."

한 사람이 감정을 폭발시키자 다른 귀족들도 제각기 욕을 내뱉었다.

1000년이 지났다고는 해도 마족에 대한 인족(휴먼)의 공포는 완전히 가시지 않았다.

무엇보다도 타국의 군대가 자국을 자유롭게 돌아다닌다는 말을 듣고 안절부절못하게 되는 것은 당연했다.

"제군의 마음은 잘 아네만…… 지금은 그럴 상황이 아니네."

기리시 재상이 꾸짖듯 엄중한 목소리로 말했다. 희미하게 어이없어하는 음색이 섞여 있는 것은 마족이라는 말만 듣고 난리를 피우는 귀족 제후들의 한심한 모습을 봤기 때문이리라.

"무엇보다도 그들이 자유롭게 행동하는 것은 히로 제4황자와 셀레네 제2황자의 조치네. 우리가 이러쿵저러쿵할 안건이 아니야."

특례를 준 제4황자는 전사했으나, 책망하면 괜한 화를 사게 된다. 다른 한 사람인 제2황자는 군사 회의에 나타나지도 않았고, 이번 작전에 동행하지도 않는다. 그렇다고 그들에게 쓴소리를 해 봤자 많은 적을 만들 뿐 이득은 되지 않기에, 내심 무슨 생각을 하든 간에 두 사람의 이름을 거론하는 것은 꺼려졌다.

귀족 제후들이 잠잠해지자 기리시 재상은 로자에게 시선을 보냈다.

"그래서, 내일이나 모레에는 편지가 도착하는 겁니까?"

기리시 재상의 물음에 로자는 힘있게 고개를 끄덕였다.

"그렇다면 내용에 따라서는 작전을 재고할 가능성이 크겠군요. 출진은 이틀 후에 하는 것이 좋겠습니다."

기리시 재상은 로자의 의견에 찬성한다고 말하듯 고개를 깊이 끄덕였다.

다른 귀족들도 대체로 찬성인 것 같았고, 반론이 없음을 확인한 기리시 재상이 말을 이었다.

"그리고 여섯 나라가 대대적으로 퍼뜨리고 있는 히로 제4황자의 전사에 관해서입니다만……."

"히로 전하가 전사했다는 보고는 신빙성이 있는 보고입니까?"

남방 귀족의 질문에 기리시 재상이 대답했다.

"여섯 나라의 거짓말일 가능성도 있지만, 히로 전하로부터 아무런 연락도 없는 것을 보면 사실일 가능성이 크겠지."

"그렇습니까……. 역시 과도한 기대는 하지 않는 편이 좋겠군요."

질문한 남방 귀족이 탄식하자 옆에 있던 풍채 좋은 다른 남방 귀족이 말을 이었다.

"그 탓에 국민들은 군부를 비난하고 있소. 국가에 대한 울분도 쌓여서 언제 폭발할지 알 수 없는 상황이오. 게다가 중앙 귀족의 잇따른 실태로 중앙의 전력은 대폭으로 감소했고 말이오."

"경이 말한 대로 국민들의 불안은 확실히 염려스럽네."

그렇게 대답한 사람은 기리시 재상이 아니었다.

남방 귀족을 통솔하는 5대 귀족 중 하나, 무주크 가문의 가주, 베투였다.

"국가를 원활하게 운영하기 위해서라도 불만을 다른 곳으로 돌릴 방법을 생각해야겠지."

자기 생각을 조금도 의심할 줄 모르는 자신만만한 말이었다.

기리시 재상은 귀찮다는 듯 눈썹을 찡그리고서 노골적으로 어깨를 떨궜다.

"무주크 경…… 일단은 서방에서 날뛰고 있는 여섯 나라에 대처해야 하지 않겠나?"

"기리시 재상님, 그 이유를 여쭈어도 되겠습니까?"

"그걸 꼭 물어봐야 아는가. 실제로 여섯 나라는 서방에서 날뛰고 있네. 녀석들을 격퇴하지 못하면 그란츠 대제국의 존재 자체가 위태로워져. 국민의 불만은 둘째 문제겠지."

"무슨 말씀을 하시나 했더니……."

베투가 기막히다는 듯 어깨를 으쓱였다.

"이틀 후에 출진할 거라면 국민들의 불만을 조금이라도 완화시켜야 합니다."

"완화고 자시고, 여섯 나라를 쫓아내지 못하면 안녕은 손에 넣을 수 없네. 국민들에게도 지금은 참으라고 할 수밖에 없어."

"아니요, 불만을 완화시킬 방법이 딱 하나 있습니다."

베투가 의기양양한 얼굴로 말하자 기리시 재상은 회의적인 눈길을 보냈다.

"그 방법이란 게 무엇인가?"

"이런 상황에서 할 말은 아닐지도 모르겠습니다만……."

그렇게 운을 뗀 베투는 어째선지 로자에게 시선을 보냈다.

"로자 님께서 말씀하지 않으시니 제 입으로 말하자면……."

뜸 들이는 말투에 흥미를 느낀 모두의 시선이 베투에게 모였다.

"로자 님은 아이를 가지신 모양입니다."

정적—.

모두가 입을 다물지 못했다.

어안이 벙벙한 얼굴로 로자에게 시선을 보냈고, 숨 쉬는 소리만이 실내에 감돌았다.

그러나 당사자인 로자도 경악하고 있었다.

"……뭐?"

베투가 무슨 소리를 하는지 이해할 수 없었기 때문이다.

그런 그녀를 보며 웃는 베투의 얼굴은 매우 불온했다.

사냥감을 발견한 포식자처럼 기뻐하며 눈을 가늘게 뜨고 있었다.

"자, 로자 님께서 직접 말씀하시는 편이 좋지 않겠습니까?"

"네놈이야말로 무슨 말을 하는 거지?"

로자가 의심스러워하며 얼굴을 찌푸렸지만, 베투는 개의치 않고 혀를 놀렸다.

"그렇게 쑥스러워하지 않으셔도 됩니다. ……히로 전하의 아이를 가졌다고 말씀하지 않으셨습니까."

순간, 모든 인간의 움직임이 강제로 멈췄다.

숨을 삼키는 기척이 감돌았고, 너무나 큰 충격에 눈을 깜빡이는 것조차 잊고서 다들 로자를 바라보았다.

불가능한 일은 아니었기 때문이다. 그녀가 제4황자의 애인인 것은 다들 아는 이야기였다.

그리고 임신했다는 말이 사실이라면 국민들은 기뻐하리라.

아니, 거기서 그치지 않을 것이다.

그녀의 아이가 국내뿐만 아니라 주변 나라들과의 사이에서도 완충재가 될 것은 상상하기 어렵지 않았다.

"정말입니까?"

동방 귀족이 조금 흥분한 모습으로 로자에게 물었다.

히로가 죽었을 가능성이 큰 지금, 그녀의 아이는 『군신』의 후손이었다.

모두가 눈빛을 바꾸었다.

그녀의 임신은 혈통의 단절이라는 최악의 결과를 저지한 것이기도 했기 때문이다.

주목을 받게 된 로자는 당황한 모습으로 자리에서 일어나려고 했다.

하지만 그녀가 입을 열기 전에 베투가 말을 꺼냈다.

"기대하는 건 이해하지만 출산까지는 아직 한참 남았네. 지금은 모체의 안정이 필요한 때야."

쏟아 내듯 말하며 베투는 귀족들을 둘러보았다.

"소란을 피워서 로자 님께 괜한 부담을 줘선 안 되지. 그렇지 않은가?"

그런 베투의 발언에 동의하는지, 로자와 같은 편일 터인 동방 귀족들도 입을 다물기 시작했다. 그 기세를 몰아 베투가 로자에게 조소 어린 시선을 보냈다.

"이번 전쟁은 대제도에서 결과를 기다리시는 편이 좋겠습니다. 안정기에도 접어들지 않았는데 무리했다가 최악의 결과가 닥칠지도 모르니 말입니다."

이에 로자 역시 벌어진 입을 다물 수 없었지만, 곧바로 정신을 차리고서 부정과 노여움을 나타내듯 책상을 세게 치며 자리에서 일어났다.

"어디서 그런 소문이 났는지는 모르겠지만, 나는 아이 따위 가지지 않았네."

순간, 시간이 멈춘 것처럼 냉랭한 공기에 귀족 제후들은 몸을 움츠린 채 경직되었다. 강하게 부정한 로자가 압도될 만큼 싸늘한 분위기였다.

그러나—.

"로자 님, 지금은 중요한 시기이니 숨기려고 하는 마음도 이해합니다만, 부끄러워하지 않으셔도 됩니다."

그 말을 시작으로 온화한 분위기가 실내를 가득 채웠다.

로자가 강하게 부정한 것이 오히려 진실임을 반증하는 이유가 된 듯했다.

“최근에는 어두운 화제뿐이었는데, 오랜만에 등장한 밝은 화제에 국민들도 기뻐하겠지요.”

당사자를 내버려 둔 채 거짓말이 사실로 왜곡되어 갔다.

“맞습니다. 경사스러운 일이니 숨기지 않으셔도 됩니다.”

숨 쉴 새도 없이 귀족들이 차례차례 축하 인사를 건넸다.

명백하게 무주크 가문의 입김이 작용한 무리였다.

같은 편인 동방 귀족들은 역시 사실이었다면서 눈을 반짝이며 아이처럼 기뻐하고 있었다. 너무나 기쁜 소식이라 의심할 생각도 못 하고 있었다. 이것이 상대의 의도임을 눈치채지 못했다.

만족스럽게 웃는 베투를 본 순간, 로자는 상대의 꾀에 빠졌음을 알았다.

전부 로자를 군대에서 배제하기 위한 술수였다.

억지스러운 수단이었으나, 희망에 매달리고 싶은 자들을 조종하는 가장 효과적인 수법이었다.

군의의 주도권을 베투에게 완전히 빼앗기고 말았다.

‘이런 상황에서는 무슨 말을 해도 안 통하겠군…….’

아이가 생겼음을 의심하는 자가 한 명이라도 있었다면 사정은 달라졌겠지만, 모두가 철석같이 믿어 버렸다. 본인이 필사적으로 부정해 봤자 믿어 주지 않는다. 당했다고 후회해도 이미 늦었다.

모든 것은 상대의 계획을 제대로 보지 못한 로자의 실책이

었다.

'하지만…… 목적이 뭐지? 녀석은 무슨 생각인 거야?'

이래서야 동방 귀족 지지자가 늘어날 뿐, 남방 귀족에게는 이점이 없다.

설령 이번 전쟁에서 로자를 제외하고 공적을 전부 가져가는 결과가 되더라도 『군신』의 아이 이상의 가치는 없을 것이다.

'뭘 꾸미는 거지……?'

로자는 베투를 노려보았지만 그는 조소를 담아 한번 힐끔 쳐다보기만 하고서 일어났다.

이제 무대는 자기 것이라고 주장하듯 크게 손짓을 곁들이며 목소리를 높였다.

"세리아 에스트레야 전하도 안 계시니 오늘 군의는 여기서 마치고 내일 계속하기로 합시다. 무엇보다 로자 님은 최근에 너무 바쁘셨습니다. 여기서 쓸데없는 부담을 드릴 수는 없죠."

로자를 걱정하는 시선이 오갔고, 자연스럽게 군사 회의는 해산하는 흐름이 되었다.

자리에서 일어난 귀족 제후들은 들뜬 마음을 감추지 못하고 빠른 걸음으로 퇴장했다. 로자는 그 모습을 멍하니 바라보다가 문득 베투가 입구로 나가는 것을 인지하고서 조용히 그 뒤를 쫓았다.

측근들을 데리고 복도를 걷는 베투를 뛰다시피 따라잡아 짜증스럽게 그 어깨를 두드렸다.

"……음? 로자 님, 무슨 일이십니까?"

돌아보았을 때, 이럴 줄 알았다는 것처럼 베투는 웃고 있었다.

로자는 순간적으로 욕이 튀어나올 것 같았지만 필사적으로 참고 점잖은 얼굴을 꾸몄다.

"무주크 경…… 아까는 무슨 생각으로 그런 거지?"

숨길 수 없는 분개를 드러내는 로자에게 압도된 베투의 측근들이 뒷걸음질 쳤다.

그런 그들에게 먼저 가라고 지시한 베투는 다시 로자를 향해 얼굴을 돌렸다.

"무슨 생각이냐고 물으셔도, 당신을 위해서 한 일이었습니다만."

여유로운 태도를 무너뜨리지 않고 도발적으로 웃으며 베투는 목울대를 울렸다.

"지금 그란츠 대제국이 어떤 상황인지 이해하신다면 오히려 제게 고마워하셔야 하는 것 아닙니까?"

"뭐라고……?"

눈썹을 찡그리는 로자에게 베투가 거리를 좁혀 다가왔다.

"동방 귀족이 쓰러지면 제가 곤란하거든요."

지금은 말이죠…… 라고 중얼거린 베투는 깔보는 것처럼 크게 어깨를 으쓱였다.

연극배우 같은 그 동작에 로자는 기분이 상했지만 묵묵히 그의 말을 기다렸다.

"히로 전하가 정말로 전사했다면 로자 님의 입장은 필연적으로 위태로워집니다."

로자는 켈하이트 가문의 전 가주의 아내였고, 그녀의 몸에 켈하이트의 피는 흐르지 않았다. 그래서 혈통을 중요시하는 무리는 그녀의 존재를 탐탁지 않게 여기고 있었다. 켈하이트 가주 대리라는 지위를 계속 유지할 수 있었던 것은 전적으로 히로라는 존재가 있었기 때문이고, 그것을 잃은 현재, 그녀의 지위는 몹시 위태로웠다.

"……읏!"

아픈 구석을 찔린 로자는 이를 으드득 갈며 날카롭게 눈을 빛냈다.

꿰뚫는 듯한 시선을 받아도 베투는 유쾌하다는 듯이 굴며 침착했다.

"히로 전하가 있었기에 동방 귀족은 하나로 뭉쳤습니다. 하지만 그가 없으면 다시 후계자 문제가 부상하겠죠."

베투는 로자 주변을 경쾌하게 걷기 시작했다.

아무도 없는 복도에 그가 내는 불쾌한 발소리만이 울려 퍼졌다.

"즉, 당신이라는 존재가 방해됩니다. 켈하이트 가문의 피가 일절 흐르지 않고, 친척 중에서 남편을 맞이하지도 않는 여자. 그런 사람이 가주 대리라면 귀찮겠죠. 아니, 걸리적거릴 뿐입니다."

히로의 아이를 낳을 가능성이 있고, 그가 옥좌에 가까웠기에 로자라는 존재에 가치가 있었다. 둘 다 잃은 그녀에게 남은 길은 실각뿐이다.

"네놈, 뭘 꾸미는 거지?"
로자가 따져 묻자 베투가 발을 멈추고 돌아보았다.
"그저 그란츠 대제국의 미래만을 생각하고 있지요."
"나를 리즈에게서 떼어 놓고 군부를 장악하려는 건가……?"
"하! 그렇군요……. 좋은 제안이네요. 군부를 장악한다, 실로 훌륭한 의견이에요. 그리고 지금의 저라면 가능하긴 하죠. 여섯 나라에 대승한다면 말이에요."
"마음대로 굴게 둘 것 같나?"
"그럼 이번 전쟁에 동행하실 겁니까?"
로자를 깔보듯 가슴을 쭉 편 베투가 더욱 짙게 웃었다.
"기대에 부푼 동방 귀족들의 희망을 뿌리치셔야 할 텐데요."
베투는 애매한 표현을 썼지만 그것은 명확한 협박이었다.
이제 와서 아이를 가지지 않았다고 하면 기대를 배반당한 인간은 어떻게 나올 것인가— 동방 귀족이 분열하려는 기운은 더 커지리라.
"……약점을 잡아서 만족하나?"
"약점을 잡다니 당치도 않습니다. 로자 님께서 많이 피곤하실 듯하여 쉴 수 있게 해드렸을 따름입니다."
뻔뻔하게 시치미를 뗀 베투는 로자의 어깨에 손을 올리고 귓가에 속삭였다.
"하지만 피로가 짙게 보여도, 당신의 아름다움은 조금도 변함없어. 심지어 장식으로 데리고 다니기에는 아까울 만큼 총명하시죠."

"그게 뭐 어쨌다는 거지?"

로자는 혐오감을 숨기지 않으며 베투의 손을 어깨에서 쳐내고 거리를 벌렸다.

"저는 당신을 높이 평가하고 있습니다. 적대 관계로 있기보다는 되도록 손을 잡고 싶어요."

로자가 쳐 낸 손을 쓰다듬으며 베투는 입꼬리를 올렸다.

"여기서 하나 제안하겠습니다만, 남방 귀족을 남편으로 맞이하시지 않겠습니까?"

"……뭐라고?"

"켈하이트 가문의 피가 흐르는 남자가 남방에 한 명 있습니다. 지금의 지위를 지키고 싶다면 그를 맞아들이세요. 형식만 갖춰도 상관없습니다. 형식뿐인 부부를 연기해 주시면 돼요. 이혼하지만 않는다면 나머지는 마음대로 하셔도 됩니다."

지금까지 그랬던 것처럼 마음대로 지낼 수 있게 해 주겠다. 그 대신 남방 귀족을 따르라고 넌지시 말하고 있었다.

앞으로 꼭두각시로 살라는 말에 로자가 간단히 고개를 끄덕일 리가 없다.

하지만 화낼 것을 알면서도 이 남자는 도발을 담아 말하고 있었다.

이렇게까지 바보 취급을 당하면 누구든 화가 나는 것이 당연한 귀결이었다.

예의 따위 감정 앞에는 존재하지 않기에, 푸른 눈동자에 노기를 담은 로자는 조용히 입을 열었다.

"거절하지."

로자는 베투를 밀치고 걷기 시작했다.

"무주크 가문이 마음대로 굴게 두지는 않을 거다. 나를 적으로 돌린 걸 후회하지 마."

살기 섞인 시선을 베투에게 던지고서 로자는 그의 옆을 지나갔다.

"하하! 그거 정말 기대되네요."

화가 머리끝까지 난 로자는 크게 발소리를 내며 떠나갔다.

그에 돌아볼 일은 없을 텐데도 베투는 불러 세우듯 팔을 뻗었다.

"최종적으로는 당신과 나의 대결이 되겠죠."

그녀의 등이 복도 모퉁이로 사라져 보이지 않게 될 때까지 베투는 계속 말했다.

"뭐…… 그때까지 살아 있다면 말입니다."

『군신』의 아이를 가졌다는 것은 많은 이들에게 기쁜 소식이다.

그러나 일부 인간들에게는 탐탁지 않은 사안이 될 것이다.

황궁의 경비는 앞으로 엉성해질 것이다. 어쩌면 전장에 가는 것보다도 위험해지리라.

"암살당하지 않게 조심해 주셨으면 좋겠군. 예전 후궁 사건 같은 처참한 일이 벌어지지 말아야 할 텐데……."

자신이 이 상황을 일으켜 놓고서 베투는 탄식하듯 이마를 짚었다.

"그렇게 되면 세리아 에스트레야 전하가 또 상처받으시겠지. 모친에 이어 언니까지 잃으면…… 훗, 크큭, 크크크……."

아무도 없는 복도에서 베투는 고개를 숙인 채 어깨를 떨며 웃었다.

"마음이 망가지면 버팀목이 되어 드려야지. 앞으로 바빠질 것 같군."

## 제2장 희망을 품고, 비애에 잠기다

피에 젖은 세계.

시야 전체가 새빨갛게 물들고, 비통한 외침만이 메아리치는 지옥.

비가 가차 없이 쏟아지는 가운데, 공격에 노출된 사람들이 참살당하는 잔혹한 광경.

그것을 동정하는지 묻는다면 의문을 가질 수밖에 없다.

왜냐하면 그곳은 이매망량이 날뛰는 전장이었기 때문이다.

죽이지 않으면 죽는다.

동정하면 송장이 되는 것은 자기 자신, 재앙을 막는 것은 자신의 힘뿐이다.

나약한 마음으로는 살아남을 수 없는 세계임을 이해하고 있다.

그렇게 리즈는 알고 있었다.

"뭐야…… 여긴…… 윽?!"

누가 망치로 머리를 때린 것처럼 갑자기 격통이 엄습했다.

리즈는 지면에 무릎을 꿇고 몸을 웅크렸고, 그러다 위화감을 알아차렸다.

비 내리는 땅에 주저앉았는데도 불구하고 신기하게 진흙이 튀지 않았고, 소리가 하나도 발생하지 않았다.

그 기묘한 감상 속에서, 허리에 찬 『염제(레바테인)』가 푸른 불꽃을 휘감고 빛나고 있는 것이 보였다.

"또…… 네가 데려와 준 거야?"

이쯤 되자 이해가 되려고 했다.

그러나 리즈가 아무리 질문해도 『염제』는 아무것도 대답해 주지 않았다.

그저 이 잔혹한 세계를 그 눈에 새기라고 세차게 푸른 불꽃을 뿜어냈다.

"읏?!"

깜짝 놀라서 시선을 들었을 때—.

"……아."

리즈의 눈앞에 낯익은 소년이 서 있었다.

캄캄한 하늘을 올려다보며 참회하듯 거센 비를 맞고 있었다.

흐르는 눈물을 얼버무리는 듯한 그 모습에 리즈는 비통함에 가슴이 죄어들었다.

"……히로."

이름을 불렀기 때문일까, 소년이 고개를 숙여 시선을 보내왔다.

"……."

그 검은 눈동자를 본 순간, 리즈는 공포심에 등골이 얼어붙었다.

아무것도 비치지 않았다. 그곳에는 아무것도 없었다.

정경도, 운치도, 감정조차도…… 그 검은 눈동자에 있는 것은 허무뿐이었다.

"아……."

히로가 리즈에게 다가왔다.

리즈가 멍하니 바라보고 있으니 소년이 허리에서 『흑도(黑刀)』를 뽑았다.

"아직 살아 있었나……."

"어?"

놀란 것도 잠시, 리즈를 향해 흉인(凶刃)이 내리쳐졌다.

순간적으로 눈을 감았지만 아픔은 찾아오지 않았다.

무슨 일이 일어났는지 확인할 새도 없이, 이해하기도 전에 리즈의 뒤에서 신음이 들렸다.

눈을 뜬 리즈가 뒤돌아보자 피부가 보라색인 인간이 지면에 쓰러져 있고, 그 목에 가차 없이 『흑도』가 꽂혀 있었다.

그때—.

"슈바르츠 폐하! 슈바르츠 폐하!"

지면에 부딪치는 빗방울 소리를 튕겨 내듯 한 남자가 히로 곁으로 달려왔다. 그는 히로가 돌아보는 것을 확인하고서 한쪽 무릎을 꿇고 머리를 숙였다.

"적 본진에서 백기가 올라왔습니다. 전면적으로 항복하는 모양입니다."

"그래서?"

얼음 덩어리가 목구멍에 처박힌 듯한 시린 목소리가 울렸다.

"이, 이 이상의 교전은 의미가 없습니다. 상대방도 그걸 바라고……. 특사를 파견해야 합니다."

그 목소리는 겁을 먹어 떨리고 있었다.

병사는 마치 뒤에 나올 말을 예견하고서 듣기 싫다고 거부하듯 얼굴을 숙이고 있었다. 하지만 예상과는 반대로 히로의 결단은 의외성이 없었다.

"그런가…… 항복을 받아들이지."

그 대답에 맑게 개는 하늘처럼 병사의 얼굴에 빛이 돌아왔다.

하지만 이내 일변하여 경직된 얼굴이 파래졌다.

뇌우를 등진 소년이 무표정으로 병사를 내려다보고 있었기 때문이다.

"하지만 아쉽게 됐네."

"……예?"

병사가 멍하니 바라보든 말든 히로는 몸을 돌려 걷기 시작했다.

"이렇게나 비가 심하게 내리면 시야가 나빠서 멀리까지 볼 수 없잖아."

"……그, 그럼, 어떻게 하면 좋을까요?"

거기서 히로가 발을 멈췄다.

그의 앞에는 몇몇 포로가 쇠사슬로 꽁꽁 묶여 무릎 꿇은 채 늘어서 있었다.

'……마족?'

리즈는 그렇게 결론지었다.

비 때문에 얼굴은 보이지 않지만, 축복받은 체격과 피부색에 마족임을 짐작할 수 있었다.

"백기 같은 건 보이지 않았어. 알아차렸을 때는 늦었던 거지."

냉혹한 말에 리즈는 숨을 삼켰다. 숨 쉬는 것조차 잊었을지도 모른다.

이어서 그가 취한 행동을 믿을 수 없었기 때문이다.

"너희도 그렇게 생각하지?"

히로는 포로에게 중얼거렸고, 그 순간— 한 사람의 목이 간단히 지면에 떨어졌다.

진흙투성이가 된 머리가 리즈 앞을 굴러갔다.

"힉—?!"

리즈는 새된 비명을 질렀다.

시체는 익숙했다. 수없이 전장을 떠돌고 있으니 당연했다.

그래도 눈앞에서 벌어진 상황은 리즈의 상식을 벗어나 있었다.

왜냐하면— 고통스럽게 일그러진 얼굴에는 두 눈이 없었고, 마석이 있었을 이마에는 도려내진 흔적이 있었기 때문이다. 목을 잃은 몸통에 무수한 상흔이 남아 있는 것을 보면 고문을 받았음이 틀림없다. 얼마나 큰 분노를 느끼면 이토록 잔혹한 짓을 할 수 있는 것일까. 리즈는 구역질을 참듯 입을 막았다.

"죽기 싫으면 **녀석**이 어디 있는지 실토해 줘."

냉혹— 감정이 전혀 깃들지 않은 표정으로 히로는 잔인하게 목을 베어 나갔다.

"부탁이야……. 제발 **녀석**이 어디 있는지 가르쳐 줘."

얼마나 눈물을 흘렸을까.

얼마나 마음을 망가뜨렸을까.

얼마나 잘못을 되풀이하면 소년처럼 울면서 비웃을 수 있는 걸까.

"히, 히로…… 그만!"

필사적으로 손을 뻗어도 소년에게는 닿지 않았다.

환상을 붙잡아 봤자 소년의 마음을 잡을 수는 없었다.

"아, 아아…… 아아!"

리즈의 목에서는 말을 이루지 못하는 소리가 나올 뿐이었다.

"처음에는 괴로웠어……. 사람을 죽였다는 현실을 받아들이지 못하고 잠들 수 없는 나날이 계속됐어."

소년은 눈물을 흘리며, 뺨에 들러붙은 남의 피를 닦고 웃었다.

"하지만 아무리 허울 좋은 말을 늘어놔도 전장에는 선악이 존재하지 않음을 이해할 때가 와."

살기는 느껴지지 않았다. 살의 또한 조금도 느껴지지 않았다.

하지만 그는 가차 없이 포로에게 칼을 내리쳤다.

"소중한 사람을 잃으면 싫어도 이해하게 돼. 남을 죽이는 걸 망설이지 않게 돼."

보고 싶지 않다. 이런 소년의 모습 따위 리즈는 보고 싶지 않았다.

그렇다고 눈을 가려도 잔혹한 경치는 사라지지 않았다.

귀를 막아도 들러붙는 소리가 잠잠해지지는 않았다.

"으으…… 으으으으."

그런데도 자신에게는 그를 멈출 수단이 하나도 존재하지 않았다.

이것은 과거의 일이고, 사실로서 **끝난** 일이다.

"그래서 나는 **정의(正義)**를 버렸어."

심장이 터질 듯한 격정이 흘러들었다.

가슴을 찢는 폭음이 체내에서 날뛰었다.

뇌가 파열할 정도의 비애, 그리고 참을 수 없는 증오에 압사될 것 같았다.

그때—.

『전쟁에는 아름다운 부분과 추한 부분이 존재한다.』

—경치가 바뀌었다.

유리가 깨지듯, 눈처럼 반짝이며 하늘이 갈라졌다.

물결치는 파문이 지면을 흐르고, 급격하게 팽창하여 파열하듯 대지를 부쉈다.

인간, 식물, 동물, 살아 있는 것은 전부 가차 없이 산산조각이 났다.

세계는 사라졌다.

그리고 남은 것은 흰색이었다.

—아무것도 없는 공간을 눈부신 빛이 가득 채웠다.

"……."

리즈는 눈가를 새빨갛게 물들이고서 앞만을 바라보았다.

『추한 부분을 보았을 때, 너는 무엇을 생각하고 어떤 마음을 품었지?』

목소리의 주인을 찾을 필요도 없었다. 그 압도적인 존재는 눈앞에 있었기 때문이다.

금은으로 세공된 의자— 전 세계에서 긁어모은 보옥으로 장식된 유일무이한 옥좌. 그러나 거기에 앉은 인물이 누구인지는 알 수 없었다.

하얀 세계임에도 불구하고 그 얼굴은 불가사의하게도 그림자에 덮여 있었다.

『대답하라, 아이야.』

노인처럼 깊은 매력이 있으면서도 중년 같은 용맹함이 잠재된 기묘한 인상의 음성이었다. 호리호리한 체구에서 뿜어져 나오는 위압감은 청년처럼 활력이 넘쳤고, 소년처럼 싱그러웠다. 보통내기가 아니라고 순식간에 이해되었다.

『환멸을 느꼈는가? 절망했는가? 격앙했는가?』

이해할 수 없는 상황에 리즈는 놀란 표정을 지었다.

뇌의 처리가 쫓아가지 못했다.

그래도 어째서인지 자연스럽게 입에서 말이 흘러나왔다.

"슬펐어."

리즈는 손끝으로 자신의 입술을 만지며, 자연스럽게 흘러나온 말에 놀랐다.

하지만 마음을 안정시킬 새도 없이 눈앞에 나타난 인물이 질문을 던졌다.

『왜 슬펐지?』

“모르겠어…… 모르겠지만…… 그래도 도와주고 싶다고 생각했어.”

『후, 후후후, 그렇군. 도와주고 싶었는가…… 그것참 진묘한 대답이구나.』

“정말로 괴로워 보였어…… 하지만 난 아무것도 할 수 없었어.”

리즈는 분한 마음에 입술을 앙다물었다.

“히로…… 굉장히 괴로워 보였는데…… 나는…….”

히로의 얼굴은 지독한 비탄으로 도배되어 있었다. 울상을 짓지 않기 위해 필사적으로 표정을 꾸미고 있었는데 상냥한 말을 건넬 수도 없었고, 위로해 주지도 못했다.

어떤 마음으로 그런 결단을 내렸는지는 모른다.

하지만 히로가 진심으로 바란 답이 아니었다는 것은 알았다.

『그건 생물로서 저항할 수 없는 본능이다. 잃는 것이 무서워서 과한 행동에 나서지. 후회하는 것이 무서워서 이상한 행동을 보이고 만다. 이성이 제지해도 공포가 그것을 쉽사리 지워버리는 것이다.』

남자는 담담히 말을 자아냈으나 이윽고 한탄하듯 한숨을 쉬었다.

『인간은 욕심 많은 생물이다. 큰 이상을 추구하고, 그것을 붙잡지 못하면 마음이 망가져 버려. 차이가 크면 클수록 그

진폭은 현저하지. 그렇기에 인간은 서로 의지하며 살아간다. 하지만 버팀목을 얻지 못한 인간은 금방 무너져 버려.』

그 결과가 그 모습이라면 대체 얼마나 고독에 시달렸던 걸까.

『짐은 아무것도 할 수 없었다. 구하지도 못하고, 치유해 주지도 못하고, 그저 몰아붙이기만 했다.』

그는 검지를 세우고 말했다.

『그러나 딱 하나, 희망은 남아 있었다.』

"……희망?"

『네가 이곳에 도달한 것은 우연이 아니다.』

그는 그렇게 말하고서 검지로 상공을 가리켰다.

『필연이다.』

리즈가 손가락을 따라 위쪽을 올려다보니 커다란 문이 떠 있었다.

거대한 크기에 비해 화려하진 않았고, 새겨진 무늬도 복잡하긴 하지만 호화찬란과는 거리가 멀었다. 한마디로 말하자면 밋밋했다. 장식 따위 전혀 없는 수수한 목제 원형문이었다.

하지만 느껴지는 독특한 분위기는 보는 이를 압도했다.

『다가올 **전환기**에 대비하라.』

"전환기?"

말의 무게를 알아차린 리즈는 긴장하여 혀가 마르는 것을 느꼈다.

이어서 꿰뚫는 듯한 강렬한 눈빛에 몸이 경직되었다.

『자신의 정의를 추구할 것이라면, 자신의 이상을 내걸 것이라면 마음을 굳게 먹어라.』

리즈가 지금 가진 지식으로는 말뜻을 이해할 수 없었다.

혹은 이해할 필요조차 없을지도 모른다.

왜냐하면 눈앞에 있는 남자는 리즈가 이해하기를 기대하지 않는 것 같았기 때문이다.

『모든 것을 그대에게 맡기겠다.』

그 순간, 하늘이 비명을 질렀다.

"헉?!"

올려다본 리즈는 경악했다.

문이 입을 크게 벌리고서 떨어지고 있었다.

정체 모를 모래 먼지를 일으키고 폭음을 연주하며 지상을 향해 오고 있었다.

리즈는 순간적으로 눈을 감고 머리 위에서 팔을 교차했다.

돌풍이 거칠게 머리카락을 흩뜨리며 지면을 향해 불고 지나갔다.

하지만 그것뿐이었다. 아무리 기다려도 충격은 찾아오지 않았다.

이상하게 여기며 팔을 푼 리즈는 조심조심 눈을 떴다.

"리즈 공, 괜찮은가?"

난데없이 나타난 것은 문……이 아니라 인간의 얼굴이었다.

"어?"

잘 아는 여성— 기억이 멋대로 그녀의 생김새와 이름을 연결했다.

"……스카아하."

"그래, 나인데…… 깜짝 놀라게 했는가?"

스카아하는 미안해하며 리즈와 거리를 벌렸고, 그러면서 침대가 삐거덕 소리를 냈다.

리즈는 그녀의 말을 부정하듯 고개를 흔들고 상체를 일으켰다.

그러자—.

"아우라도 있었구나……."

스카아하 너머로 아우라의 모습이 보였다. 벽 쪽에 놓인 의자에 아담한 몸을 올리고서 책을 읽고 있었던 것 같은 자세였다.

"……하아."

리즈는 한숨을 쉬었다. 안도감이 아니라 아쉬움이 다분히 포함된 한숨이었다.

꿈속에 나타났던 남성에게 물어보고 싶은 것이 산더미처럼 있었다.

그렇게 낙담을 감추지 않는 리즈를 보고서 스카아하가 곤혹스러워하며 말을 걸어왔다.

"끙끙거리는 것 같았는데 갑자기 웬 한숨이지? 안 좋은 꿈이라도 꿨는가?"

"아니…… 슬픈 꿈이었어."

단언할 수 있었다.

꿈의 내용을 떠올리자 몸이 찢기는 것처럼 아파서 리즈는 자신의 몸을 끌어안았다.

그때, 방문이 소리를 냈다.

실내에 있던 세 사람은 경계하여 얼굴을 굳히고 날카로운 시선으로 입구를 바라봤다.

잠시 후, 복도와 침실을 가로막는 문이 열리고, 복도에서 찬 바람이 들어왔다.

"로자 언니?"

나타난 사람은 리즈의 언니였다.

"그래…… 지금 돌아왔어."

평소에는 자신감이 넘치는 로자가 낙심했음을 알 수 있을 만큼 의기소침했다. 그 밖에도 기력을 모조리 잃은 것처럼 머리카락에 윤기가 없고 피부가 약간 칙칙해 보였다. 초췌하게 변해 버린 로자의 모습을 보고 방에 있던 사람들은 깜짝 놀란 표정을 지었다.

"……로자 언니? 무슨 일 있었어?"

"리즈, 미안하구나!"

말이 끝나기가 무섭게 바닥에 무릎을 꿇은 로자가 머리를 숙였다.

"자, 잠깐만, 로자 언니…… 의미를 모르겠어."

당황한 리즈는 언니에게 달려가려고 했지만, 갑자기 일어난 탓에 몸의 균형이 무너져서 넘어질 뻔했다.

그러나 스카아하가 즉각 잡아 줘서 넘어지진 않았다.

"갑자기 움직이려고 하지 마. 아직 깨어난 지 얼마 되지 않았으니까."

"고, 고마워."

어이없어하는 스카아하에게 감사 인사를 하고서 리즈는 언니에게 다가갔다.

하지만 로자는 머리를 숙인 채 도통 얼굴을 들려고 하지 않았다.

"언니, 언니가 계속 고개를 숙인 채로 있으면 아무것도 알 수 없어. 제대로 설명해 줄래?"

"그, 그래……."

자세를 바로 한 로자가 원통하다는 듯 입을 열었다.

군사 회의에서 무주크 가문의 가주에게 농락당하고 말았다는 것, 자신의 임기응변이 늦어진 탓에 상대의 의도대로 회의를 조종당하고 말았다는 것, 이번 전쟁에 동행할 수 없게 되었다는 취지를 보고했다.

"생각보다 더 만만치 않은 인물이야. 아니, 내 방심이 초래한 결과지……. 큭, 아무리 분통을 터뜨려도 부족한 실수야. 이런 상황에서 상대방의 꾀에 감쪽같이 당하다니 너무 꼴사나워."

주먹으로 바닥을 때리는 로자에게 옆에서 불쑥 은잔이 내밀어졌다.

"물이라도 마시고 좀 진정해."

"그, 그래…… 고마워."

아우라에게서 물을 건네 받은 로자는 단숨에 들이켜고 입술을 핥았다.

"리즈…… 꼴사납게 당한 내가 말하기도 뭐하지만, 녀석을 조심해."

"로자 공도 이대로 가만있을 생각은 없지 않은가?"

스카아하가 그렇게 묻자 로자는 녹초가 된 얼굴로 고개를 끄덕였다.

"당연하지. 어떻게든 타개책을 몇 가지 발견했어. 녀석이 전장에 가 있는 사이에 나는 힘을 비축해야지. 날 이용한 걸 반드시 후회하게 해 주겠어."

"응. 그래야 우리 언니지. 하지만 조금 쉬는 편이 좋을지도 모르겠어."

로자도 히로를 잃고 정신적으로 완전히 초췌해져 있었다.

짙은 피로가 드러난 얼굴과 화장으로 감춘 부은 눈을 보면 뚜렷이 알 수 있었다.

그 마음을 아프도록 이해한 리즈는 언니를 위로하듯 손을 내밀었다.

"언니, 일단은 쉬자. 조금 전까지 자고 있던 내가 이런 말 하기도 좀 그렇지만 말이야."

쓴웃음을 지으며 농담하는 리즈를 보고 로자는 얼떨떨한 표정을 지었다.

그리고 잠시 후, 안도 섞인 한숨을 쉬며 동생의 손을 잡았다.

"일단 안심해도 될 것 같군……."

툭 중얼거린 로자는 리즈에게 이끌려 일어났다.

"리즈, 출발은 이틀 후로 정해졌어."

"……알겠어."

순순히 고개를 끄덕인 동생의 머리를 쓰다듬고서 로자는 무거운 어조로 이어 말했다.

"클라우디아 여왕 폐하의 편지 내용에 따라 방침이 바뀔 수도 있어. 내일이면 편지가 도착할 테니 너도 이 틈에 쉬어 둬."

나도 좀 쉬겠다는 말을 마지막으로 남기고 로자는 조금 전까지 리즈가 자고 있던 침대에 몸을 날렸다.

금세 고른 숨을 내쉬기 시작한 로자를 보고 리즈는 스카아하와 얼굴을 마주하고서 쓴웃음을 지었다.

"……나도 힘내야겠지."

다시금 언니에게 온화한 시선을 보낸 리즈는 마음을 다잡듯 심호흡을 반복했다.

분명 괴로워하고 있는 사람은 자신과 로자뿐만이 아니리라.

아우라나 스카아하도 비슷하게 가슴 아파하고 있다. 그런데도 그녀들은 표면상으로는 평온을 가장하며 최선을 다하고자 분주하게 움직여 주고 있었다.

그런 때에 자신이 우울해하면 그녀들의 노력이 무용지물이 될 것이다.

히로의 시체를 확인한 것은 아니다.

'아직 확실하게 정해진 건 아니야. 어쩌면…… 무사할지도 몰라.'

리즈는 히로가 살아 있다고 믿기로 했다. 그래도 그를 생각하면 눈물이 났다. 하지만 울부짖어 봤자 사태는 호전되지 않는다.

'히로가 잔뜩 남겨 준 것을 헛되이 만들어선 안 돼.'

리즈는 손을 단단히 움켜쥐고 지금만큼은 앞을 보기로 했다.

"무리하지 마."

스카아하가 어깨를 두드리며 리즈를 다독였다.

"괜찮아…… 괜찮으니까."

이 눈으로 확인할 때까지는 믿지 않을 것이다.

몇 번이고 몇 번이고 눈가를 비비며 리즈는 고개를 끄덕였다.

*****

어제까지 휘몰아쳤던 바람이 그치고, 잔잔할 만큼 온화한 공기가 흘렀다.

석양빛을 받은 지상의 검은 덩어리들은 병사들이 숙박하는 막사였고, 석식 시간을 앞둔 지금은 각처에서 하늘을 뒤덮을 만큼 연기가 피어오르고 있었다.

그래도 어제와는 딴판으로 조용했다.

10만 명이 넘는 병사들이 모여 있다고는 생각할 수 없을 만큼 지상은 숙연함에 지배되어 있었다. 거리도 상황은 비슷했다. 상인들의 목소리에는 위세가 없었고, 길을 걷는 사람들도 어딘가 울적한 모습이었으며 발걸음은 무거웠다.

그렇게 우울함에 지배된 그란츠 대제국— 수도 클라디우스.

거리를 내려다보는 황궁 베네자인은 병사와 민중을 보듬듯 노을빛으로 물들어 있었다.

황궁의 대기실에서는 내일 출발할 리즈와 로자의 주최로 군사 회의가 열리고 있었다.

주위에 자리한 것은 지방에서 지대한 권력을 가진 유력 귀족들뿐이었고, 모두가 차기 황제를 섬기겠다는 야심을 드러내며 이 자리에 모여 있었다.

제4황자인 히로가 세상에서 사라진 지금, 그들의 눈에는 리즈밖에 보이지 않았다.

그렇기에 환심을 사고자 많은 귀족들이 이 전쟁에 이름을 올렸다.

중앙 귀족의 쇠락, 서방 귀족의 쇠퇴. 공적을 쌓으면 얻을 수 있는 영지는 늘어난다.

이 전쟁의 근본에 있는 것은 여섯 나라라는 적을 몰아내는 것이 아니었다.

그들을 몰아낸 후— 어떻게 자신의 영지를 늘릴 것인가, 그 막대한 보상이야말로 귀족들이 모인 이유였다.

국가는 이익이 없으면 커지지 않고, 귀족도 이익이 없으면 반기를 들며, 백성 또한 이익이 없으면 일하지 않는다. 손해가 크면 술수를 부려서 인심을 얻어야 하지만, 이득이 크면 술수를 부리지 않아도 인심이 모인다.

그 끝에 있는 인심을 어떻게 장악할지는 개인의 역량에 달려 있었다.

'왕의 자격— 향후 과제가 되겠지. 지금은 전쟁에 집중하도록 해야겠지만.'

장래 리즈가 직면할 일을 예상한 로자는 작게 한숨을 쉬었다.
언젠가 정쟁의 추한 부분과 직면하게 될 것이다.
황제로서 걸어가려면 피할 수 없는 길이었다.
"로자 님, 클라우디아 여왕 폐하로부터 서신은 도착했습니까?"
"그래. 하지만 히로 전하의 죽음에 관한 확실한 정보는 얻을 수 없었다고 하네."
양피지에 적힌 짧은 문장을 낭독하자 일부 귀족들이 까다로운 표정을 지었다.
원래부터 히로를 지지하지 않았던 귀족 제후들이었다. 그들에게 히로의 생사가 불분명한 상태는 간과할 수 없는 일이라서 『전사』했다고 단정되지 않은 것을 탄식한 것이다.
그란츠 황가를 특별하게 여기는 자들에게 히로는 눈엣가시였다.
초대 황제의 유언에 따라 선대 황제 글라이하이트에게 인정받고 그란츠 황가의 말석에 이름을 올리기는 했지만 신원 불명의 정체 모를 남자임은 변함없었다. 그런 자가 옥좌에 앉는 것을 꺼리는 자들이 적잖이 존재했다.
초대 황제부터 이어진 유서 깊은 그란츠의 혈통, 신성성의 붕괴를 우려한 것이다. 그래도 대놓고 비난할 수 없었던 것은 『군신』의 후손이라고 인정받았기 때문이었고, 그 배경에 켈하이트 가문이라는 강대한 5대 귀족이 있었기 때문이었다.
"히로 제4황자, 그리고 브루탈 제3황자의 생사 확인은 시신을 확보했다고 주장하는 여섯 나라와 반환 교섭을 한 후에 판단하기로 하지요."

기리시 재상의 말에 로자는 동의를 표했고, 다른 귀족들 중에서도 반대 의견은 나오지 않았다.

그때, 이 자리의 흐름을 바꾸려는 남자가 있었다.

"여섯 나라에 관해서는 뭐라고 적혀 있었는지 듣고 싶습니다만?"

5대 귀족 중 하나이자 남방 귀족을 아우르는 무주크 가문의 가주, 베투였다.

또 뭔가를 꾸미고 있는지, 이상야릇한 분위기를 감지한 로자는 경계심을 드러내며 대응했다.

"편지에 의하면 사령관과 부사령관 사이에 불화가 생겼다는 모양이네."

"그 밖에는?"

"그것 말고 새로운 정보는 없군."

뻔뻔한 태도로 로자가 어깨를 으쓱이자 베투가 낙담을 숨기지 않으며 입을 열었다.

"출발을 하루 미룰 만한 가치는 없었던 것 같군요."

"꼭 그렇지는 않아."

흘러가는 상황을 지켜보던 리즈가 두 사람 사이에 끼어들었다.

"정보를 등한시하면 이길 수 있는 싸움도 이길 수 없게 돼."

베투는 뜻밖의 사람에게 공격받고 동요했는지 얼굴을 굳혔다.

리즈의 시선이 예리한 칼처럼 날카롭게 가늘어졌다.

“사령관과 부사령관의 불화, 이 정보에는 가치가 있어. 이게 적의 책략이라면 대책을 마련해야 하고, 사실이라면 적의 분단을 기대할 수 있어. 혹여 그렇다면 지휘 계통의 혼란을 수습하지 못하도록 움직여야겠지.”

막힘없이 자신의 의견을 분명하게 말했다.

리즈의 그런 당당한 모습을 보고 주위 귀족들은 어안이 벙벙해졌다.

“앞으로는 척후를 보내 여섯 나라의 모습을 관찰하는 게 좋겠어. 그 결과에 따라 상대를 의도대로 움직일 수도 있을 거야. 서방을 탈환하는 데 큰 도움이 되겠지.”

회의장에 흐르던 차가운 공기가 단숨에 열기를 띠었다. 부드러우면서도 이상한 압박감이 귀족 제후들을 감쌌다. 회의장의 흐름이 변하려는 것을 모두가 피부로 느꼈다. 그런 상황 속에서 베투가 조용히 손을 들었다. 형형하게 요요한 빛을 내는 눈동자에는 살피는 듯한 꺼림칙한 기색이 드러나 있었다.

“하루라는 시간을 낭비했을 가능성도 큽니다. 서방을 빨리 탈환할수록 백성들은 고통에서 빨리 해방됩니다. 그에 관해서는 어떻게 생각하십니까?”

“병사들을 재촉한다고 해서 일이 해결되는 건 아니야. 정보가 부족한데도 어리석게 싸우려 들면 서방은 더 큰 비극에 빠지게 돼. 우리에게 필요한 건 확실한 승리로 서방을 해방하는 것. 그 외에 지름길은 없고, 백성들을 고통에서 해방할 방법도 그것뿐이야.”

양쪽의 주장이 모두 옳지만 리즈의 발언이 귀족 제후들의 마음을 사로잡았다.

즉답을 받은 베투가 슬그머니 미소를 지었다.

무엇에 대한 웃음인지, 베투에게서 느껴지는 이상한 분위기로는 본심을 읽어 낼 수 없었다.

'그래도 리즈의 승리인가…… 성장했구나.'

로자는 감개무량하게 생각했다. 히로를 잘 보고 있었던 모양인지 말솜씨가 비슷해졌다. 리즈는 냉정하게 사물을 파악하고 있었다. 유연한 발상으로 상대가 이견을 내세울 수 없게끔 자신의 생각을 말했다.

반면 베투는 어떠한가. 감정론에 치우친 것 같기도 했다. 그의 말에는 정보가 부족했다. 리즈의 의견을 자기 쪽으로 유도하고 싶었던 것이겠지만 정보를 너무 조금만 내보인 탓에 곤경에 처했다. 고전을 펼칠 생각은 없었을 텐데, 반론한 탓에 설복당한 형태가 된 것은 본의가 아니었으리라. 여기서 뭐라고 더 말한다면 이번 작전에서 다른 귀족 제후들에게 기피당할 가능성이 있었다.

그렇기에 침묵을 택할 수밖에 없었다.

"그럼 작전 변경 없이 기정 노선으로 서방에 출진하겠습니다."

기리시 재상이 확인하자 리즈는 수긍했다.

"그럼 내일 아침에 출발할 예정이니 각 지휘관은 오늘부터 담당 위치로 돌아가서 지휘해 주십시오."

군사 회의는 끝을 맞이했고, 기리시 재상이 해산을 입에 담았다.

귀족 제후들이 분주하게 방을 나가는 가운데, 로자는 자리에서 일어나 리즈에게 다가갔다.

"오늘은 가더 공이 출발하는 날이야. 나는 바로 작별 인사를 하고 올 건데 리즈는 어떻게 할래?"

"아! 나도 후긴 남매한테……."

리즈는 자리에서 일어났지만 한 귀족이 미안하다는 얼굴로 다가왔다.

"세리아 에스트레야 전하, 잠시 시간을 내주실 수 있으신지요?"

그를 시작으로 많은 귀족들이 리즈 곁에 쇄도했다.

"그럼 저도 향후 작전에 관해 드릴 이야기가 있는데 괜찮으실까요?"

"어? 어?"

부대 운용에 관해 상담할 것이 있다는 둥 귀족들은 다양한 이유를 대며 리즈와 연을 만들려고 했다.

리즈는 언니와 귀족들을 번갈아 보고서 로자에게 도움을 구하듯 불쌍한 표정을 지었다.

"가더 공에게는 나중에 서신을 보내면 되지. 후긴 공에게도 잘 말해 두마."

귀족 제후의 요청을 함부로 거절하면 화근을 남기게 된다.

로자는 복잡한 웃음을 짓고서 리즈를 격려하듯 그녀의 어깨를 몇 번 두드렸다.

"알겠어…… 부탁할게."

리즈는 아쉬운 얼굴로 고개를 끄덕이고 귀족들과의 대화에 몸을 맡겼다.

로자는 귀족들에게 둘러싸이는 리즈를 힐끗 보고서 방을 나갔다.

향하는 곳은 가더 일행이 기다리고 있는 켈하이트 가문의 저택이었다.

'가더 공이 그란츠를 떠나면 전력이 대폭으로 저하되겠군.'

히로가 전사했다는 소식은 그들도 들었다.

하지만 그란츠 대제국을 떠나게 된 이유는 그것뿐만이 아니었다.

히로가 가더에게 남긴 편지, 그것이 그들을 부추긴 것이다.

뭐라고 적혀 있었는지는 모른다. 내용을 확인할 걸 그랬다고 생각했지만, 그러지 않기에 히로는 로자에게 편지를 맡긴 것이었다.

'정말이지 사람 마음을 잘 이용한다니까.'

로자는 그렇게 푸념하고서 복도를 빠져나가 경비가 엄중한 현관을 지났다.

*****

로자가 켈하이트 가문의 저택에 도착하니 출발 준비를 끝낸 가더 일행이 현관 앞에서 기다리고 있었다.

피부색을 숨기기 위해 검은색 막시밀리안 갑옷을 입은 가더 앞에 행상인으로 보이는 한 사람이 무릎을 꿇고 있었다. 가더가 그에게 편지를 건네는 것이 보였다.

뭔가 석연치 않은 광경에 로자는 고개를 갸웃하며 다가갔다.

로자의 발소리를 알아차렸는지 가더가 머리를 숙였다.

동시에 행상인이 빠르게 로자 옆을 달려 지나갔다. 그 등을 흘낏 본 로자는 가더 곁으로 걸어갔다.

가더의 표정은 변함없이 투구에 가려져 있어서 미묘한 감정을 읽어 낼 수 없었지만, 그 뒤에 있는 후긴과 무닌은 낙담했음을 알 수 있을 만큼 어두운 표정을 짓고 있었다.

“벌써 출발하는가?”

로자가 묻자 가더는 하늘을 올려다보았다.

“이제 여기에 머물 이유도 없으니까.”

“그런가…… 아쉽군.”

그들의 마음이 바뀌지 않을 것은 알고 있었다.

마음을 돌릴 만한 이유도 생각나지 않았기에 그 점은 포기했다.

하지만 그들이 떠나기 전에 알고 싶은 것이 딱 하나 있었다.

히로가 남긴 편지의 내용이었다.

그래서 대화 중에 답을 유도하고자 로자는 의미심장한 말투로 질문을 던졌다.

“그보다 조금 전에 지나간 행상인 차림의 사람은 밀정인가?”

“그 녀석은 우리한테 호위를 의뢰한 상단 사람이야. 『아군

(鴉軍)』의 주체는 원래 용병이니 말이지. 모처럼 자유로워졌으니 용병업으로 돌아가기로 했어."

용병으로 돌아가서 일단은 상인들의 호위부터 시작한다.

앞뒤가 맞는 이야기였기에 이해가 됐지만 로자의 마음에 깃든 의심은 불식되지 않았다.

"갈 곳은 정해졌는가?"

"동쪽 끝에 작은 나라가 있어."

"……바움 소국 말인가?"

"그래. 독안룡의 선조인 『쌍흑의 영웅왕』이 건국한 작은 나라야."

목적지가 바움 소국이라…… 과연 우연일까? 히로의 명령이라고 하면 신기하게도 납득이 갔다. 로자는 이어서 꺼낼 말을 고민했다. 그러나 가더가 어물쩍 넘어가면 본전도 찾을 수 없다. 상대의 감정을 읽어 내려면 역시 단순 명쾌한 질문이 가장 좋고, 마음을 흔들려면 솔직함이 가장 효과적이다.

그렇기에 로자는 한차례 호흡한 뒤 단도직입적으로 따져 물었다.

"주인의 명령인가?"

신경을 곤두세워 일거수일투족을 놓치지 않겠다며 가더를 주시했다.

가더는 작게 어깨를 으쓱였고, 감정의 동요를 들기지 않기 위해서인지 로자를 똑바로 보았다.

"글쎄…… 어떨까. 하지만 시대가 움직이기 시작한 건 확실해."

로자는 가더의 호흡 사이에서 사고의 혼탁을 인식했으나, 의미심장한 말에 짚이는 점이 너무 많아서 선택지를 좁힐 수 없었다. 그것은 히로의 죽음을 두고 한 말인가, 아니면 그란츠 대제국의 상황인가, 혹은 여섯 나라에 대해서인가. 과녁을 좁히기 위해 로자는 다음 질문을 던지기로 했다.

"가더 공의 말대로 그란츠 대제국뿐만 아니라 시대가 움직이고 있는 것은 확실한데, 그 흐름에 바움 소국도 포함되는가?"

로자의 질문에 가더는 아무 대답도 하지 않고 말고삐를 당겨 안장 위로 뛰어올랐다.

"흑룡의 포효는 세계의 이치를 일그러뜨리고, 사자의 울부짖음은 세계에 질서를 가져오리라."

가더가 말한 것은 『흑지서(黑之書)』와 『백지서(白之書)』의 마지막에 적혀 있는 뜬금없는 글귀였다.

그 문장은 쌍흑의 영웅왕이 마족의 압정으로부터 사람들을 구하고, 사자심왕(獅子心王)이 인족을 평화로 이끈 것을 칭송하는 말이며, 이야기를 매듭짓기 위해 적힌 한 줄의 문장이라고 역사학자들은 주장하고 있었다.

"세리아 에스트레야 전하에게 전해 주겠어?"

불온한 웃음을 감추지 않으며 가더는 말 머리를 돌렸다.

"—다음에 만날 때를 기대하고 있겠다고 말이야."

그 말뜻을 이해하지 못한 로자는 거구의 등을 향해 물었다.

"그건 무슨 뜻이지?"

언젠가는 리즈의 진영으로 돌아오겠다는 암시일까.

아니면…….

가더는 뒤돈 채 손만 흔들 뿐, 대답하지 않았다.

두 사람 사이에는 말굽 소리만이 감돌았다.

로자는 출발하는 그들의 뒷모습을 멍하니 바라볼 수밖에 없었다.

*****

제국력 1024년 3월 9일.

그란츠 대제국, 서역 북서부 베이루트령.

여섯 나라는 히로 제4황자와 싸운 라릭스 평원에서 철수하여 다시 서방과 페르젠을 잇는 국경선— 베이루트령까지 전선을 물린 상태였다.

히로 제4황자와 싸우면서 상정한 것보다 더 큰 손해를 입게 되었기 때문이다.

그를 죽여서 병사들의 사기는 높지만 대신 많은 지휘관을 잃어버렸다.

손해가 상세히 적힌 보고서를 들고서 루시아는 쇠부채로 책상을 내리쳤다.

"……어찌해야 할꼬."

당초 20만이나 되었던 군세는 현재 16만까지 떨어져 있었다.

페이지를 넘기자 그란츠군이 전력을 갖췄다는 보고도 함께 적혀 있었다.

그 수는 13만.

예상보다 적었다. 하지만 불과 두 달 만에 이만한 수를 모은 것을 보면 그란츠 대제국에는 아직 여유가 있다고 생각해도 좋을 것이다.

장기적인 관점에서 고려하면 이쪽이 불리해진다.

"역시 일단 페르젠까지 물러나는 편이 좋겠군."

서방에 머물며 그란츠 대제국의 경제를 파괴하는 것도 즐겁겠지만 너무 집착하면 패전하게 된다. 물불 가리지 않는 성격이라면 공적을 바라며 중앙으로 쳐들어가는 것도 좋을 것이다.

하지만 신중히 일을 성사시키려면 서방에 머무르는 것은 위험하다고 할 수밖에 없었다.

게다가 루시아의 흥미는 그란츠 대제국에서 완전히 떠나 버린 상태였다.

"지금은 페르젠을 빼앗은 것만으로도 만족해야겠지."

루시아는 지친 얼굴로 한숨을 쉬고 미간을 찡그렸다.

"일단은 안전을 확보해야 해. 무대가 바뀌려 하고 있으니까."

모든 톱니바퀴는—『고왕(古王)』을 놓쳤을 때부터 틀어지기 시작했다.

"여왕이라는 입장을 잊고 어린애처럼 뛰어다닌 응보일지도 모르지."

의자에 등을 기댄 루시아는 막사의 천장을 바라봤다.

소년의 목을 치기 직전—.

—그때 모든 톱니바퀴가 틀어졌다.

모두가 그 순간을 고대하고 있었다.

역사에 이름을 새길 순간을 애타게 기다리고 있었다.

필사적으로 저항하던 적병의 외침도 끊어진 지 오래였다.

이제 살아 있는 전설을 죽이기만 하면 된다.

하지만 전장에서 언제 어느 때든 긴장을 늦추는 것은 허락될 수 없는 일이었다.

가장 중요한 사항을 잊고 루시아는 묘한 열기에 들뜨고 말았다.

시작은 말의 울음소리였다. 이어서 울리는 말굽 소리에 이변을 알아차렸다.

대량의 모래 먼지가 눈앞에 피어올랐고, 공기가 삐걱거리는 소리에 정신이 팔리고 말았다.

치명적인 빈틈을 보인 뒤, 루시아는 루카의 모습이 이상함을 깨달았다.

"으아아…… 아아아!"

그녀는 고통스럽게 몸부림치며 지면을 굴러다니고 있었다.

그러면서도 『고왕』을 죽이기 위해 검을 움켜쥐고 핏발 선 눈길을 보내고 있었다.

하지만 허망하게도 칼날은 닿지 않았다. 왼쪽 몸 절반이 얼어붙었기 때문이다.

"후후, 빈틈투성이네요."

난데없는 살기.

순간적으로 몸을 틀어 왼쪽으로 쇠부채를 내밀자 루시아의 오른팔이 튕겼다.

"큭?!"

먼지가 세계를 뒤덮은 가운데, 한 울페스 기마병이 말에서 뛰어내렸다.

그 병사는 답답하다는 듯 투구를 벗었다.

머리를 흔들어 자은색 머리카락을 허공에 흩트리며 나타난 것은 절세의 미모였다.

청아한 분위기를 지녔으면서도 그 외모와는 반대로 요요하며 아름다운 색향을 풍겼다. 한기가 느껴질 정도로 날카로우면서도 아름다운 얼굴은 동성인데도 눈길을 끌었다.

"유감스럽지만 아직 이분을 죽게 할 수는 없어요."

여자는 대량의 선혈을 흘리는『고왕』앞에 서서 우아하게 미소 지었다.

하지만 이내 가느다란 팔로 가뿐히『고왕』을 들어 올리더니 후방에서 달려온 기마를 향해 던졌다.

"그러니 지금부터는 제가 상대해 드리죠."

어안이 벙벙해졌던 것도 잠시, 루시아는 즉각 행동을 개시했다.

"멈춰라!"

쇠부채를 펼친 루시아는 달려가려고 했다.

그러나 갑자기 진행을 가로막듯 빙벽이 나타났다. 몸이 빙벽에 닿기 직전에 불길한 예감을 느낀 루시아는 발을 멈췄으나 냉기가 사지에 휘감기듯 덮쳐들었다.

"이게 무슨……?!"

루시아가 쇠부채를 휘두르니 냉기는 폭포가 갈라지듯 둘로 나뉘었다.

기묘한 바람이 지나가자 루시아의 주위는 발밑을 포함하여 모두 얼어붙었다.

"후후, 깜짝 놀라셨나요?"

수정처럼 투명한 도신을 쓰다듬은 여자는 희열에 입술을 일그러뜨렸다.

"이건 마검 『공식(共喰)(오토클레르)』이랍니다."

평범한 마검이 아님을 루시아는 순식간에 이해했다.

공간을 일그러뜨릴 듯한 꺼림칙한 기운…… 도신에서는 방대한 마력이 흘러넘치고 있었다. 의식이 빨려 들어갈 만큼 농밀하고 막대한 힘 앞에서 루시아는 온몸의 털이 곤두서는 것을 느꼈다.

"……제법 하는구먼."

루시아는 가볍게 혀를 찼다.

『고왕』을 태운 기마가 모래 먼지 밖으로 달려가는 것이 시야 끄트머리에 보였다.

그래도 결코 자은색 여자에게서 눈을 떼지 않았다.

의식이 다른 곳으로 향하면 순식간에 자신이 죽을 것임을 알기 때문이었다.

"그대는…… 누구지?"

보통내기가 아니라는 것은 피부를 태우는 마력으로 느껴졌다. 하지만 『세계 5대 보검』을 가지지 않은 자가 어찌 이토록 강렬한 마력을 얻기에 이르렀는가.

"레벨링 왕국의 여왕, 클라우디아 반 레벨링입니다."

"왕족인가……. 순혈에 가까운 마족이면서…… 그 피부색을 보면 『요정화(알브)』로군?"

"후후, 박식하시네요."

클라우디아가 기쁜 듯이 입가에 손을 댔고, 루시아는 그런 그녀를 물끄러미 바라보았다.

"머나먼 북쪽 변경에서 여기까지 오느라 고생했다만…… 헌데 로크스 왕의 자손인가?"

강인한 특질을 가진 마족이면서 요정화이고, 거기에 『흑천오장』의 후손이라면 『세계 5대 보검』의 소유자와 견줄 만하다.

실제로 느껴지는 마력의 강대함을 감안해도 틀린 생각은 아닐 것이다.

하지만 딱 하나 이해되지 않는 점이 있었다.

"그 기분 나쁜 마력은 뭐지? 다양한 기운이 섞여 있어."

"시조 로크스가 남기신 『마기(魔器)』의 완성형— 『공식』의 힘이죠."

루시아는 선조가 남긴 문헌에 그런 글귀가 있었음을 떠올렸다. 하지만 제3황제 시대에 대숙청이 이루어지면서 많은 역사서가 소실되어 버렸고, 선조가 남긴 문헌에도 남아 있는 기록이 적었다. 당장 관심이 가지도 않았었기에 조사하지도 않았다.

"『동족 살해의 검』이던가……. 그런 고대 유물이 용케 남아 있었구나."

"대숙청으로 많은 문헌이 사라져 버려서…… 아니, 그때 의도적으로 숨겼다고 하는 편이 좋으려나요. 그래서 누구도 찾지 못했어요. 눈앞에 있었는데 누구도 눈치채지 못했으니 등잔 밑이 어둡다고 할까요."

많은 마족(동족)을 죽이고 그 마석을 먹여 힘을 증대시킨 저주받은 검.

검의 효과는 알 수 없으나 이렇게 대치했을 뿐인데도 마력의 강대함을 알 수 있을 정도이니 위험한 검이겠다고 쉽게 상상이 가기는 했다.

하지만 그렇다고 물러날 만큼 루시아는 마음이 연약하지 않았다.

"슬슬 『고왕』을 쫓아가고 싶다만?"

아직 늦지 않았다. 『고왕』을 데려간 병사는 울페스 기마대로 변장하고 있었으나, 여섯 나라의 병사로 가득한 전장을 빠져나가는 것은 간단한 일이 아니다. 클라우디아를 친 후에 힘껏 쫓으면 『고왕』의 신병을 확보할 수 있다.

그렇게 사색하는 루시아 앞에서 클라우디아가 주위를 둘러

보고 다시 루시아에게 시선을 보내왔다.

“그러네요. 시간도 없는 듯하니 이대로 돌아가도록 하죠.”

클라우디아는 가볍게 말했지만 3만이 넘는 병사들 사이를 무사히 돌파할 수 있을 리가 없었다. 루시아가 한번 호령하기만 하면 그녀는 벼랑 끝에 몰리게 된다.

미심쩍다는 듯 눈썹을 찡그린 루시아는 그제야 그녀의 모습이 이상함을 알아차렸다.

‘왜 아까부터 연신 주위를 신경 쓰는 거지?’

루시아의 진행을 가로막은 클라우디아는 그 후 아무 짓도 하지 않았다.

마치 공격하는 것을 망설이듯 주위에 최대한 영향을 주지 않으려고 했다. 왜 클라우디아가 그렇게 주의를 기울여야만 하는가.

“설마……네년…….”

“어머, 눈치채셨나요?”

클라우디아가 공기를 섞는 것처럼 한쪽 손을 허공에 휘저었다.

대량으로 피어오른 모래 먼지가 갑자기 부는 바람에 휩쓸려 사라지려고 했다.

“놓칠 것 같은가?”

“더 빨리 눈치챘다면 무리였겠죠.”

클라우디아가 즐겁게 미소를 지은 순간—.

뿔피리의 높은 음색이 전장 전체에 울려 퍼졌다.

"아닛……?!"

"그럼…… 시간은 드렸어요. 이다음은 마음대로 하세요."

클라우디아는 말고삐를 당겨 안장 위로 뛰어올랐다.

그리고 전방에 감도는 모래 먼지를 몰아내고서 루시아를 한번 힐끔 보았다.

"하긴, 당신의 명예를 지키려면 길은 하나밖에 없지만 말이죠."

클라우디아는 업신여기듯 조소하고 전장을 달리기 시작했다.

이어서 울려 퍼진 것은 승리의 함성이었다.

"히로 슈바르츠 폰 그란츠를 죽였다!"

클라우디아가 그렇게 외치고서 모래 먼지 속으로 사라졌다.

"여섯 나라의 승리다! 전장 전체에 알려라! 깃발을 올리고 소리 높여 외쳐라!"

마치 비웃는 것처럼 북을 울리고 크게 외치며 멀어져 갔다.

"칫!"

상대의 계획을 깨달은 루시아는 혀를 찼다.

초조한 얼굴로 주위를 둘러보고 근처에 쓰러진 병사의 목을 즉각 벴다.

그리고 피로 거무칙칙하게 물든 대지에 한번 내동댕이쳐서 머리카락 색을 얼버무렸다.

모래 먼지가 걷힘과 동시에 하늘을 향해 드높이 목을 치켜들었다.

"히로 슈바르츠 폰 그란츠를 죽였다!"

정말 꼴불견이었다.

적을 궁지에 몰아넣고서 놓치고 상대의 의도대로 행동할 수 밖에 없는 상황은 웃음이 날 만큼 우스꽝스러웠다.

다양한 책략을 구사하여 이번 싸움에 임했다고 생각했지만, 처음부터 계획되어 있었던 것일지도 모른다.

이 전쟁이 시작되기 전부터 그의 계략에 빠져 있었던 것이다.

중앙 귀족과 서방 귀족의 배반을 획책하고 생각대로 일이 진행되어 들떠 있었다. 『고왕』을 궁지에 몰아넣었을 때는 『군신』을 넘어섰다는 생각조차 했다.

하지만 전부 그의 손바닥 위에서 놀아난 것에 불과했다.

"……정말로 꼴사납군. 대국을 보기는커녕…… 나는 아무것도 보지 못했어."

한순간의 방심, 거기까지 몰아넣었으면서…… 놓치고 말았다.

이 원한은 반드시 풀어야만 한다.

자신의 존재를 부정한 녀석들을 용서해서는 안 된다.

여왕의 존엄을 깎아내린 녀석들을 결코 살려 둬서는 안 된다.

분하여 입술을 세게 깨물자 루시아의 입에서 선혈이 흘렀다.

그래도 그녀는 아픔보다도 분노에 지배되어 있었다.

"용서치 않으리라. 반드시 죽여 버릴 것이다……."

그렇게 살기가 충만해져 가는 천막 안에, 살의를 부수듯 여성의 목소리가 울렸다.

"실례합니다."

루시아가 입실을 허가하기도 전에 그 인물은 천막 안으로 들어섰다.

그자에게는 왼팔이 없었다. 아니, 왼쪽 몸 절반이 심하게 손상되어 눈길을 돌리고 싶어질 만큼 애처로운 모습이었다. 가시 돋친 기운을 자아내면서도 연약한 유리 세공처럼 당장에라도 망가질 듯한 분위기를 겸비하고 있었다.

일찍이 미희라며 떠받들렸던 아가씨의 흔적은 조금도 남아 있지 않았다.

그녀를 본 자는 모름지기 똑같은 감상을 말할 것이다.

섬뜩하다고……. 눈동자는 죽은 것처럼 탁했고, 마치 유령처럼 창백해진 피부는 강렬한 오한을 선사했다.

그녀의 이름은 루카 마몬 드 울페스— 여섯 나라 중 하나인 울페스국의 지휘관이자 그란츠 정벌군의 부사령관이기도 했다.

"이젤을 돌보느라 늦었습니다."

그녀는 반성하는 기색은 전혀 없이 감정이 꺼진 눈으로 그렇게 말했다.

그녀의 남동생은 요전번 싸움에서 제4황자에게 목이 베였다. 그러나 그녀는 그 죽음을 받아들이지 못하고 동생의 시신을 가지고 돌아왔고, 그 목과 함께 먹고 자며 즐겁게 웃는 모습이 목격되고 있었다. 게다가 그녀의 막사에서는 밤마다 소름 끼치는 대화가 들려와, 그것을 들은 파수병이 정신 이상을 초래하여 루시아 쪽으로 전속하겠다는 요청이 많이 들어오고 있었다.

동생의 죽음을 계기로 정신이 붕괴된 루카는 현실과 공상의 경계선을 계속 헤매고 있었다.

"아직 이겔의 상처가 낫지 않아서 제가 돌봐줘야 해요. 용건이 있으시면 빨리 말씀해 주시겠어요?"

루시아는 말없이 한숨을 쉬고 쇠부채로 앞자리를 가리켰다.

앉으라는 뜻이었지만 루카는 거부하듯 입구에서 움직이지 않았다.

루시아는 어깨를 떨구며 포기하고 설명을 시작했다.

"이곳에 머물러도 사태는 호전되지 않겠지. 페르젠까지 물러날 생각이다."

그러자 루카가 불쑥 다가와 루시아를 말없이 내려다보았다.

"불만인가?"

그렇게 묻자 루카가 작게 고개를 끄덕였다.

"당연하죠. 무슨 생각이신가요? 제4황자를 놓쳤다고요. 녀석이 이 주변에 숨어 있는 건 틀림없어요. 반드시 찾아내서 그 목을 칠 거예요."

"너무 고집할 필요는 없다. 녀석은 **죽었어**. 나는 이 땅에 미련이 없다만?"

"그렇게 생각하고 싶을 뿐이겠죠. 병사들이 진실을 알게 되면, 무엇보다도 본국이 이 실태를 눈치채면 저도, 당신도 처벌은 면할 수 없어요."

"그건 그렇지만…… 녀석은 살아 있음에도 불구하고 나타나지 않고 있어. 그렇다면 녀석도 생존을 알리고 싶지 않은 거겠지."

분하지만, 적이라는 장벽을 뛰어넘어 득실이 일치했다.

이대로 『고왕』을 죽인 자로서 광대 노릇을 할 수밖에 없다.

"저는 이 땅을 떠날 생각이 없어요. 녀석의 목을 칠 때까지는 계속 물고 늘어지며 머물 거예요."

"어찌 그리 고집을 부리나…… 그대도 수많은 병사를 맡은 지휘관 아닌가?"

물러나는 것이 득책이다. 지휘 계통이 흐트러진 상태로 향후 전투는 어렵다. 무엇보다 서방을 무력화하는 것은 성공했다. 지금은 그걸로 만족해야 했다.

앞으로 그란츠 대제국이 해야 할 일은 서방의 정상화다. 변심하는 귀족 제후의 대처, 난민이 폭도로 변하지 않게 할 대책을 세워야만 한다. 그 밖에도 여러 방면에서 문제는 남아 있었고, 그 해결을 위해 바쁘게 뛰어다닐 그란츠 대제국의 빈틈을 노려 이번에야말로 철저하게 쳐서 붕괴시키는 것이 상도다.

"그러니까 죽은 동생을 위해서도—."

"이겔은 안 죽었어!"

험악한 기백을 뿜어낸 것은 귀신의 형상— 괴물이었다.

"지금은 천막에서 쉬며 시기를 엿보고 있을 뿐이에요!"

인간은 결코 만들 수 없는, 깊은 증오에 사로잡힌 망령만이 지을 수 있는 표정이었다.

이토록 원망받다니 『군신』도 큰일이라고 루시아는 남의 일처럼 생각했다.

"……그대가 그렇게 말한다면 그렇다고 하지. 하지만 복수의 길동무로 병사들을 끌어들이는 것은 문제 아닌가?"

"입 다무세요. 지휘관은 저예요. 병사들은 지휘관을 따를 의무가 있어요."

"옥좌가 멀어질 것이야."

"상관없어요. 녀석을 죽일 수 있다면……."

루카는 짜증스럽게 엄지손톱을 깨물며 고개를 푹 숙였다.

"이 손으로 반드시 녀석을 죽일 거예요. 영원히 고통받게 해야만 해요."

어두운 빛이 깃든 눈길에 루시아는 쇠부채를 펼쳐 입가를 가렸다.

"밤마다…… 이겔이 울어요. 도와달라고, 목이 아프다고 울고, 팔이 없다며 아우성치고, 그 녀석을 죽여 달라고 피눈물을 흘리며 외쳐요."

루카는 짐승처럼 거칠게 숨을 토하며 루시아에게서 눈을 돌리지 않고 필사적으로 호소했다. 독기라고 할 만한 표독스러운 분위기를 휘감은 루카의 앙심은 멈추지 않았다.

"그럼 누나가 이루어 줘야지…… 응, 내가 누나니까…… 팔을 잡아 뜯고, 배를 후벼 파고, 아하! 내장을 끄집어내서 목에 감아 터뜨리고, 엉망진창으로 만들어서 죽일 거야."

허공을 바라보며 누군가에게 중얼중얼 이야기하는 그녀의 얼굴에는 아무런 감정도 떠올라 있지 않았다. 음성은 희색을 띠고 있는데도 한없이 공허한 외침이 천막 안에 울려 퍼졌다.

"응, 그래, 맞아. 그 녀석을 죽일 거야. 죽여? 죽여? 죽여, 죽여, 죽여!"

원한이 만들어 낸 저주는 절망으로 유혹할 만큼 무시무시했다.

"죽여, 죽여, 죽여, 죽여, 죽여, 죽여, 죽여, 죽여, 죽여."

너무나도 갑작스러웠다.

망가진 인형처럼 목을 까딱까딱 흔들며 몇 번이고 지면을 걷어찼다.

지면에 시선을 떨어뜨린 채로 계속 외치다가—.

이윽고 무언가에 치인 것처럼 펄쩍 뛰었다.

"아, 아앗?! 죄, 죄송, 죄송합니다! 그만, 안 돼……!"

갑자기 몸을 끌어안으며 천막 구석까지 뒷걸음질 친 루카는 퍼뜩 놀란 것처럼 눈을 크게 뜨고서 겁먹은 얼굴로 주위를 둘러보기 시작했다.

"아, 아아…… 만족하셨다면…… 이만 실례하겠어요. 이겔이 절 불러서."

루카는 무언가로부터 도망치듯 황급히 천막에서 나갔다.

정서가 불안정한 뒷모습을 미심쩍게 바라보던 루시아는 눈을 감았다.

"나쁜 방향으로 망가졌군."

깊은 탄식을 담아 한숨을 쉰 후, 곧바로 입가에 웃음을 머금었다.

"그럼…… 어떻게 이용해야 할꼬."

*****

"맥리르 장군님, 정찰 부대가 레벨링 왕국군의 야영지를 발견했다고 합니다."

소란스러운 막사 안에서 참모의 보고를 듣고, 상석에 앉은 인물이 드디어 일어났다.

여섯 나라 중 하나인 울페스국의 장군, 맥리르 드 피우스였다.

"녀석들은 어디 숨어 있지?"

"서방의 중앙 부근에 있는 트루스 성채라는 곳입니다."

"조금 멀군……. 별동대를 조직하면 함락할 수 있겠나?"

"상대의 수가 파악되지 않았습니다. 지금은 새로운 정보를 기다려야 합니다."

"그런가……."

한숨을 쉰 맥리르 장군은 의자에 앉았다.

"뭔가 성과를 얻지 못하면 루카 님의 처벌은 면할 수 없거늘……."

타국과 비교하여 울페스국의 손해가 너무 컸다. 사벨트를 포위했던 2만이 괴멸되었을 뿐만 아니라 그 장비를 상대에게 노획당해 히로 제4황자와의 싸움에서 이용되어 타국의 비난을 받고 있었다. 배상금까지 내게 되면 루카의 공적이 박탈되는 데서 그치지 않는다. 그녀의 목숨까지 빼앗길 가능성이 컸다.

"그것만큼은 피해야 해……. 크레이토스 폐하께 면목이 서지 않아."

전전대 왕— 크레이토스는 원한을 많이 사긴 했으나 맥리르 장군에게는 부모와 같은 존재였다. 그래서 왕이 붕어하고 울페스국이 찬탈당했을 때, 그가 남긴 자식들인 남매가 받은 대우에 몹시 마음이 아팠다.

하지만 당시 맥리르 장군에게는 그들을 구해 낼 힘이 없어서 그저 바라볼 수밖에 없었다. 그래도 남매는 불우한 처지를 견디고 눈 깜짝할 사이에 맥리르 장군을 앞질러 이번 전쟁에 이름을 올렸다.

결과에 따라서는 정통한 주인에게 옥좌가 돌아갈 수 있을 것 같다며 기대에 부풀어 있었거늘, 뚜껑을 열어 보니 이겔은 전사해 버렸고, 루카도 사랑하는 동생을 잃어 마음이 망가져 버렸다.

"……한심하구나. 장군이라고 불리면서 나는 아무것도 공헌하지 못하고 있어."

그렇게 팔짱을 끼고 고민하는 맥리르 장군의 곁으로 참모가 다가왔다.

"루카 부사령관님께서 부르십니다. 시급히 천막으로 오라고 하셨습니다."

맥리르 장군은 우울한 기분에 빠졌다. 지금의 루카를 만나는 것은 진심으로 마음이 괴로웠기 때문이다. 소문을 듣자 하니 그녀는 죽은 동생의 목을 껴안고 잔다고 했다. 지휘관 천막에서 악취가 풍긴다고 병사들이 푸념할 정도였다.

"알겠다. 바로 가지."

그래도 만나야만 했다. 어떤 질책을 받을지 알 수 없기 때문이다.

질책만 받고 끝나면 좋겠다고 생각하며 맥리르 장군은 침통한 표정으로 출구로 향했다.

밖으로 나오니 한기가 덮쳐서 무심코 몸을 떨었다.

맥리르 장군은 목을 움츠리고 무뚝뚝한 얼굴로 걷기 시작했다.

루카의 천막은 울페스군의 중앙 막사에서 그리 멀리 않았다.

쾌활한 목소리가 들려오는 진영 안을 묵묵히 걷다 보니 금세 도착했다.

루카의 천막을 경비하던 병사가 긴장한 얼굴로 경례를 했다. 천막 입구가 열릴 때 병사의 손이 떨리고 있었던 것은 맥리르 장군을 만났기 때문일까, 아니면 안에서 이루어지는 불길한 일이 무서워서일까.

"하아……."

지금 당장 도망치고 싶은 마음을 억누르고 맥리르 장군은 입구를 지났다.

안으로 들어가자 이상한 냄새가 코를 찔렀다. 구역질을 일으키는 악취에 맥리르 장군은 입을 막았다. 그대로 무거운 발걸음을 앞으로 옮기자 중앙에 앉은 루카의 모습이 눈에 들어왔다. 기묘한 광경에 저도 모르게 압도되었으나, 앉으라는 루카의 말없는 재촉에 맥리르 장군은 허둥지둥 지면에 무릎을 꿇었다.

"부, 부르셨습니까, 루카 님."

공포로 목소리가 떨리고 말았다. 맥리르 장군은 그녀가 기분이 상했나 싶어서 조심조심 얼굴을 들었다.

그러자 감정 따위 전부 사라진 표정으로 주인은 흙탕물처럼 탁한 눈빛을 보내왔다.

"이겔에게는 인사 안 하나요?"

"예?"

"이겔이 화내고 있어요. 똑바로 인사하세요."

그녀는 동생의 목을 내밀어 보여 주었다.

그 머리에는 마른 살점이 들러붙어 있었고, 피부는 벗겨졌으며, 눈은 썩어서 떨어져 나갔다.

그것에서 풍기는 악취로 인해 위장에서 올라오는 것을 겨우 삼킨 맥리르 장군은 얼굴을 숙였다.

"예! 이겔 님도 장건하신 듯하여 기쁩니다!"

이 이상은 보고 있을 수 없었다. 진창에 빠지는 것 같은 기분 나쁜 감각이 발밑에서 기어 올라왔다. 맥리르 장군은 정체 모를 한기를 느끼고 몸서리쳤다.

"이겔, 어떻게 할까요?"

두개골을 소중하게 끌어안은 루카가 희희낙락하며 그것에 말을 걸었다.

"그런가요…… 그래도 괜찮은 거죠? 후후, 이겔은 다정하네요."

얼굴을 들라는 말이 떨어졌다.

맥리르 장군은 무섭다고 거절하는 신경을 강제로 찍어 누르고 뻣뻣하게 고개를 들었다.

조명 기구가 켜진 어두운 천막 안, 희미한 빛을 받으며 루카가 옅게 웃었다.

"맥리르 장군은 아버지 대부터 저희에게 충성을 맹세해 주셨으니 이번 일은 불문에 부치겠다고 하네요."

누가 그랬느냐고는 묻지 않았다. 그 말을 하면 맥리르 장군의 목은 땅에 떨어지리라.

"예! 망극합니다. 앞으로도 신명을 걸고 두 분을 섬기겠습니다."

맥리르 장군은 담담히 감사의 말을 했다.

"그럼, 장군을 부른 용건 말인데요."

"예, 무엇이든 명령해 주십시오."

맥리르 장군은 재차 머리를 조아리려고 했지만, 믿을 수 없는 말이 고막을 진동시켰다.

"눈에 띄는 주변 마을을 모두 불태우세요. 그리고 가도로 쏟아져 나오는 난민들을 모조리 베고 잘 보이는 곳에 효시하세요. 그란츠인은 한 사람도 살려 둬선 안 돼요. 샅샅이 찾아내서 한 명도 남김없이 목을 베어 죽이세요."

너무나도 끔찍한 명령에 맥리르 장군의 몸은 경직되었고, 머릿속에서는 혼란이 소용돌이쳤다. 하지만 계속 침묵할 수도 없어서 이내 결심하고 입을 열었다.

"그, 그런 일은…… 할 수 없습니다."

"왜죠?"

"불필요한 원한을 사게 됩니다. 그러면 향후 전투에도 영향이 미칠 겁니다."

"……맥리르 장군, 얼굴을 드세요."

한겨울의 차가운 물이 머리에 쏟아진 것처럼 심장이 한번 크게 뛰더니 급속도로 고동치기 시작했다. 감정이 술렁이는 것을 느끼며 맥리르 장군은 거칠게 호흡을 되풀이했다.

뇌가 이해하기 어려운 명령을 승낙하지 못하여 몸이 거부 반응을 일으키면서 시간의 흐름이 느리게 느껴졌다. 영원히 빠져나갈 수 없는 어둠 속에서 헤매는 듯한 감각에 사로잡혔다. 그러나 무슨 일이든 언젠가 끝이 온다.

"—읏?!"

얼굴을 든 맥리르 장군의 입에서는 비명조차 나오지 않았다.

놀람은 공포에 눌려 목구멍 안쪽으로 밀려났다.

코끝이 닿을 만한 거리에— 루카가 있었다.

동공이 확장된 눈으로 지그시 맥리르 장군을 바라보며, 그 다친 얼굴 옆에 사랑하는 동생의 두개골을 들고 있었다.

"이젤을 이런 모습으로 만든 그란츠인을 전부 죽이세요."

처음 만났을 때는 아름다운 아가씨였다. 전전대 왕이 죽고 그 미모가 본인에게 화를 입히는 재난이 되어 많은 귀족들의 장난감으로 전락했으나, 그래도 기품을 잃지 않고 희망을 품으며 사는 모습은 청렴하고 우아했다.

지옥 같은 나날을 견디고 견딘 끝에 마침내 해방됐는데, 이제는 좌반신에 큰 화상을 입고 죽은 동생의 목을 끌어안고 있었다. 호박 보석처럼 투명했던 눈동자는 꺼림칙할 만큼 탁했다.

이것도 전부 한심한 자신의 책임인가 싶어서 맥리르 장군은 아랫입술을 깨물었다. 이제 자신은 그녀의 명령을 거부할 수 없음을 깨달았다.

"알겠습니다. 우리의 앞을 가로막는 자— 그란츠인을 모조리 죽이겠습니다."

루카에게 남은 것은 파멸뿐이다. 그런 그녀를 따르는 자는 없을 것이다.

그렇다면 얼마 남지 않은 인생을 그녀를 위해 바치는 것도 전전대 왕에게 받은 은혜를 갚는 일이 될지도 모른다.

"그럼 2만의 군대를 장군에게 주겠어요. 마을을 불태우고, 도시를 때려 부수고, 성과 성채, 눈에 띄는 건 전부 잔해 더미로 바꾸고 오세요."

"예!"

# 제3장 절망 끝에서

찬란한 광휘가 세계를 가득 채우고 있었다.

위를 보고 있는지 아래를 보고 있는지 확실하지 않았다.

왼쪽을 보고 있는지 오른쪽을 보고 있는지 평형 감각이 애매했다.

그러나 한 가지 알 수 있는 것이 있었다.

'아아, 또 여기에 온 건가.'

히로는 예전에 딱 한 번 이곳을 찾아온 적이 있었다.

잊을 수도 없는 일이라 뇌리 한편에 새겨져 있었다.

그래서 놀라기는 했지만 신기하게도 초조하지는 않았다.

꿈결 속에 있는 듯한 포근한 온기에 그리운 마음이 들었다.

의식이 몽롱한 가운데, 부유감에 지배된 것도 잠시…….

온몸에 오감이 돌아오기 시작하자 자신이 엎어져 있음을 이해했다.

"……예상대로라고 해야 할까, 처음부터 답 따위 없는 것이나 마찬가지였구나."

머리 위에서 목소리가 쏟아졌다. 그것 또한 잘 아는 음성이었다.

히로는 머릿속에 그린 풍채를 눈앞에 있는 것과 겹치기 위해 왼손으로 땅을 짚고 팔에 힘을 주었다.

무거운 머리를 들고 몸을 일으키니 현란한 의자가 시야에 잡혔다.

더욱 시선을 들자 기억과 전혀 다르지 않은 위풍당당한 청년이 옥좌에 앉아 있는 모습이 눈에 들어왔다.

바람이 불었다.

상냥하게 피부를 어루만지고 가는 감각은 마음에 평안을 가져다주었다.

이어서 등에 느껴지는 부드러운 촉감에 시선을 내려 기묘한 감각을 확인하니 어느새 히로는 칠흑색 옥좌에 앉아 있었다.

"너란 녀석은 참 기가 막혀서 화낼 생각도 안 든다."

그 말에 정면을 보았다.

"알티우스……."

"네가 전혀 변하지 않았다는 걸 알면 누님(레이)도 한탄하겠지."

"……후회는 안 해. 그게 가장 유효한 수단이었어."

"하아…… 넌 항상 뭐든 아는 것처럼 반론하는군."

알티우스는 두통이 인 것처럼 이마를 짚은 후, 깊은 한숨을 쉬었다.

"너의 나쁜 버릇이야. 자신은 틀리지 않았다고 믿으며 자기 생각을 관철하고, 자신을 위험에 노출해."

"하지만 그렇게 구한 목숨은 품에 다 안을 수 없을 정도야."

"하! 구했다고 생각할 뿐이겠지."

무슨 소리인가 싶어서 당황한 히로는 눈을 깜박였다.

"산적으로부터 구한 자들의 결말을 보았나? 포학한 귀족으로부터 구한 자의 결말을 보았나? 괴물(몬스터)로부터 구한 자들의 무사를 마지막까지 지켜본 적은 있나?"

대답할 말을 찾을 수 없었다.

급속도로 목이 탔다. 목이 죄어드는 듯한 기묘한 압박감이 엄습했다.

알티우스가 말한 대로 자신은 한 번도 마지막까지 지켜본 적이 없었다.

알티우스가 도달한 곳, 그 꿈의 끝조차도 보지 않고 모습을 감췄다.

"내가 말하기도 뭐하지만, 제멋대로인 것도 정도가 있어. 자기 좋을 대로 최후를 결론지으니 말이야. 그래서는 그저 자기만족에 불과하지 않은가."

"그건—."

아니라고 말하기 전에 알티우스가 손으로 히로의 말을 막았다.

"누구도 의지하지 않고, 누구도 믿지 않고, 누구에게도 마음을 열지 않아. 끝내는 자신의 목숨을 위험에 노출시킨 뒤 구했다고 생각하다니, 그건 그저 오만일 뿐이다."

"1000년 전과는 달라…… 오만이든 아니든, 나는 그만한 힘을 손에 넣었어."

"그게 이 결과인가?"

금색으로 빛나는 알티우스의 눈동자가 히로의 오른팔을 보고 조소했다.

히로는 부끄러워하듯 얼굴을 숙이고 입술을 깨물었다.

“……내가 어떻게든 하지 않으면 나라가 붕괴할 만한 상황에 빠져 있었어.”

그 밖에도 전하고 싶은 것은 많았지만 말이 제대로 정리되지 않았고, 창피한 마음에 내뱉은 맺음말은 허공을 스치고 사라졌다.

아니— 단 한 번의 코웃음에 날아갔다.

“하! 한 사람의 힘으로 어떻게든 되는 나약한 나라 따위 멸망해 버리면 되지 않나.”

시원스러운 결단— 심지어 너무 제멋대로인 발언에 히로는 언성을 높였다.

“뭐? 모두가 필사적으로 싸우고 수많은 희생을 치르면서까지 만든 나라야!”

“그게 뭐 어쨌는데?”

알티우스는 태연한 얼굴로 히로의 격정을 받아넘겼다.

그리고 냉소를 지으며 의자 팔걸이를 손가락으로 한 번 세게 두드렸다.

“필요 없다. 그딴 나라 따위, 내 의제(義弟)를 희생하여 성립되는 나라 따위 필요 없어.”

“그게 무슨…… 그런 이야기가 통할 리가…….”

“통하지.”

다리를 고쳐 꼰 알티우스는 무릎 위에 양손을 깍지 끼고 대담하게 웃었다.

“짐은 초대 황제다.”

어린아이처럼 천진난만하게 웃으며 알티우스는 부끄러워하는 기색도 없이 가슴을 쭉 폈다.

변함없이 자신감 넘치는 그의 모습에 히로는 어떤 표정으로 대응하면 좋을지 전혀 알 수 없었다. 태양을 직시한 것처럼 히로는 시선을 발밑으로 피했다.

"너는 너무 제멋대로야……."

"얼마든지 제멋대로라고 해도 좋아. 황제란 그래야 해."

사자처럼 오만불손하며 호랑이처럼 유아독존, 그야말로 왕이 되기 위해 태어난 남자— 뻔뻔한 태도에서 풍기는 자신감은 조금도 흔들리지 않았다.

"너는 항상 사물을 너무 어렵게 인식해. 누군가를 우선하여 감정을 죽여 버리지. 나는 그 점이 늘 불만이었다."

말을 끊은 알티우스는 주먹으로 히로의 가슴을 툭 쳤다.

"—때려 주고 싶을 만큼 말이야."

장난스럽게 한쪽 눈을 감은 후, 알티우스는 의자에 등을 기댔다.

"하지만 이번만큼은…… 그건 내 역할이 아니지."

알티우스가 쓸쓸한 얼굴로 그렇게 말했다.

과거와 현재, 더는 엇갈리지 않을 두 시대.

이미 알티우스의 역할은 1000년 전에 끝났다.

그것이 행복인지 불행인지 판단은 할 수 없지만 그의 시대는 종언을 맞이했다.

"이토록 안타까운 일이 또 있을까. 괴로워하는 의제를 그저 보고만 있어야 한다니. 내가 그곳에 있다면 너를 구하지는 못 해도…… 그런 꼴로 만들지는 않았을 것이다."

불가능한 일을 가정해 봤자 소용없지만, 확실히 전성기의 알티우스라면 지금 그란츠 대제국을 둘러싼 문제는 대부분 해결할 것이다. 그 호탕한 수완으로 죄다 쓸어 버릴 테니까.

"뭐, 그에 관해서는 포기할 수밖에 없겠지."

알티우스는 표표한 태도로 후회를 떨쳐 버리고 품에서 검은 카드를 꺼냈다.

히로가 지구로 귀환하기 직전에 알티우스가 건네줬던『정령부적』이었다.

시간이 지날수록 검게 변색되고, 무언가에 반응을 나타낼 때마다 침식되는 속도가 빨라졌다.

그것은 어느새 히로의 수중에서 사라진 상태였지만…….

"마지막 발동 조건이 충족됐다. 히로(헬트)가 변함없이 자기희생 정신으로 똘똘 뭉친 녀석이었던 건— 정말이지 너무 예상대로라 웃을 수가 없군."

알티우스는 어이없어하며 말하고는 대뜸 진지한 표정을 지었다.

"정말로 무모한 짓을 했어……."

어딘가 책망하는 듯한 어조라서 히로는 쓴웃음을 지었다.

"너는 언제나 위험한 길을 나아가려고 해. 마치 징세처럼 자신에게 저주를 걸며 살아가고 있어. 괴롭지 않은가?"

"……솔직히 말하자면 괴로워."

『쌍흑의 영웅왕』이라는 과분한 직함, 많은 희생 위에 이루어진 『군신』이라는 존호.

그 책무에 짓눌릴 것 같을 만큼…….

"하지만 나약한 말을 할 수는 없어."

"왜지? 실망시키기 때문인가?"

"아니. 새삼 남들이 실망하는 건 안 무서워. 다만 더 이상 후회하고 싶지 않아."

히로는 자신의 떨리는 왼손을 보았다.

"1000년 전과 같은 일은 두 번 다시…… 되풀이하고 싶지 않아."

살았는지 죽었는지 애매한 경계선에서 헤매는 소중한 사람들, 그런 그녀들의 체온이 점차 사라지는 것이 얼마나 무서운지 알까. 심장은 뛰는데 숨소리가 작아지는 것이 얼마나 무서운지……. 모든 것은 한순간, 되돌아가지 않는 시간 속에 남는 것은 그저 빈껍데기라고 이해했을 때의 공포— 그때와 같은 절망을 다시 견딜 자신이 없다.

"더는 싫어. 누군가를 잃는 것도, 지키지 못하는 것도 싫어."

"누님은 바라지 않아. 너의 그 모습을 결코 인정하지 않을 거야."

알티우스가 조용히 중얼거리자 두 사람 사이에 정적이 찾아왔다.

서로 이야기를 꺼내지 못하고 미묘한 공백이 생겼다.

그렇게 숨 막히는 침묵이 지나고…….

"……이제 너는 달라. 슬슬 자기 길을 걷도록 해. 누구에게도 얽매이지 말고 자유롭게 움직이며 제멋대로 살아도 좋은 시기야. 너는 그란츠를 위해 충분히 애썼어."

히로는 아무 대답도 하지 않았다. 얼굴을 숙인 채 여전히 말이 없었다.

알티우스는 탄식하고서 검은 카드를 가지고 놀며 말을 이었다.

"그날, 네가 『지구』라는 곳으로 귀환하기 직전의 일이지."

히로의 어깨가 움찔하고 떨렸다. 그는 깜짝 놀란 얼굴로 알티우스를 보았다.

"아무것도 모를 줄 알았나?"

"아니, 하지만, 나는 누구한테도……."

알티우스가 의기양양한 얼굴로 콧방귀를 뀌었다.

"나는 너의 형이다. 당연히 눈치채지."

어이없다는 얼굴이지만 그 표정에는 애정이 넘쳤고, 비난하는 어조는 아니었다.

"―『무모왕(無貌王)(데미우르고스)』에게 도전했음을 알았을 때는 역시 놀랐지만 그래도 너답다고 생각했다. 모든 책임을 질 생각이었지?"

그럼에도 실패했다― 미쳐 버릴 듯한 격정에 지배당한 결과였다.

늘 비정해지려고 하고, 더러워지는 것을 마다하지 않고, 도전하고, 싸우고, 단숨에 몰아쳐 하늘을 추구했으나― 아무것도 거머쥐지 못한 채 그 대가로 몸에 저주가 깃들었다.

분한 얼굴로 손을 움켜쥐는 히로를 보고 알티우스가 쓴웃음을 지었다.

“전에도 말했듯 너에게는 많은 선택지를 준비해 뒀다.”

알티우스가 그렇게 말하자, 책 **세 권**이 아무것도 없는 곳에서 돌연 나타났다.

그것들은 전부 낯익은 책으로, 『초대 황제의 수기』, 『백지서』, 『흑지서』였다.

알티우스는 그중에서 『초대 황제의 수기』를 집었다.

“임종을 깨달았을 때, 히로에게 뭔가 남겨 줄 수 없을지 고민했다.”

알티우스가 뭔가를 바라고 있음을 어렴풋이나마 눈치채고 있었다. 그것을 찾기 위해, 재소환된 뒤로 집무실에 틀어박혀 다양한 자료를 조사했다.

역사를 조사하면서 자신이 남긴 것이 후세에 어떤 영향을 미쳤는지를 알았다. 알면 알수록 자신이 얼마나 무책임했는지를 이해했다.

그 저주받은 업보는 현재 리즈에게 이어져 슬픈 운명에 좀먹히고 있었다.

결국 알티우스의 진의를 알지 못한 채 세계의 진실을 직시하는 결과로 끝났다.

“넌 뭘 바랐던 거야?”

“내가 바란 것은 단 하나, 소원은 늘 하나였다.”

알티우스는 『흑지서』를 들고 얄밉게 웃었다.

“그래서 소원을 이루기 위해 일단 제일 먼저 한 것은 히로에게 누구나 바랐던 지위를 주는 것이었다. 독선적인 일이긴 했지만, 너로 둔갑하여 제2대 황제로서 옥좌에 앉았지."

그것도 눈치채고 있었다. 못된 장난을 좋아하는 그이니 희희낙락대며 변장했을 것이다.

하지만 그것은 상궤를 벗어난 일이었다.

엄청난 대국의 황제가 스스로 역사를 일그러뜨리는 행동을 할 줄 누가 상상이나 했을까.

"왜 그런 터무니없는 짓을……?"

히로가 나무라는 시선을 보내자 알티우스는 외로운 표정을 지었다.

"나는 너의 의형이고 너는 나의 의제다. 그 처참한 대전에서 살아남은 유일한 가족— 피가 섞이지 않았어도 우리 사이에 있는 유대는 결코 약하지 않아."

알티우스는 명랑한 얼굴을 하면서도 쓸쓸한 분위기를 만들며 울음을 터뜨릴 듯한 기색을 풍겼다. 가족에게만 보여 주는 얼굴, 거기에 깃든 확실한 애정은 불변의 마음이었다.

"세계의 패권을 장악한 황제라고 해도 사람의 아이— 의제의 행복만을 바라는 것은 죄인가?"

그 말에 모든 것이— 알티우스의 바람이, 절실한 소원이 담겨 있는 것 같았다.

"붙잡을 수 없어도 포기하지 마라. 원하는 길을 걸으며 머나먼 이상을 다시금 추구하라. 나는 너를 위해 모든 것을 남겼다."

알티우스는 검은 카드로 **오른쪽 눈**을 가리고서 웃었다.
"다음은…… 아니, 쓸데없는 참견이겠군."
자조하듯 중얼거린 알티우스는 고개를 가로젓고 미소 지었다.
"그러니 한 번만 더 충고하마."
수없이 들은 위엄 있는 목소리였다.
왕으로서 필요 불가결한 음성은 숨기려고 해도 숨길 수 없는 위압감을 품고 있었다.
"진실에 도달했을 때— 너는 모든 것을 이해하겠지."
강제하는 것은 아니었다. 자연스럽게 그의 말에 귀를 기울이게 된다.
그런 깊은 매력이 있는 음성을 알티우스는 선천적으로 가지고 있었다.
"선택을 틀리지 마라. 나는 이제 도와줄 수 없다."
알티우스는 의자에서 일어나 양팔을 펼쳐 세계의 크기를 전했다.
모든 종족의 정점에 군림했으면서도 그 손은 세계를 거머쥐지 못했다.
그런데도 그 손에 후회는 없었고, 미련도 없었으며, 만족감에 지배되어 있었다.
"하지만 걱정하지 마라. 나의 유지는 남아 있으니 분명 너를 도와줄 것이다."
하늘을 꿰뚫을 것처럼 올려다본 그는 기분 좋아 보이는 미소를 흘렸다.

이제 여한은 없다는 것처럼 후련한 얼굴로 히로를 보았다.

"자, 깨어날 시간이다."

빛이 급속도로 히로의 시야를 덮었지만 신기하게도 눈이 부시지는 않았다.

히로는 눈을 감지 않고 앞에 선 알티우스를 응시했다.

"……내가 찾을 수 있을까?"

목적어를 잃은 뜬금없는 말이었다. 하지만 그럼에도 알티우스는 힘 있게 고개를 끄덕여 주었다.

"그래, 분명 찾을 수 있을 것이다."

온화하게 웃는 그를 보고 히로는 어깨에서 힘을 빼고 하늘을 올려다보았다.

"그런가…… 그럼, 나는—."

히로는 끝까지 말하지 않았다.

분명 말하지 않아도 알티우스라면 알 것 같았기 때문이다.

그렇기에—.

"또 **만나자**."

그저 그 말만을 고하고서 히로는 눈을 감았다.

빛이 세계를 비추면 어둠은 크게 자라난다. 둘은 떼려야 뗄 수 없는 관계다.

태양과 만월처럼 늘 함께 세계를 지켜보고 있다.

의식의 각성— 몸에 중력이 느껴졌을 때, 히로는 조용히 눈을 떴다.

시야에 들어온 것은 목제 지붕이었다.

조명 기구가 달려 있지만, 방의 어둠을 완전히 몰아내지 못할 만큼 약한 불빛을 내고 있었다. 히로는 숨을 한번 내쉬고서 상체를 일으켜 주위를 확인했다.

그러자 입구로 추정되는 곳에 한 여성이 서 있는 것이 보였다.

허리까지 기른 자은색 머리카락을 조명이 비추고 있었다. 애교가 느껴지는 자상한 눈가에 음영을 만들고, 오뚝한 콧날을 지나 연분홍빛 입술이 눈에 들어왔다. 그 섬세한 외모는 어두운 곳에서도 환상적이고 아름다워서 한번 보면 잊을 수 없었다.

레벨링 왕국의 여왕— 클라우디아 반 레벨링이었다.

"기분은 어떠세요?"

클라우디아의 물음에 히로는 목에 손을 대고 고개를 기울였다.

"문제없어. 그보다 그로부터 며칠이 지났지?"

"한 달 정도요. 지금은 3월 12일이에요."

"그렇게나 오래 자고 있었나……."

"두 번 다시 깨어나지 못할 줄 알았는데, 일단 무사하신 것 같아서 다행이에요."

히로가 솔직하게 놀라자 클라우디아는 그렇게 말하며 히로에게 다가와 이상하다는 듯 눈썹을 찡그렸다.

"그 눈은 어떻게 된 거죠?"

난데없는 질문에 히로는 고개를 갸웃했다.

클라우디아가 손거울을 꺼내 히로에게 보여 주었다. 거기

비친 것은 황금색으로 빛나는 오른쪽 눈이었다. 그 밖에도 베여서 날아갔던 오른팔이 수복되어 있음을 알아차렸다. 기괴하게도 옆구리에 났던 상처도 아물어 있었다.

'……알티우스인가.'

마지막 발동 조건이 충족됐다고 알티우스는 말했다. 그것이 신체에 어떤 은혜를 베풀었는지 아직 완전히 파악하진 못했지만, 그중 하나가 이 상처 수복임은 틀림없었다.

'……더듬더듬 직접 확인해 나갈 수밖에 없겠어.'

왼손으로 오른팔을 쓸어내리는 히로에게 클라우디아가 말을 걸어왔다.

"……『흑춘희』(흑동백 공주)까지 하얗게 물들었네요. 한 시진쯤 전에 모습을 보러 왔을 때는 아무런 변화도 느껴지지 않았는데, 어떻게 된 거죠?"

클라우디아가 흥미롭게 히로의 전신을 훑어보았다.

"분명 법석의 영향이겠지."

여섯 나라 중 하나인 울페스국의 젊은 지휘관 이겔, 그의 왼팔을 삼키면서 『흑춘희』의 힘은 봉인되었고 고속 재생조차 기능하지 않게 되었다.

지금도 그의 법석은 『흑춘희』 안에서 다대한 영향을 남기고 있었고 이 흰색 변모로 이어진 것이다. 그때 히로는 또 다른 신경 쓰이는 점을 알아차렸다.

"그러고 보니 옆구리에 있었던 법석이 사라졌는데 네가 한 거야?"

"예, 양해를 구하지 않은 건 죄송하지만, 제가 적출해서 챙겼어요."

별로 반성하는 기색이 없는 클라우디아에게 히로는 어깨를 으쓱여 알겠다는 뜻을 표했다.

하지만 이어서 클라우디아가 손을 내밀자 히로는 물음표를 띄웠다.

"뭐야?"

"**조건**은 두 개예요."

빈틈이 없다며 히로는 쓴웃음을 지었다.

하지만 지금 『흑춘희』를 원래 모습으로 되돌릴 수는 없었다.

무엇보다 향후를 생각하면 이겔의 법석이 필요 불가결했다.

'분명 필요한 **장면**과 만날 거야…….'

그 예상은 현실이 된다. 히로는 그런 확신을 느끼고 있었다.

그렇다고 법석 하나로 클라우디아가 납득할 리도 없었다. 조건을 만족시키지 못하면 그녀는 즉각 히로의 목을 선물로 가져가 여섯 나라 편에 붙을 것이다. 아니면 신병을 확보하여 그란츠 대제국과 거래하는 데 쓰거나.

"미안하지만 이 법석은 아직 필요하거든."

험악한 눈빛을 보내는 클라우디아 앞에서 히로는 천연덕스럽게 『흑춘희』의 품을 뒤지기 시작했다.

"이걸로 **조건**을 충족시킬 수 없을까?"

히로가 그렇게 말하며 내민 것은 엄청난 기운을 자아내는 마석이었다.

"잠깐 볼 수 있을까요?"

홍미를 느꼈는지 클라우디아는 마석을 들고 황홀하게 한숨을 쉬었다. 순도 높은 마석임을 알아차렸는지 뺨이 발그레했다.

"이런 걸 어디서 손에 넣으셨죠?"

약한 광원에 의지하여 클라우디아는 흥분을 감추지 못하는 모습으로 마석을 들여다보았다.

"보물 창고에 들어갈 기회가 있었는데 희귀하다고 생각해서 황제 폐하에게 하사받았어."

물론 거짓말이지만 이렇게라도 말하지 않으면 클라우디아는 납득하지 않을 것이다.

현재 중앙 대륙에 순혈 마족이 존재하지 않는다는 사실은 누구나 알고 있고, 순도 높은 마석을 입수할 수단은 한정되어 있었다.

1000년 전의 대전 이후로 마족은 박해를 피해 중앙 대륙의 남쪽에 있는 남열도(암비시온)로 건너갔다고 한다. 정말인지 확인할 방법은 현재 존재하지 않았다. 왜냐하면 사납게 파도치는 바다에 막혀 출입할 수 없기 때문이다. 그러나 모든 마족이 남열도로 건너간 것은 아니었고, 중앙 대륙에 남은 마족도 적잖이 존재했다. 클라우디아의 선조이자 『흑천오장』 중 한 사람인 로크스 반 레벨링이라는 남자도 그런 마족이었다.

"어때? 납득했어? 내가 생각하기에는 법석 못지않은 물건인데."

"고맙습니다. 이걸로 맹약은 이루어졌어요. 앞으로는 히로 님께 조력하겠어요."

클라우디아는 만족스럽게 마석을 갈무리하고서 우아하게 인사했다.

"그거 다행이네. 전폭적으로 믿고 있어."

히로가 뻔뻔하게 그렇게 말하자 클라우디아도 가식적으로 웃으며 쳐다보았다.

서로 이해관계가 일치하기에 지금은 손을 잡고 있지만, 어느 한쪽이 열세에 빠지면 서로가 적이 되어 목숨이 다할 때까지 계속 싸워야만 한다. 요컨대 서로에게 이용 가치가 있기에 이루어진 협력 관계였다.

"그건 그렇고— **정말로 늦었네.**"

히로는 비난하는 어조로 화제를 바꾸었다.

"배신한 녀석들 사이에 널 숨겼으니 더 빨리 도와주러 올 줄 알았는데."

"녀석들이 가장 긴장을 늦춘 건 그때였으니까요. 제가 생각하기에 히로 님의 책략을 성공시키려면 그때가 가장 적합한 시기였어요."

클라우디아는 타박하는 시선을 보내더니 마음고생이 끊이질 않는다는 듯이 이마에 손을 얹고 머리를 휘휘 가로저었다.

"그리고 그 혼잡한 상황에서 때를 놓치지 않은 것만으로도 훈장감 아닌가요?"

클라우디아는 원망을 토하듯 짜증 섞인 말을 자아냈다.

"히로 님은 조금 터무니없는 주문이 많아요."

사벨트를 포위하고 있던 울페스군을 히로가 섬멸한 후, 그

장비를 노획하라고 지시했던 것. 여섯 나라와의 결전에서는 울페스 기마대로 가장하여 적의 자중지란을 유발, 게다가 우수한 밀정들을 중앙 귀족으로 변장시켜서 지휘하게 하기도 했다. 원래부터 지휘관 교육 따위 하지 않은 모양이라 금방 와해되어 버렸지만.

"이번 전쟁에 데려왔던 5천 중에서 2천은 후방에 대기시켜 뒀지만, 기습이나 다양한 역할을 맡았던 병사 3천은 덕분에 1천까지 줄어들고 말았어요."

클라우디아는 피해를 보고했으나, 그 목소리에서 후회는 조금도 배어나지 않았다.

장기말이 줄어들었을 뿐, 다만 그것이 **조금** 우수한 말이었을 뿐이다.

"그들을 잃을 만한 충분한 가치가 있으면 좋겠네요."

클라우디아는 빈정거리는 시선을 보내왔다. 그것을 매섭게 받아쳐도 좋겠지만, 쓸데없는 대화로 시간을 낭비할 필요성은 느껴지지 않았다.

"그보다도 여섯 나라는 어때?"

강제로 화제를 전환하자 클라우디아는 눈썹을 찡그리면서도 대답해 주었다.

"잠입시킨 밀정에 의하면 히로 님을 죽여서 밤낮으로 잔치를 열고 있는 모양이에요. 상당히 들떠 있는 것 같아요."

"그럼 나를 놓쳤다는 건 대부분 모르나 보네."

"제가 잘 연출한 덕분이지만, 대강 그렇게 생각해도 문제없어요. 히로 님은 분명하게 죽은 사람으로 취급되고 있어요."

클라우디아가 자화자찬했다. 히로는 어이가 없어서 코웃음으로 대답했다.

그런 대답을 가볍게 무시한 클라우디아는 보고서 한 장을 들어 보였다.

"그리고 히로 님이 기습했을 때 지휘관 대부분이 전사한 모양이라 상층부는 매우 혼란스러운 것 같아요. 그것 때문에 여섯 나라는 앙귀스군의 루시아 사령관과 울페스군의 루카 부사령관, 두 의견으로 나뉘었다고 해요."

철저히 항전하자는 루카, 페르젠까지 물러나 태세를 갖춰야 한다고 주장하는 루시아.

쌍방의 주장은 틀리지 않았다. 남은 것은 그녀들의 부하가 어느 쪽을 지지하는가.

그래도 여섯 나라 진영은 둘로 나뉘지 않을 것이라고 히로는 예상했다.

인간의 욕심은 측량할 수 없을 만큼 깊다.

달콤한 미끼가 앞에 매달려 있는 상황이라면 누구나 공적을 갈망할 것이다.

너무나도 탐나는 공적— 그것을 위한 **거짓**을 히로가 심어 뒀으니 간단히 물러나지는 않을 것이다.

"이쪽의 의도대로 놀아나 주고 있구나."

"그걸 이해하면서도 움직일 수밖에 없는 상황은 한없이 괴롭겠죠."

여섯 나라가 당황해서 쩔쩔매는 모습을 상상했는지 클라우디아는 들뜬 목소리로 기쁘게 말했다.

"그래서 앞으로 어떻게 하실 건가요? 일단 히로 님은 전사했다고 세상에 알려져 있어요. 모습을 나타내서 백성들의 인기를 이용해 병사의 사기를 높이는 방법도 있는데요."

"아니, 그럴 순 없어. 무엇보다 내 전사 소식을 들은 그란츠 병사는 복수심으로 사기가 오른 상태일 테니까. 과하게 사기를 높이면 흥분해 버려. 그러면 의미가 없어."

히로가 모습을 나타내면 모든 것이 무용지물이 되어 버린다.

무엇을 위해 사람들을 속이는 선택을 했는지 알 수 없어진다.

무엇보다 히로가 모습을 나타내면 리즈가 옥좌에 앉지 못하게 될 가능성이 크다.

히로가 살아 있음을 알면 백성들은 숭배할 것이다. 분명 병사들은 신바람이 나서 찬양할 것이다.

『군신』의 후손은 불사신이라고, 옥좌에 어울리는 사람은 바로 그라고 소리 높여 주장하리라.

황제를 잃고, 제1황자를 잃고, 제3황자까지 잃었다. 제2황자는 북방 말고는 관심이 없다. 남은 것은 제4황자와 초대 황제의 재래라고 일컬어지는 제6황녀뿐이다.

만약 그대로 히로가 그란츠 대제국에 머물렀다면 언젠가는 나라가 둘로 나뉘었을 것이다.

『군신』의 후손이라고는 해도 국가를 운영해 온 것은 알티우스의 혈통이었다.

히로를 꺼리는 무리는 정세를 돌아보지 않고 리즈를 내세우며, 국민들의 감정을 자극하듯 내전으로 방향을 전환했을 것이다. 동방 귀족 역시 그 사이에 끼어서 이러지도 저러지도 못하고 와해됐으리라. 이 혼란기에 또 내란이 일어난다면 그란츠 대제국은 틀림없이 붕괴되리라.

'그것만큼은 피해야만 했어…….'

생각에 잠긴 히로를 보고 클라우디아가 입을 열었다.

"만약 제가 상상하는 그 생각을 하고 계신 거라면 너무 깊게 생각하시는 것 아닌가요?"

그 말에 히로는 얼굴을 들어 클라우디아에게 복잡한 웃음을 보였다.

실은 그렇지도 않았다.

실제로 1000년 전에는 히로를 지지하는 일파와 알티우스를 지지하는 일파가 파벌 싸움을 펼쳤다. 당사자의 마음과는 상관없이 그들은 권력 투쟁에 몰두했다.

슈바르츠야말로 초대 황제가 되기에 적합하다. 어디 알티우스 따위가. 그렇게 자기 멋대로 결론짓고, 히로가 옥좌에 관심 없다고 해도 아무도 이야기를 들어 주지 않았다.

히로는 그런 궁정 문제에 관여하기 싫어서 항상 전장에 머물며 침묵을 관철했다.

하지만 그게 문제였는지 오히려 사태를 악화시켰다.

권력에 홀린 인간은 사소한 계기로 폭주한다.

마족과의 싸움이 정점에 다다르자 사람들은 다음 싸움에—

동족에게 눈을 돌리기 시작했다. 귀족 간의 언쟁은 모살, 암살, 독살이 되어 표면화되었다. 알티우스가 중재에 나섰지만 그 불씨를 없애지 못했고, 이윽고 나라 전체에— 국민의 생활에도 영향을 미쳤다. 이두정치를 주장하는 자들도 나오기 시작해 정치가 지극히 혼미해지자 히로는 결단했다. 이 이상의 혼란을 바라지 않는다며 그때까지 쌓은 공적을 전부 파기했다.

대장군 지위를 반납한 히로는 『흑천오장』의 지휘권도 알티우스에게 양도하고서 그의 누나인 레이가 다스리던 동쪽 끄트머리 영지에 나라를 세웠다. 그 나라는 바움 소국이라고 명명되었고, 지금은 정령왕이 사는 순례지로서 번성하고 있었다. 물론 간단히 신분을 버린 히로를 원망하는 자는 많았지만 2대 무녀공주가 히로 쪽에 몸을 의탁하면서 해결되었다.

'두 번 다시 그런 일을 반복할 수는 없어…….'

히로는 이 세계 사람이 아니다.

언제 무슨 일이 일어날지 모르는 몸으로 대국을 짊어질 수는 없다.

그렇기에 이번에도 겉으로 드러난 문제를 해결하기 위해 자신을 위험에 노출하는 수단을 썼다.

'일단 안심해도 좋으려나……. 남은 건 안 보이게 숨어 있는 『진실』의 대처야.'

빛이 강하면 강할수록 그림자는 커진다.

그란츠 황가의 눈부신 영광에서 태어난 큰 그림자— 그 어두운 부분이 분출되는 사태가 벌어지면 어떤 결과가 기다리고 있을지 히로도 상상이 가지 않았다. 그래서 그런 사태가 벌어지기 전에, 힘으로 밀어붙이는 것이기는 하지만 그란츠 대제국의 토대를 다질 필요가 있었다.

히로는 탄식했다.

"뭔가 얼굴을 가릴 물건 없을까?"

신원을 숨겨야 하니 오랫동안 쓰게 될 것이다.

클라우디아는 팔짱을 끼고 고개를 갸웃했다가 작게 끄덕였다.

"분명…… 제사 도구로 보이는 물건이 있었던 것 같은데…… 잠시만 기다려 주세요. 찾아볼게요."

몸을 돌린 그녀는 빠른 걸음으로 방을 나갔다.

기척이 멀어지는 것을 확인한 히로는 근처 책상을 가까이 당겼다.

그리고 『흑춘희』의 품을 뒤져서— 인간의 두개골을 꺼냈다.

그것을 책상 위에 놓고, 그 밖에도 품에서 마석을 꺼내 늘어놓았다.

"……『흑사향(오르쿠스)』이 움직이기 시작하는 것도 시간문제야."

히로의 중얼거림은 어두우면서도 탁했고, 추악한 음성은 지면으로 스멀스멀 떨어졌다.

"마침내…… 손에 잡히는 건가."

클라우디아에게 전하지 않은 것이 하나 있었다.

오직 그녀의 협력을 얻기 위해 법석을 손에 넣은 것은 아니었다.

죽음을 가장한 이유도 과거의 일을 고려하여 그란츠 대제국의 토대를 다지기 위해서지만, 그것은 명분에 불과했다.

"……본심은 따로 있지."

히로는 책상 위로 주먹을 내리치고 증오에 찬 시선을 두개골에 보냈다.

"아직 네 유지가 이 세계에 남아 있어……. 그걸 묵인해선 안 되잖아?"

나날이 그 영향이 세계에 나타나는 것이 느껴졌다.

그리고 이 신체에 새겨진 저주 또한 몸을 좀먹기 시작하고 있었다.

"……이번에는 실패하지 않아."

티끌도 남김없이 완전히 소멸시켜야만 한다.

법석 덕분에 모습을 감출 수는 있었다. 『흑사향』은 히로의 기척을 감지하지 못하고 죽었다고 착각했을 터다.

"어서 모습을 보여라."

책상에 나열된 마석들이 이상야릇한 빛을 내며 히로의 얼굴을 비추었다.

심연의 눈동자에 분노의 색을 품고서, 히로는 두개골을 계속 노려보았다.

*****

클라우디아가 돌아온 것은 해가 저문 뒤였다.

석식과 함께 가면을 가져 왔다.

그녀는 사죄와 함께 긴급한 용건이 있었다고 말했다.

히로는 어렴풋이 알아차리고 있었기에 석식을 먹으며 창밖을 보았다.

"적에게 포위된 모양이네."

"예, 알고 계셨나요……."

"아까부터 어수선한 소리가 들리고 있으니까."

수프를 먹으며 잡담이라도 하듯 침착한 태도로 히로가 말했다.

"적의 별동대가 이곳을 발견한 모양이라……. 시간문제라고 생각했지만 그래도 예상보다 빨리 발견됐어요."

"그러고 보니 여긴 어디야?"

장소를 물어본다는 걸 깜빡했다며 히로는 태평한 얼굴로 물었다.

그러자 근처에 있던 여벌 책상을 가까이 당긴 클라우디아가 지도를 꺼내 펼쳤다.

"그란츠 서방의 중앙 부근, 이곳은 트루스라고 불리는 성채예요."

"튼튼해?"

"아뇨, 대군을 상대하면 간단히 함락되겠죠."

"그럼 일단은 상황을 확인해 볼까."

히로는 클라우디아가 가져온 식사를 급히 먹어 치우고서 자리에서 일어났다.

"여기요. 이걸 잊어버리시면 의미가 없어요."

클라우디아가 내민 것은 가면이었다.

"아아, 그랬지, 참."

히로는 안대를 차듯 익숙하게 가면을 장착하고 방문을 열었다.

"트루스 성채라고 했나? 구조를 자세히 몰라서 그런데 성가퀴까지 안내를 부탁할게."

"안내할 만큼 넓은 성채는 아니지만 말이죠."

어깨를 으쓱인 클라우디아가 앞장서 걷기 시작했다.

머지않아 저택의 출구에 도착했고, 밖으로 나가자 달빛이 맞이해 주었다.

히로가 있던 곳은 목조 저택으로, 이 성채에서 가장 큰 건물 같았다.

그 주위에는 병사들의 침상인지 길쭉한 건물이 늘어서 있었고, 레벨링 왕국의 병사들이 횃불을 들고서 바쁘게 뛰어다니는 모습이 보였다.

아까 클라우디아에게 들은 이야기에 의하면 3천 중 2천은 후방에서 대기 중이고, 트루스 성채까지 따라온 것은 나머지 1천이라고 했다.

소수인데도 비좁게 느껴지는 것은 성채의 규모가 작기 때문이리라.

화톳불의 불빛이 닿는 범위만 봐도 성벽은 사다리를 걸치면 오를 수 있을 만큼 낮았다. 공성 병기를 사용하면 간단히 분쇄될 것 같았다.

트루스 성채는 좋게 말하자면 소수로 지키기 쉬웠고, 나쁘게 말하자면 간단히 부서질 만큼 취약했다.

농성에 적합하지 않은 것은 명백했다. 히로와 클라우디아는 순회병들 앞을 지나 계단을 올라가 성가퀴에 도착했다. 강풍이 휘몰아쳐 클라우디아의 머리카락을 거칠게 흐트러뜨리고 갔다.

"그러고 보니 항복하라는 타진이 있었는데 도발만 하고 거절했어요."

상대를 자극할 필요는 전혀 없지만, 클라우디아의 성격을 생각하면 예상할 수 있는 일이었기에 놀랍지는 않았다. 오히려 항복을 택할 만큼 소극적인 성격이 아니라서 다행이라고 여겨야 할지도 몰랐다.

"흐응, 너답네……."

히로는 억양 없는 대답을 하고서 아래쪽을 확인하고 주위를 둘러보았다.

어둠 속에 떠오른 불빛…… 수준이 아니라 하늘을 밝힐 만큼 환한 화톳불이 대지에 퍼져 있었다.

성채는 완전히 포위된 상태였다.

심지어 대군이라는 점에 히로는 자연스레 흥분으로 몸이 떨렸다.

"이건 또…… 어떻게 빠져나갈까요."

클라우디아가 난처한 듯이 뺨에 손을 대며 고개를 갸웃했다.

능청스럽다고 느꼈다. 그 표정에서는 즐거운 분위기가 감돌고 있었기 때문이다.

'전쟁을 즐기고 있어……. 아니, 이 상황을 위기라고 생각하지 않는 건가.'

그 이유는 물어볼 필요도 없었다.

그녀 나름대로 이 위기 상황을 빠져나갈 책략을 생각해 냈으리라.

그렇다면 왜 움직이지 않는가. 요컨대 그녀는 시험하려는 것이었다.

"정말로 곤란하네요. 히로 님은 이런 상황에서 어떻게 하실 건가요?"

"너라면 이미 알고 있을 것 같은데."

"후후, 그러면 재미없잖아요. 레벨링 왕국을 구해 주셨을 때를 잊어버리지는 않았지만, 그때와는 또 여러 가지로 상황이 달라요. 앞으로도 함께 행동할 분의 실력을 알아 두고 싶어요."

히로의 군사 전략을 가까이에서 보고 싶다고, 그 실력이 녹슬지 않았는지 재확인하고 싶다는 것이 그녀의 희망인 듯했다. 그녀의 부하들이 히로를 수상쩍게 보고 있는 것도 한 요인일 것이다.

수수께끼의 인물이 돌연 여왕 옆에 나타나 당당하게 눌러앉고서 앞으로 잘 부탁한다고 해도 그런 요구가 간단히 받아들여질 리가 없다. 즉, 클라우디아뿐만 아니라 레벨링 병사들에게도 실력을 보여서 히로에게 협력하는 것이 이득이라고 여기게 해야만 했다.

'뭐, 앞날을 생각하면 날 시험하고 싶어지는 것도 당연한가…….'

히로의 진가를 여기서 확인하려 하고 있었다. 그녀가 보내는 눈빛에서 강렬하게 느껴졌다. 그렇다면 그 기대에 부응해 주자고 생각했다.

"적의 전력은 알고 있어?"

"예, 알고 있어요."

클라우디아는 눈동자에 수상한 빛을 담고서 살포시 미소 지었다.

"이쪽의 수는 1천, 반면 여섯 나라 측은 2만이라는 대군이에요."

지휘관이 어떤 인물인지 정보를 알고 싶었으나 배부른 소리를 할 만한 상황이 아닌 것은 확실했다. 그렇다면 어떻게 해야 할까— 히로는 턱에 손을 대고 생각에 잠겼다. 그 옆얼굴을 힐끔 본 클라우디아가 서방으로 시선을 보냈다.

"여기서 보기에 상대의 경비는 엄중해요. 야습을 가할 만한 빈틈은 없어 보이네요. 그리고 생각보다 화톳불의 수가 많아요…… 재워 주지 않을 것 같아요."

클라우디아가 하려는 말은 상대가 야간 전투 준비를 갖췄다는 것이었다.

이쪽의 경계가 허술하다고 판단되면 대규모 공격이 시작되리라. 반대로 강하게 경계하고 있다고 판단되면 상대는 이쪽이 휴식하지 못하도록 할 것이다.

'그럼 요란하면서도 대담한 책략이 필요하려나. 적군에게도 내 힘을 보여 주고 싶어.'

실력 차이를 깨닫게 한다— 향후를 위해서도 필요한 일이었다.

힘없는 자가 도태되는 세계에서는 극복할 수 없는 벽이 존재한다.

강한 자가 이기고 약한 자가 진다.

단순하고 명쾌한 자연의 섭리— 100년이 지나도, 1000년이 지나도 변하지 않는다.

생사를 가르는 세계에서 승패만큼은 무슨 일이 있어도 뒤집히지 않는다.

"조금 흔들어 봐야겠어."

히로는 수많은 책략을 떠올리며 곁눈질로 클라우디아를 보았다.

"……흔들어 본다고요?"

"우선은 저쪽 지휘관이 어떤 인물인지 확인하고 싶어. 호전적인지 소극적인지, 그걸 보고서 적절한 **책략**을 골라야지."

"2만이라는 대군을 이길 방법을 생각해 냈다는 건가요?"

그것도 여러 가지를? 클라우디아의 표정은 그렇게 말하고 싶은 것 같았다.

미모를 경악으로 물들이고서 눈동자는 믿을 수 없다는 듯 크게 뜨였다.

"당연하지. 그러니까 하는 말이야. 머릿속에 떠오른 순서만 틀리지 않으면 이 앞에 기다리는 건 승리라는 두 글자뿐이야."

말하기는 쉽지만 행동하기는 어렵다. 머릿속에 좋은 책략이 있어도 성공시키는 것은 지극히 어려운 일이다.

하지만 히로는 자신 있게, 단호하게 말했다.

"인간에게는 감정이 존재해. 누구나 그걸 품고 있지. 지극히 높은 곳에 있는 존재여도, 아무리 많은 대군을 이끌고 있어도 인간이야. 종류는 많지만 빈틈은 언제나 존재해."

그렇기에 전쟁은 잘못 보지만 않는다면 생각대로 조종할 수 있다.

상대의 감정을 앎으로써 생각을 읽어 내고 어떻게 자신의 책략을 성공시킬지가 중요했다. 상대를 마음대로 움직일 수 있으면 패배할 일은 없다.

"지금은 설명해 봤자 탁상공론에 불과하지만 말이야……. 그러니 시험해 보자."

입으로 설명하는 것보다도 일단 실행에 옮겨서 기적을 보여줄 수밖에 없다.

"어떻게 하시려고요?"

"어려운 일은 아니야. 우선은 성벽에 있는 화톳불을 전부 꺼 줄 수 있을까?"

"……제정신이신가요?"

클라우디아는 믿을 수 없다는 듯 의심스럽다는 눈으로 히로를 바라보았다.

"호랑이 굴에 가야 호랑이 새끼를 잡는다고 하잖아. 대담한 책략일수록 상대는 신중하게 판별하려고 해. 유능하든 무능하든, 난데없이 미끼가 내밀어지면 경계하는 것은 본능이야. 독이 있는지 없는지 확인하고 마는 것은 생물로서의 본질이지."

히로는 입을 벌려 하품하고서 그대로 말을 거듭했다.

"그리고 경비병도 줄이자. 오늘은 되도록 많은 병사들을 쉬게 해."

"적이 쳐들어오면 어쩌실 거죠?"

"그때는 성가퀴에 남은 병사들이 화살을 쏠 거야. 그 밖에도 쉬는 병사들에게는 크고 작은 돌을—."

거기서 히로는 말을 끊더니 생각하는 모습을 보이며 발밑을 보았다.

"……응, 최소한 열 개쯤 모으라고 할까. 안뜰에 가면 비교적 간단히 찾을 수 있겠지."

침묵해 버린 클라우디아를 향해 히로는 쓴웃음을 지었다.

"괜찮아. 날 믿어 줘."

클라우디아는 반신반의하는 모습이었다. 말을 고르고 있는지 기분 나쁘다는 듯 입을 우물우물 움직였다.

"정말로 괜찮은 거죠?"

"그래, 불안해하지 말고 날 믿어 주면 기쁘겠어."

"……알겠어요. 그렇게 할게요."

클라우디아는 포기한 것처럼 어깨를 떨구고서 측근 한 명을 불러 히로의 지시를 정확하게 선했다. 잠시 후, 각처에 통달된 명령은 충실하게 실행되었다.

성가퀴에 걸린 화톳불이 차례차례 꺼졌다.

어느새 발밑을 비추던 불꽃이 사라지고, 주변 일대에 짙은 어둠이 몰려왔다.

"……상대방도 슬슬 알아차렸을 텐데, 지금부터 어떻게 되는 거죠?"

클라우디아가 어둠 속에서 불쑥 중얼거렸다.

히로는 어둠 끝에 떠오른 불꽃들— 적의 야영지를 노려보며 대답했다.

"우선 사령부가 혼란에 빠져. 이어서 대책을 짜지만 의견은 둘로 나뉘겠지. 야간 전투 준비는 되어 있으니 공격해야 한다고 주장하는 자가 있는가 하면, 적의 함정이라고 말하는 자도 나올 거야. 그것만으로도 군사 회의는 엉망이 돼서 시간만 하릴없이 지나가."

자못 당연한 일인 것처럼 히로는 담담히 설명을 계속했다.

"의견이 정리되지 않으니 밀정을 몇 명 보내게 돼. 상대가 무슨 생각을 하는지 알 수 없다면 조사할 수밖에 없으니까."

누구나 함정일지도 모른다고 생각할 만한 상황이었다. 적군의 지휘관을 위축시킬 것은 틀림없다.

고작 1천이 틀어박힌 성채를 2만의 군세로 공격하고서 손해를 입으면 변명할 수도 없을 만큼 욕을 먹게 될 것이다. 인생을 걸고 쌓아 올린 것이 단숨에 무너지게 된다. 여기까지 히로의 설명을 들은 클라우디아는 미간을 약간 찌푸린 얼굴로 침음했다.

"가령 저쪽 지휘관이 무능하여 호기라면서 혈기 왕성하게 쳐들어오면 어쩌실 건가요?"

"쳐들어오든 안 쳐들어오든 똑같아."

히로는 그렇게 말하고서 허공으로 손을 내밀었다.

누구나 어둠은 무섭다. 앞이 보이지 않아서 무엇이 기다리고 있는지 알 수 없기 때문이다.

그렇기에 인간은 빛을 찾아 헤맨다.

한없이 깊게, 마음이 추구하는 한, 심연을 계속 들여다본다.

"어떻게 발버둥 쳐도 망가지고 말아. 빛이 없는 세계에서 사람은 공포를 견딜 수 없어."

*****

밤공기가 지상을 지배하고 바람이 낮게 윙윙거리며 냉기를 휘감아 올렸다.

횃불이 격렬하게 흔들리며 밤하늘에 지는 별처럼 불똥을 튀겼다.

여섯 나라 울페스 별동대의 본진— 중심부에는 사령부가 있었다.

맥리르 장군은 그 입구 앞에서 어둠 속으로 사라진 트루스 성채를 확인했다.

"화톳불이 사라지고 한 시진쯤 지났나……."

이해할 수 없다는 듯 맥리르 장군은 눈썹을 찌푸렸다.

그 옆에서 참모 한 사람이 하얀 입김을 뱉으며 밀정에게 받은 보고를 입에 올렸다.

"성가퀴에 적의 기척은 없는 것 같습니다. 지금이야말로 전군 공격할 때입니다."

그러나 맥리르 장군은 떨떠름한 얼굴로 응수했다.

"정찰 부대가 돌아온 뒤에 판단해도 늦지 않겠지. 적이 숨죽이고서 사냥감을 기다리고 있으면 어쩔 텐가."

"우리에게는 2만이나 되는 병력이 있습니다. 저런 취약한 성채의 저항 따위 문제없습니다. 금방 결판이 날 겁니다."

"낙관하기에는 일러. 확실히 수적으로는 우세해. 사기도 나무랄 데 없이 높아. 그래, 단순히 생각하면 간단히 결판이 날지도 모르지."

"그렇다면 당장에라도 호령을—."

진언하는 참모를 한 손으로 제지하고 맥리르 장군은 침착한 목소리로 말했다.

"하지만 함락하지 못하면 몹시 위험한 상황에 빠지지 않을까? 이미 그란츠 대제국은 전력을 다 갖췄다는 보고가 올라와 있어."

만약 그란츠 대제국이 원군으로 달려올 때까지 트루스 성채를 함락하지 못하면 군대의 사기는 눈에 띄게 떨어질 것이다.

"그뿐이라면 좋겠지만 패전하게 되면 변명할 방도도 없어지겠지."

"하지만 사냥감을 포위해 놓고 놓치면 이웃 나라들의 웃음거리가 될 겁니다."

참모는 체면을 신경 쓰는지 물고 늘어졌고, 맥리르 장군은 부정하듯 깊이 탄식했다.

"웃고 싶으면 웃으라고 해. 패배보다 더한 수치는 없다."

이 싸움의 승패는 트루스 성채의 함락 여부로 결정된다.

싸움을 걸었다가 놓치는 것과 싸움을 걸지 않고 놓치는 것은 전혀 다르다.

향후 전투에 얼마나 영향을 남기지 않고 끝나는가, 가장 우선해야 할 사항은 그것이었다.

1천 명이 지키는 성채를 2만을 데리고서 함락시키지 못하면 그 영향은 이루 헤아릴 수 없을 것이다. 별동대의 사기가 떨어질 뿐이라면 문제없지만, 본대에까지 영향이 미치면 그란츠 대제국의 반격을 버틸 수 없게 된다.

"우리의 대의가 사라지고 있어. 페르젠 해방을 주장하면서 현실은 그란츠 서방에서 약탈만 되풀이하고 있지. 조만간 이웃 나라들이 틀림없이 비난을 쏟을 거야."

그런 이유도 포함하여 맥리르 장군은 앞으로 힘든 싸움이 계속되리라고 예상했다.

언제 우세했냐는 듯이 열세에 빠질지도 모른다.

"여러 번의 승리로 사기는 충분해. 많은 전사자를 냈으나 병력도 충분히 남아 있어. 약탈을 반복하여 식량도 충분히 확보했지. 지휘관 수가 부족한 점을 무시한다면 거의 이상적이라고 할 수 있을지도 몰라. 하지만 거기에 함정이 있는 거다."

자만심— 그란츠 대제국을 상대로 계속 이겨서 자신들의 힘을 과대평가하고 있었다. 그 어떤 상대가 덤벼도 이길 수 있다고 자만하고 있었다. 그것이 잘못됐다는 말은 아니다. 그 탓에 들뜬 현재 상황이 문제였다.

심지어 히로 제4황자와 싸우면서 지휘관 대다수를 잃었다. 그 탓에 다독일 상관이 부족하여 병사들의 자만심을 없애지 못하고 있었다.

"하긴, 각국의 부대장들도 이 전쟁에서 공을 세우려고 기를 쓰고 있으니. 그런 상황에서 냉정해지라는 건 무리일지도 모르지. 공적을 뺏기지 않도록 어떻게 같은 편을 밀어낼지 획책하는 녀석들뿐이니까."

그렇기에 소규모 전투에서의 손해는 사양하고 싶다.

그것이 맥리르 장군의 본심이었다.

"그럼 신중히 일을 성사해야 한다고 생각하시는 거군요?"

"그래. 눈앞에 먹이가 있는데 참으라고 해도 견디기 힘들겠지만, 여기서 무리해도 성과는 기대할 수 없어. 정찰 부대의 보고를 받은 다음에 공격할지 말지 판단한다."

맥리르 장군은 하얀 입김을 뱉으며 밤하늘을 올려다보았다.

별빛이 가까이 보일 만큼 맑았던 하늘은 두꺼운 구름에 덮여 있었다.

"……달까지 추워서 몸을 숨겼군. 오늘 밤은 누구 편을 들고 있는 걸까."

야습하기에는 절호의 기회였다. 어둠으로 상대방의 눈을 속일 수 있다. 평소라면 맥리르 장군은 공격 명령을 내렸을 것이다. 그러나 마음 한편에 망설임이 생겨나 있었다. 상대는 더 깊은 어둠에 숨어 이쪽의 모습을 살피고 있었기 때문이다.

"기분이 고양되지 않는군……."

씁쓸한 얼굴로 중얼거린 맥리르 장군의 말을 참모가 놓치지 않고 들었다.

"기분 말입니까?"

"음, 나이를 먹어서 그런지 최근에는 감도 둔해진 것 같—."

순간, 밤공기를 가르는 엄중한 발소리에 맥리르 장군은 말을 끊었다.

허리에 찬 검을 잡고 어둠 속을 응시했다. 눈 깜짝할 사이에 이루어진 빠른 대응이었다.

물 흐르는 듯한 그 동작을 보고 참모가 쓴웃음을 지었다.

"감은 둔해지지 않으신 것 같습니다."

"그럴지도 모르지……."

어깨를 으쓱인 맥리르 장군은 칼자루에서 손을 놓고 팔짱을 꼈다.

소리에 과하게 반응한 것이 민망했는지 무뚝뚝한 얼굴을 가장했다.

이윽고 화톳불 불빛을 받으며 어둠 속에서 내방자의 모습이 나타났다.

"……정찰은 실패인가."

트루스 성채의 모습을 살피라고 보냈던 정찰 부대의 귀환.

그러나 그들의 패기는 출발했을 때보다도 희미해져서 먼지나 다름없을 만큼 연약했다.

복부 출혈을 막고 있는 자, 머리에서 피를 흘리는 자, 공허한 눈으로 발을 질질 끄는 자.

무엇보다도 병사들의 몸에는 하나같이 화살이 깊이 박혀 있었다.

"역시 유인 작전이었나 보군."

상처 입은 그들의 모습을 보고 맥리르 장군은 단정했다.

"죄, 죄송합니다……."

정찰 부대를 이끌었던 부대장이 맥리르 장군의 발치에서 머리를 숙였다.

"상대의 움직임을 알기 위해 찔러본 결과…… 생각지 못한 손해를 내고 말았습니다."

맥리르 장군의 명령을 무시한 결과였다.

트루스 성채를 공격하라는 명령은 하지 않았다. 그저 성채의 모습이 어떤지, 파고들 틈이 있는지 확인하기 위해 보낸 정찰 부대였다.

정찰 부대인 그들도 공적을 얻고 싶어서 그랬을 것이다.

하지만 책망할 마음은 없었다. 등에 화살이 박히고 얼굴에 퍼렇게 멍이 든 한심한 병사들을 질책해 봤자 자신이 비참해질 뿐이기 때문이다.

"함정이었나?"

"예. 상대는 야습해 오기를 기다리고 있었는지 어둠 속에서 대량의 화살이 날아왔습니다."

어둠 속에서 화살 소리만큼 무서운 것은 없다.

방패를 들어도 바람을 가르는 소리가 고막을 진동시키면 공포가 조장된다. 그렇게 되면 의도치 않아도 몸을 긴장시켜서 절호의 먹잇감이 된다.

상대는 신음이 들리는 방향으로 아무렇게나 화살을 쏘기만 하면 되니 간단했다.

남은 길은 바다에 빠진 것처럼 어둠 속에서 발버둥 치고 허우적거리며 숨지는 것뿐이다.

맥리르 장군은 다쳐서 돌아온 병사들을 위로하고 참모에게 지시를 내렸다.

"역시 적은 성가퀴에서 숨죽이고 기다리고 있는 모양이다. 상대가 휴식할 수 없게 하는 쪽으로 전환한다."

내일 아침까지 끊임없이 북을 울리고 함성을 질러 상대가 늘 경계하도록 한다. 잠시도 쉬지 못하게 할 것이다.

"알겠습니다. 각 부대장에게 지시를 전하겠습니다."

경례한 참모가 등을 돌리고 달려갔다.

그래도 맥리르 장군은 효과가 별로 없으리라 판단했다. 숙련도가 낮은 병사라면 효과가 있겠지만 저곳에 틀어박힌 무리는 소리 따위에 관심을 보이지 않을 테니까.

"내일 아침에 공격해야겠지. 전력인가 아니면……."

맥리르 장군은 참모들에게 사령부로 모이라고 전한 뒤 트루스 성채를 일별하고 막사 안으로 사라졌다.

*****

다음날— 아침 해가 뜨기 시작한 무렵. 히로는 성가퀴 위에서 성문을 내려다봤다.

"소리는 요란해도 결과는 수수한가……."

강풍에 머리카락이 날렸다.

피부를 얼얼하게 하는 바람을 짜증스럽게 여기며 히로는 무표정으로 눈앞에 펼쳐진 광경을 바라보았다. 화살이 박힌 적병이 성문 앞에 쓰러져 있었다. 수는 한 손으로 셀 수 있을 정도였다. 그 밖에도 일부 지면에만 많은 돌이 떨어져 있는 것이 보였다.

그것을 본 히로는 피식 웃었다.

"효과는 충분했던 모양이야."

앞을 내다볼 수 없는 어둠 속에서는 소리를 듣고 판단하게 된다.

상대는 작은 돌들이 땅에 떨어지는 소리를 듣고 대량의 화살이 쏟아졌다고 착각했을 것이다.

그것이 눈앞에 펼쳐진 기묘한 광경을 만들어 냈다.

"어머, 벌써 일어나 계셨군요."

목소리에 반응하여 돌아보자 자은색 여왕— 클라우디아가 산뜻하게 웃으며 서 있었다.

"잘 주무셨나요?"

"꽤 요란한 자장가 덕분에 푹 쉴 수 있었어."

"히로 님의 작전이 성공한 것 같아서 다행이네요."

클라우디아는 그렇게 칭찬하면서 가까이 걸어왔다.

"지휘관의 성격은 파악하셨나요?"

"어느 정도는. 좋게 말하자면 사물을 냉정하게 인식하는 좋은 장수고, 나쁘게 말하자면 호기를 놓치는 어리석은 장수야."

종합적으로 평가하자면 평범한 장수였다.

좋지도 않고 나쁘지도 않은, 시시하고 무미건조한 범인.

"클라우디아, 이 책략에는 몇 가지 구멍이 있어. 적장은 놓친 모양이지만 넌 알려나?"

히로는 다시 아래쪽으로 시선을 돌리며 클라우디아에게 질문을 던졌다.

그녀는 항의하지도 않고 수상쩍게 여기지도 않으며 순순히 성가퀴를 짚고 지상을 내려다보았다.

어젯밤, 일방적으로 공격이 이루어졌을 전장의 상황을 떠올리듯 눈을 가늘게 좁혔다.

"일단 시체의 수가 적어요. 즉, 귀환한 병사의 수가 많다는 걸까요."

시체를 보고 판단하건대 경장비였던 것 같지만, 머리는 확실하게 지켜서 작은 돌멩이를 맞고 죽은 자는 하나도 없었다. 충격으로 뇌가 흔들렸던 자는 있었겠지만, 화살이 안 꽂힌 시체가 없는 것을 보면 돌멩이에 죽는 얼간이는 없이 무사히 도망친 듯했다.

"그리고 돌아온 병사의 정보를 살리지 못했네요."

만약 지휘관이 병사들에게서 자세한 내용을 듣거나 상처의 정도를 확인했다면 지금쯤 이 성채는 함락되었을 것이다.

"그렇다고 정말 함락됐을지는…… 판단할 수 없지만 말이죠."

클라우디아는 작게 중얼거리고서 이야기를 되돌렸다.

"아무튼 적장은 냉정하지만 사소한 것에서 정보를 얻지는 못하는 자예요. 전황을 판별하는 힘은 없어 보이네요."

"정답이야. 즉, 아침을 맞이한 지금, 적장은 속임수에 당했다는 걸 깨달았겠지."

지금쯤 성채의 모습을 알아차렸거나 밀정의 보고를 듣고 분노에 떨고 있을 것이다.

자존심이 세다면 공격해 올 것은 확실했다.

그에 대비한 준비도 어젯밤에 끝내 뒀다.

언제 공격해 올까. 히로는 즐거운 기색을 눈동자에 담고서 적군을 바라보았다.

"이것 참, 상상한 대로 움직여 주네."

여섯 나라의 진영에서 북소리가 울려 퍼졌다. 군세는 함성을 질러 아군을 고무시키며 전진을 개시했다. 뿔피리 소리가 울리자 사방을 둘러싼 적군이 일제히 움직이기 시작했다. 근처에서는 공성 병기의 모습이 드문드문 보였다.

"그럼 문을 열자. 준비는 됐지?"

히로가 고하니 클라우디아가 고개를 끄덕였다.

"네, 그리고 충분히 쉬어서 병사들의 사기도 높아요."

"그럼 시작할까."

히로가 손을 들자 기수가 반응하여 깃발을 크게 흔들었다.

그러자 히로의 발밑이 흔들렸다. 그 아래에 있는 문이 드르륵 올라가 열린 것이다.

뜻밖의 행동에 적군이 소란스러워졌다.

하지만 전진은 멈추지 않았다. 정지 명령이 떨어지지 않았으리라.

적의 전방은 확연하게 곤혹스러워했지만, 그래도 지시가 떨어질 때까지는 계속 걸을 수밖에 없었다.

"상대는 어떻게 나올까요?"

"만약 공성지계(空城之計)[#1]라고 판단한다면 적군은 일시적으로 병사를 물리겠지."

"그러지 않는다면요?"

"내 책략을 파악했다고 착각한다면 돌격 명령을 내리겠지."

어젯밤에는 이쪽의 책략에 걸려들었다. 다음에는 속지 않겠다고 약이 바짝 오른 상대는 지나치게 깊이 생각한다. 한 번 속은 것 때문에 냉정하게 판단하지 못하는 것이다.

심지어 움직이기 시작한 제1진의 기세가 꺾이는 것을 피하기 위해 즉각 전선에 지시를 내려야만 한다. 하지만 자꾸만 지시를 변경해서 지휘 계통을 혼란스럽게 만들 수는 없었다. 게다가 생각하고 있을 만한 시간이 남아 있지 않다면 단순하면서도 곧장 전군에 퍼질 만한 명령으로 사고가 벗어나 버린다.

**#1 공성지계(空城之計)** 아군이 열세일 때 방어하지 않는 것처럼 꾸며 적을 혼란에 빠뜨리는 계책.

"돌격하는가, 퇴각하는가. 어느 쪽을 선택하든, 유감스럽게도 내 승리는 확고해."

히로가 불쌍하다는 눈길로 바라보고 있는 사이, 적의 제1진이 큰 움직임을 보였다.

모래 먼지를 일으키며 달리기 시작한 것이다.

"돌격인 모양이네요……. 그럼 저는 여기서 실례할게요."

히로의 대답을 기다리지 않고 클라우디아는 안뜰로 이어진 계단을 내려갔다.

히로는 그 모습에 눈길조차 주지 않고서 가면을 누르고 적군에게 실소를 보냈다.

"일단 한번 정리를 해야 했어. 단순한 지시를 내린다고 머리 회전이 빠른 건 아니야. 사고하기를 포기한 결과— 동요한 게 뻔히 보여."

히로는 비웃듯 입꼬리를 올리고 기수를 향해 손을 들었다.

그와 동시에 적의 제1진이 성문을 지나 안뜰에 밀어닥쳤다.

하지만 저항도 없이 침입에 성공한 적병은 웃지 않았다.

왜냐하면 안뜰에는 레벨링 병사들이 보이지 않았기 때문이다.

"성채를 버렸나?!"

"성벽이다! 위로 가라! 녀석들은 위에 숨어 있을 거다!"

쳐들어온 이상, 그 자리에 멈춰 서 있을 수는 없었다. 무엇보다 뒤가 막혀 있으니 강제로 전진할 수밖에 없었다.

그때, 많은 적병이 이유도 모른 채 미끄러져 넘어지기 시작했다.

"뭐야, 진흙인가?! 발밑을 조심해라!"

말이 넘어져서 비통한 울음소리를 냈고, 말을 타고 있던 인간은 지면에 세게 내동댕이쳐졌다.

아비규환, 여섯 나라의 병사들이 당황하여 필사적으로 일어나려고 했다.

무방비한 상태는 성가퀴에 숨어 있는 궁병의 좋은 표적이기 때문이다.

"……꼴사나워. 무모한 것도 정도가 있지."

무슨 일이 일어났는지 상황을 파악하지 못한 적병들의 모습을 확인하고 히로는 재차 기수에게 손을 흔들었다. 그러자 성가퀴에 숨어 있던 궁병들이 모습을 나타내 화살을 쏘기 시작했다.

그 화살은 세찬 불길을 휘감고 있었다.

공기를 가르며 날아간 화살은 허둥거리는 적병들이 있는 진창에 날카롭게 꽂혔다.

순간, 공기가 축소되며 격렬한 불길이 일어났다.

"힉! 으아아아, 사, 살려……!"

단말마의 비명이 울려 퍼졌다. 열기를 견디지 못하고 몸부림치며 적병들이 갈팡질팡했다.

싸우는 것을 잊고, 도검을 내던지고, 몸을 지키는 갑옷조차 벗으려고 했다.

하지만 불에 휩싸인 말이 폭주하자 그들 대부분은 말의 다리에 차여 날아갔고, 때로는 말굽에 짓밟혔다.

당연한 일이지만 모든 적병이 불길에 휩싸인 것은 아니었다.

지옥도 같은 광경에서 도망친 자들은 성벽에 구비된 계단을 뛰어 올라갔다.

하지만 깜짝 놀란 얼굴로 발을 멈추고 불타는 병사들에게서 눈을 떼지 못했다.

그런 그들에게 즉각 화살비가 쏟아졌다.

"억?!"

"젠장, 함정이다! 내려— 윽?!"

계단에서 미끄러져 떨어지듯 적병들이 화살을 맞고 쓰러져 갔다.

"기마대, 돌격!"

비명이 메아리치는 가운데, 클라우디아의 씩씩한 목소리가 울려 퍼졌다.

말굽 소리가 안뜰을 쩌렁쩌렁 뒤흔듦과 동시에 전투를 포기하고 도망치는 적병의 등을 클라우디아가 이끄는 기마대가 탁류처럼 창으로 찔러 죽여 나갔다.

"이대로 물리칩니다! 용기 있는 자들이여, 저를 따르세요!"

검을 하늘 높이 치켜든 클라우디아는 정문에 몰려든 적을 가차 없이 도륙했다.

변칙적인 공격, 유동적으로 설치된 함정 앞에서 적의 제1진이 와해되었다.

"자, 과연 열세에 몰린 아군을 구할 것인가—."

적진에서 뿔피리 소리가 울렸다.

히로가 적의 본진을 바라보니 제1진을 구해 내기 위해 제2진이 움직임을 보이고 있었다.

시선을 돌린 히로는 안뜰로 이어지는 계단을 천천히 내려갔다.

"그건 악수야. 구출할 게 아니라 퇴각 명령을 내려야 했어."

히로가 성문에 도달하니 주위 적병들을 대강 해치운 클라우디아가 말을 몰아 다가왔다. 클라우디아는 흥분이 가시지 않은 모습으로 숨을 몰아쉬고 있었다.

"적의 제2진이 움직이기 시작한 모양이네요."

"그런 것 같아."

"그 후방에 적의 본진이 있는데 어떻게 하실 거죠?"

클라우디아로서는 이 기세를 이용하여 내친김에 적의 본진까지 달려가고 싶을 것이다.

그녀라면 불가능하지는 않지만 그건 너무 위험한 행위였다.

적의 제1진은 대략 5만 정도라고 어림잡았는데 모두가 성채 안에서 불타 죽은 것은 아니었다. 화형에 처한 것은 8백쯤이리라. 혼란을 틈타 클라우디아가 돌격했으나 그래도 피해는 다 합쳐 봤자 2천도 되지 않을 터— 트루스 성채의 규모가 너무 작았다. 더 컸다면 적의 피해도 막대했을 것이다.

"역시 이걸 결정타로 삼기에는 약하니까 책략을 강구하자."

"뭘 하시려고요?"

"적의 본진 뒤쪽에는 뭐가 있지?"

"그야…… 식량이 놓여 있을 테지만, 경비가 엄중해요."

본진을 공격하는 것보다 무모하다고 클라우디아의 얼굴은

말하고 싶은 것 같았다.

“아직 그 단계는 아니야.”

히로는 작게 웃고서 말을 이었다.

“궁병을…… 그래, 100명쯤 성가퀴에 배치해 줄 수 있을까?”

“고작 100명으로 어쩌시려고요?”

“제2진의 지휘관을 잡아 올게.”

제1진의 지휘관이어도 좋았지만 운 좋게 달아난 모양이니 지금쯤 후방으로 이동했을 것이다. 한 번 함정에 걸렸던 사냥감을 잡기는 쉽지 않다. 그렇게 귀찮은 일에 책략을 짜는 것만큼 쓸데없는 일은 없으므로 열심히 달려오는 제2진의 지휘관으로 표적을 좁힐 수밖에 없었다.

“진심이신가 보네요…….”

클라우디아는 어이없다는 얼굴로 히로를 보고서 측근 한 명을 불렀다.

“그럼 다녀올게.”

히로는 산책이라도 하러 가는 것처럼 가볍게 손을 들어 인사하고 당당히 걷기 시작했다.

그리고 입구를 지키는 중장보병의 틈을 빠져나가 성 밖으로 나갔다.

살기등등한 적의 제2진이 공적을 올리려고 혈안이 되어 돌격해 오고 있었다.

그 모습을 본 히로는 짧게 말했다.

“궁대, 사격.”

소란 속에 묻혀 버릴 듯한 목소리, 정말로 중얼거리는 듯한 작은 음성이었다.

그래도 히로의 목소리는 또렷하게 울렸다. 칼부림의 폭풍을 피해 고막을 진동시켰다.

조금의 지체도 없이 주변 궁병들이 하늘을 향해 충실하게 화살을 쏘았다.

일단은 위협사격— 성가퀴에 일렬로 서 있던 궁병들도 공격을 가했다.

적 기마대의 속도가 느려지며 기세가 꺾이자 대열이 흐트러지기 시작했다.

히로는 한 걸음 더 앞으로 나아갔다.

"자, 눈에 띄는 대장이 여기 있어. 멈춰 서 있을 여유는 없지 않아?"

히로는 자신의 목을 두드리며 상대를 도발했다.

가면을 쓴 기묘한 남자의 출현에 전선에서 싸우는 적병들은 한순간 어안이 벙벙해졌다.

하지만 고귀해 보이는 옷차림을 눈치 빠르게 알아본 자는 확연하게 눈빛을 바꾸었다.

"적장이 나왔다! 녀석을 죽여라! 잡졸은 무시하고 녀석만을 노려라!"

방패를 들어 화살을 막은 적병들이 도검을 뽑고 히로에게 쇄도했다.

히로를 지키기 위해 아군 중장보병대가 앞으로 나와 검을 맞부딪쳤다.

격렬한 금속음이 울리며 불꽃이 무수하게 튀었다.

갑옷이 찌그러지며 선혈을 흩뿌렸고, 뇌척수액이 요란하게 천공으로 솟구쳤다.

비명은 함성에 먹히고 함성은 살의에 짓눌렸다.

그 광경을 본 적의 기마대가 공적을 빼앗길 수는 없다며 태세를 갖추지도 않고 돌격을 개시했다. 그로 인해 상태는 혼잡해져서 적군의 대열이 완전히 붕괴되었다.

“지휘관을 찾을까.”

히로는 엷게 냉소를 짓고 흑도를 뽑았다.

“내 앞을 막지 마.”

한 사람을 단칼에 베고 히로는 앞으로 나아갔다.

적의 흐트러진 대열 틈을 누비듯 발걸음도 가볍게 앞으로, 앞으로 나아갔다.

그사이에도 많은 병사들이 히로에게 쇄도했다.

하지만— 전부 소용없었다.

내질러진 창은 빗나갔고, 내리쳐진 전투 도끼는 지면을 부쉈으며, 휘둘린 도검은 공기를 가를 뿐이었다. 그리고 뒤에 남은 것은 무참하게 살해당한 시체의 산.

그 범상치 않은 검술에 적병은 낭패감을 드러냈다.

피 웅덩이 위에 선 히로는 아무것도 하지 않았다. 그저 앞을 향해 걸었을 뿐이다.

“공포는 주저, 분노는 정체, 비애는 정지, 격양은 중하.”

달려드는 적에게 그렇게 고하고서 목을 꿰뚫고, 몸을 돌리며 그 기세를 이용해 두 사람의 머리를 벴다.

피 한 방울 묻지 않은 백의 자락이 선혈과 함께 허공에 나부꼈다.

마치 위협하듯, 포기하라고 재촉하는 듯한 압도적인 검술이 펼쳐졌다.

"무서운가, 두려운가, 화가 나는가, 슬픈가? 전장에서 품는 감정은 하나로 좁히는 편이 좋아."

"으악?!"

흑도의 칼자루로 투구를 부수고, 쓰러진 적병을 짓밟으며 히로는 주위에 고했다.

"망설이지 마. 전장에서는 긴장을 늦추면 안 돼. 늘 신경을 곤두세우고 적을 도륙해야지."

히로가 냉혹하게 충고했다. 지금부터 살해하겠다는 명확한 살의가 적병에게 방출되었다.

"자, 절망을 먹어라."

찔러 들어가는 검, 난무하는 선혈의 폭풍, 참격은 그칠 줄을 모르며 시체를 양산하고 새로운 사냥감을 찾아 전장을 질주했다. 잔학한 광경을 똑똑히 목격하고서 멈출 만한 용기를 가진 자는 없었다.

일반인은 결코 저항할 수도, 견딜 수도 없는 중압감이었다.

이윽고 적병의 기세가 약해졌다. 도망치지도 못하고 앞으로 나아가지도 못하니 어쩔 수 없는 일이었다. 동서고금, 흔히 이

련 장면에서 교착 상태를 깨는 것은 지휘관의 직무였다.

"뭐 하는 거냐?! 공격해, 공격해! 상대는 성문을 활짝 열었다! 이렇게까지 바보 취급을 받고 뭣들 하고 있어?!"

질타와 격려라고 하기에는 조금 볼품이 없었다. 활기 없는 그 목소리는 사기를 높일 만한 성질이 아니었다.

말 위에서 외치는 자는 화려한 갑옷을 입었고, 보석으로 장식된 도검을 높이 들고 있었다. 말의 털이 잘 관리된 것을 보면 그가 제2진의 지휘관이겠다고 쉽게 상상이 갔다.

"나왔나."

히로는 냉혹한 미소를 흘리고서 몸을 천천히 흔들었다.

전선의 적병들은 공포에 사로잡혀 떨리는 칼끝을 히로를 겨눌 뿐이었다.

히로는 빠르게 전장을 달려 나갔다.

어리석게도 맞서는 적들의 목을 베어 넘기며 질주했다.

목표는 하나, 눈앞에서 크게 소리 지르는 적의 지휘관이었다.

튀어나오는 히로의 모습을 인식한 적의 지휘관이 기쁘게 웃었다.

"내 이름은—."

적의 지휘관은 이름을 밝히려고 했지만…….

"아니, 안 들어도 돼. 당신의 운명은 이미 내 수중에 있어."

주위에 있던 호위병들이 주인을 지키고자 공격해 왔다.

히로는 대지를 박차고 도약했다. 하늘에서 호를 그리며 적병 두 명의 목을 베어 날리고, 지상에 착지하는 순간에 버려진 검을 주워 던져서 또 한 명, 경악하여 흔들리는 적병의 팔을 베고, 반격해 오는 자의 목을 단칼에 쳤다.

눈 깜짝할 사이에 호위를 잃고 말 위에서 어쩔 줄을 모르는 지휘관의 안면에 히로는 주먹을 꽂았다.

"크헉?!"

의식을 잃은 적의 지휘관은 낙법도 취하지 못하고 지면에 추돌했다.

그 목덜미를 잡은 히로는 주위로 몰려드는 여섯 나라의 병사를 위협하며 하품을 한 번 했다.

"해보려고?"

빈틈투성이였다. 화살을 쏘면, 창을 찌르면, 검을 휘두르면, 호리호리한 몸 따위 산산이 조각날 것처럼 힘을 빼고 있었다. 그럼에도 적병들은 움직이지 못했다.

왜냐하면— 가느다란 몸에서 기백이 뿜어져 나왔고, 가면 안쪽에서 빛나는 금색 눈동자에서는 말로 표현할 수 없는 위압감이 흘러넘쳤기 때문이다.

"당신들의 지휘관을 포로로 데려갈 건데 어떻게 할래?"

그런 질문을 받고 「네, 그러십니까」라고 말할 수 있는 자는 없었다.

모욕을 들은 이상, 전사로서의 긍지가 도망치는 것을 허락하지 않았다.

상대가 아무리 강대하더라도 적병들은 눈동자에 투지를 불태웠다.

"웨이크 님을 되찾아라!"

일갈하듯 외치면서 공포를 날린 적병들이 달려들었다.

히로는 웨이크라고 불린 지휘관을 인질 삼아 성채로 돌아갈 수도 있었지만 적병들의 기상을 높이 샀다. 지휘관을 버리지 않고 도망치지 않은 것은 칭찬할 만했다. 그것이 설령 죽음이라는 선택지더라도 말이다.

"절망이란 걸 가르쳐 줄게."

가면을 한번 쓰다듬자 바람이 한차례 불었다. 하얀 옷자락은 평온하게 펄럭였고, 지면에 생긴 사람 그림자는 자유자재로 춤추기 시작했다. 끈적한 소리가 귀를 때리며 비명이 하늘로 솟구쳤다. 죽음의 구렁에 내몰린 우렁찬 외침은 단 한 명의 남자 앞에서 무정하게도 생명의 등불과 함께 사라졌다.

그의 행진을 막을 수 없었다.

앞을 가로막는 행위 자체가 무모하여, 신의 심판처럼 압도적인 힘에 쓸려 나갔다.

그저 그가 걷기만 해도 길이 만들어졌다.

히로가 성채 입구에 도착했을 때, 그의 손에 잡힌 지휘관은 병사들의 피로 새빨갛게 물들어 있었다. 그런데도 히로의 백의에는 먼지조차 묻어 있지 않았고, 꺼림칙한 가면에도 피 한 방울 튄 흔적이 없었다.

히로를 맞이한 레벨링 왕국의 병사들은 말문이 막혔다.

히로의 후방으로 쇄도하는 여섯 나라 병사들의 표정 역시 공포에 지배되어 있었지만, 울 것 같은 얼굴로 지휘관을 되찾고자 달려들었다.

그러나 무정하게도 그 바람은 이루어지지 않았다.

그들은 성가퀴에서 쏘아진 화살에 맞아 차례차례 절명했다.

히로는 레벨링 병사들에게 물러나라고 하고서 기수에게 흑도를 겨눴다.

그러자 쇳소리를 내며 맹렬한 기세로 문이 닫혔다.

격렬한 회오리바람이 안뜰을 휩쓸었다.

닫힌 문 앞에는 망연자실한 적병들이 있었다. 등 뒤를 확인하고 문이 닫혔음을 이해했는지 하나같이 얼굴이 새파래졌다.

“저들을 붙잡아 줘. 저항하면 죽여도 돼.”

히로의 지시에 레벨링 병사들이 성채에 갇힌 적병들을 붙잡기 시작했다.

저항은 없었다.

히로가 고개만 돌려 뒤를 보자 무기를 놓은 적병들이 지면에 무릎을 꿇고 있었다.

잡아 온 지휘관의 신병을 아군에게 넘긴 후, 히로는 나무그늘에서 태평하게 홍차를 마시는 클라우디아에게 다가갔다.

“이런 상황에서 잘도 홍차를 마시는구나.”

“히로 님도 드시겠어요?”

불타 죽은 자, 머리가 화살에 꿰뚫린 자, 오장육부가 흩어진 안뜰, 적군과 아군의 시체가 지면을 가득 메운 가운데, 우아하게 미소 짓는 그녀의 얼굴에 향락의 일면이 스쳤다.

행복한 얼굴로 홍차의 향기를 맡으며 조금 탄내가 난다고 투덜거릴 뿐이니, 이 여걸은 신경줄이 굵은 것일까, 아니면 감정을 죽이고 있는 것일까. 후자라면 귀엽기라도 하지만 전자라면 인간의 감정이 결락된 것이리라.

"그러네. 뛰어서 목마르기도 하니 한 잔 마실까."

히로가 근처에 앉자 그녀는 조용히 홍차를 준비하기 시작했다.

"앞으로는 어떻게 하실 건가요?"

"음…… 생각 중이려나."

앞으로 적의 공격은 볼품없어질 것이다. 함정에 걸려서 사기가 현저하게 떨어졌고, 격려하기 위해서도 지휘관은 일단 병사를 물릴 것이다.

"그렇군요…… 기대할게요."

독이 들어 있지 않음을 증명하기 위해서인지 클라우디아는 홍차를 은잔에 따랐다.

그런 그녀 곁에 전령이 모습을 나타냈다.

"여섯 나라가 병사를 물리기 시작했습니다."

"그런가요. 아직 시간이 있을 것 같은데 오늘은 포기한 모양이네요."

아직 태양이 중천을 가리키고 있었다.

트루스 성채의 각지에서 레벨링 병사들이 승리의 함성을 지르기 시작했다.

고작 1천으로 2만의 공격을 물리쳤으니 당연한 일이기는 했다.

그러나 냉정하게 전황을 살펴보면 여전히 사방을 포위당해 쥐새끼 한 마리 빠져나갈 수 없는 상황이었다.

전력 차도 줄어들지 않았다. 상대는 아직 1만5천이 넘는 병력을 가지고 있었다.

"원점으로 돌아왔지만, 여기서 아쉬운 소식이 있어요."

히로에게 홍차를 내민 클라우디아가 탄식했다.

"식량도 그렇지만 병력이 불안해요. 후방에 대기시킨 부대를 불러들일까요?"

첫 전투는 이겼지만 비축 식량이 얼마 없기에 장기간 농성은 불가능했다.

무엇보다도 높은 사기만 가지고 계속 싸우기에는 한계가 있었다.

이쪽은 고작 1천, 첫 전투의 부상자 수에 따라 전력은 대폭으로 줄어든다.

내일과 모레 있을 싸움을 버틸 수 없으리라는 것은 굳이 생각하지 않아도 알 수 있었다.

"식량도 없고, 병력도 없고, 있는 건 기개뿐인가……."

조용히 홍차를 마시며 김이 일렁이는 가운데, 히로는 왼쪽 눈에 애곡의 빛을 담았다.

"어쩔 수 없지. 싸움은 오늘 끝내자."

고작 1천을 상대로 호되게 당하고서 퇴각하게 되었다.

여섯 나라의 사기는 바닥을 기고 있을 것이다. 그 불만은 필연적으로 사령관에게 향한다.

적의 책략에 놀아난 사령관에게 불만이 집중되면 상관은 상관대로 병사들에게 화풀이할 것이다. 병력이 압도적으로 차이 나는데도 불구하고 취약한 성채 하나 함락시키지 못하는 연약한 놈들이라고 욕할 것이 틀림없다. 그리고 그 끝에 있는 것은— 결렬과 불화.

그렇게 되면 아무리 수를 갖췄어도 오합지졸이다. 지금은 아직 간신히 이어져 있는 상황이지만, 그 얇은 밧줄을 끊어야만 한다.

그러기 위해서는 좌절시켜야 할 것이다.

"밤이 되길 기다렸다가 아까 붙잡은 병사들을 풀어 주자."

히로는 악취와 피비린내가 뒤섞이고 시체 냄새에 지배된 안뜰을 바라보았다.

이윽고 벽 쪽에 앉혀진 여섯 나라 병사들의 모습이 금색 눈동자에 잡혔다.

"풀어 줄 때까지 저기 있는 포로들의 눈을 가려. 그리고 스무 명 정도 처분하도록 할까."

어둠 속에 숨은 뱀처럼 입술을 적시고서 사나우며 대담한 태도로 맹렬한 처분을 입에 담았다.

클라우디아는 그런 히로의 모습을 보면서도 당혹스러워하지 않고 섬뜩한 눈빛을 그에게 보냈다. 그러다 이내 눈을 감고 생각에 잠긴 모습을 보이며 숨겨지지 않는 기쁨을 입가에 드러냈다.

"전부 **당신께서** 바라시는 대로 하겠습니다."

*****

"꼴사나운 것도 정도가 있지!"

책상이 흔들렸다.

한 노장이 요란하게 주먹을 내리치자 살기와 격음이 뒤섞였다.

말을 꺼내는 자는 아무도 없었다. 그저 조용히 분노가 지나가기를 기다릴 뿐이었다.

"기병 1천, 경장보병 2천, 부상자를 포함하면 5천이 넘어. 고작 1천을 상대로 이 손해는 막심해. 병력이 2만이나 있으면서 이 결과라니……."

적의 함정에 잇따라 걸려든 맥리르 장군은 사나워져 있었다.

"상대 진영에 상당한 지략가가 있는 것 같습니다. 내일은 냉정하게 대처하여 트루스 성채를 함락합시다. 들떠 있던 병사들도 이번 싸움으로 긴장감을 되찾았을 겁니다."

맥리르 장군의 노여움을 조금이라도 풀어 보려는 것인지 참모들이 초조한 얼굴로 필사적으로 변명을 주워 담았다. 하지만 누구도 맥리르 장군과 눈을 맞추지 않으며 말로만 떠들고 있었다.

"예전 보고서에서 찾았습니다만 트루스 성채는 우리 군대가 한번 점거했던 곳이라고 합니다. 히로 제4황자와의 결전 직전에 버린 모양이라 성채를 파괴할 시간은 없었던 것 같지만, 식량은 창고에서 전부 노획했다고 적혀 있었습니다. 그러니 이 점을 고려하면 상대는 장기전을 버티지 못할 테고, 착실하게 공격하면 승리는 확실합니다."

"저 취약한 성채를 함락하면 이 실태를 만회할 수 있다는 건가?"

이번 싸움으로 긴장감을 되찾기는커녕 병사들 대부분이 기력을 잃어 쓸모가 없어졌다. 장기전으로 가더라도 그란츠 대제국의 원군이 달려오면 열세에 빠지는 것은 이쪽이다.

"다시 한 번 그대들에게 묻겠다……. 정말로 저 취약한 성채를 함락하면 명예가 회복되는가?"

아무도 대답하지 않았다. 만회할 수 없는 일이기 때문이다.

질책은 면할 수 없다— 아니, 자칫 잘못하면 목이 땅이 떨어질 만한 저열한 실책이었다.

"그럼 일단은 매듭을 지어야겠군. 이 싸움의 책임을 져야 해."

승리가 전제, 패배 따위 죽어 마땅하다.

야습을 가해야 할까, 아니면 내일 전투에서 신중하게 싸워야 할까. 그도 아니면 본대와 합류해서 단죄를 기다려야 할까. 맥리르 장군 앞에는 세 가지 선택지가 준비되어 있었다.

더 이상 실태는 허락되지 않는다.

그란츠 대제국의 군세가 다가오는 상황에서 내일도 성채를 함락하지 못하면 시간이 빠듯해진다.

가령 야습을 가하더라도 실패하면 명예는 회복되지 않고 상관인 루카에게까지 책임이 갈 것이다. 목숨은 아깝지 않으나 루카에게도 처벌이 가해지는 일은 피하고 싶었다. 그렇다면 여기서 아무것도 얻지 못한 채 물러나야 할까. 그러면 최소한 그녀의 무사는 보증할 수 있다.

"의견을 듣지. 그대들은 어떻게 생각하는가?"

무거운 공기가 천막을 가득 채우는 가운데, 갑자기 입구가 열렸다.

들어온 것은 파수병이었고, 참모들의 음울한 시선이 일제히 그에게 모였다.

"맥리르 장군님, 잠시 드릴 말씀이 있습니다."

파수병은 긴장한 얼굴로 맥리르 장군 곁으로 다가왔다.

"포로가 되었던 장병들이 풀려나 돌아왔습니다."

새로운 난제가 던져지자 맥리르 장군은 눈썹을 찌푸렸다.

일부러 붙잡아 놓고서 바로 풀어 주다니 무슨 생각일까…….

기묘한 위화감을 느끼며 일단 맥리르 장군은 자리에서 일어났다.

"만나겠다. 어디 있나?"

적에게 붙잡힌다는 실태를 범한 연약한 무리는 얼굴도 보지 않고 처단하고 싶었지만, 병사들의 불만이 쌓인 현재 상황에서는 어려웠다. 지휘관이 관대한 마음을 보여 주면 단결력이 향상될 가능성이 있기 때문이다. 만약 질책한다면 사기가 떨어져서 맥리르 장군은 삽시간에 구심력을 잃어버릴 것이다.

"사령부 앞에 와 있습니다."

맥리르 장군이 걷기 시작하자 참모들도 그 뒤를 따랐다.

밖으로 나오니 한기가 몸을 휘감았다.

맥리르 장군은 하얀 숨을 토하며, 머리를 조아리고 있는 집단에게 다가갔다.

"잘 돌아왔다. 무사히 만나게 되어 기쁘군."

일단 노고를 위로하고서 의문을 입에 담았다.

"그럼 어떤 상황인지 설명해 주겠나. 왜 풀려났지?"

맥리르 장군의 시선은 집단의 선두에 있는 인물에게 향했다.

제2진의 지휘관이었던 웨이크였다.

치료를 받았는지 얼굴에는 붕대가 감겨 있었고, 부러졌는지 팔을 매달고 있었다. 그런 그의 뒤에서 똑같이 포로가 되었던 자들이 애처로운 모습으로 머리를 숙이고 있는 것을 보았다. 상처 없이 멀쩡한 자는 한 사람도 없는 듯했다.

그런 가운데, 피가 배인 붕대에 주름을 만든 웨이크는 씁쓸하게 입을 열었다.

"모르겠습니다. 문책 받지도 않고 눈만 가려져 있다가 풀려났습니다. 저희도 상황을 파악하지 못한지라 맥리르 장군님께서 만족하실 만한 이유는 가지고 있지 않습니다."

"그런가……."

낙담을 감출 수 없어서 맥리르 장군은 무의식적으로 깊은 한숨을 쉬었다.

그것을 알아차렸는지 웨이크가 지면에 이마를 찧었다.

"도움을 드리지 못하여 죄송합니다! 부디, 부디 목숨만큼은……!"

기막힌 마음이 더 큰 덕분에 화는 전혀 나지 않았지만, 웨이크는 목이 날아가리라고 생각했는지 필사적으로 간청하기 시작했다.

“필요 없는 진언일지도 모르지만 지금은 관대한 마음으로 용서하시는 편이 좋을 것 같습니다. 모습을 살피고 있는 병사들이 있으니 아무쪼록 화를 가라앉혀 주십시오.”

한 참모가 가까이 다가와 귓속말했다.

원래부터 처벌할 생각은 없었다. 하지만 새삼 주위를 둘러보니 확실히 병사들이 많이 모여 있었다. 여기서 너그러운 모습을 보여 주지 않으면 병사들의 마음에 의구심을 심게 될 수도 있다.

“식사를 준비시키지. 상처 치료에 전념하여 다음에 도움이 되도록 하라.”

웨이크에게 따뜻한 말을 건네자 깜짝 놀랐는지 얼굴이 번쩍 들렸다.

“처벌은 없는 겁니까?”

“신경 쓰지 마라. 너희가 이런 모습이 된 건 내 책임이다.”

맥리르 장군은 지면에 한쪽 무릎을 꿇고 웨이크와 시선을 맞췄다.

“감사합니다! 이 은혜는 반드시 전장에서 갚겠습니다!”

감동한 웨이크가 몸을 떨면서 머리를 숙이고 충성의 말을 중얼거리기 시작했다.

맥리르 장군은 입가에 웃음을 머금었다. 이제 소문이 나면 떨어졌던 전의가 어느 정도 회복될 것이다.

“그만하면 됐다. 일단은 상처를 치료받도록.”

맥리르 장군은 웨이크의 손을 잡아 일으키려고 했다.

하지만—.

"음?"

맥리르 장군은 얼빠진 목소리를 냈다.

그의 눈에 날아든 것은—.

"억— 쿨럭!"

입에서 대량의 혈액을 토하는 웨이크의 모습이었다.

그 등에는 어둠보다도 짙은 꺼림칙한 흑도가 깊이 박혀 있었다.

"책략을 부려 사고를 둔화시키고 마지막은 단숨에 쓸어버린다."

피바다로 가라앉는 웨이크 뒤에서 가면을 쓴 남자가 붕대를 풀며 말했다.

어두운 밤인데도 찬란하게 반짝이는 황금빛이 오른쪽 눈에서 흘러넘치고 있었다.

등에 오한이 일었다. 온몸이 경직되며 이 남자는 위험하다고 경종을 울렸다.

가면 쓴 남자가 피로 더러워진 외투를 벗어 던지자 하얀 군복이 나타났다.

"전술의 진수, 승리의 철칙, 그것이『군신』의 병법이야."

웨이크의 등에서 뽑힌 흑도가 대지에 선혈을 흩뿌렸다.

바람에 들썩이는 화톳불, 세차게 흔들리는 불빛, 가면 위에 일렁이는 불길한 그림자.

인멸을 되풀이하는 그 모습은 백의를 입고 있어도 어둠에 섞이듯 모호한 기척을 자아냈다. 처음부터 있었던 것처럼, 난데없이 나타난 것처럼, 심지어 존재하지 않는 것 같다는 착각마저 들 만큼 분명하지 않은 존재감에 맥리르 장군은 전율했다.

"당신의 목이 필요해."

천천히 오른손을 얼굴 앞까지 든 남자는…….

"그러니까 화려하게 산화해."

검지를 세우며 맥리르 장군에게 죽음을 선고했다.

"발도하라."

남자의 뒤에 엎드려 있던 병사들이 벌떡 일어나 허리에 차고 있던 검을 뽑았다.

"눈앞의 적을 모조리 먹어 치우고 그 혼을 하늘에 바쳐라."

어안이 벙벙해져 있는 사이에 주위 병사들에게 달려들었다.

어두운 밤에 살을 가르는 소리가 울려 퍼졌다. 비명을 지를 새도 없이, 무슨 일이 벌어졌는지 이해하지 못한 채 목을 꿰뚫리고, 찢기고, 도려내지고, 뭉개져서 절명해 갔다.

하지만 같은 편이 쓰러지는 모습을 보고 제정신을 되찾은 자들은 필사적으로 저항하기 시작했다.

그 소란이 적습을 알리는 소리가 되어야 했지만―.

순간, 뼛속까지 울리는 폭음이 진동했다.

등 뒤를 비추는 강렬한 빛을 느끼고 뒤돌아본 맥리르 장군은 눈을 부릅떴다.

"이게 무슨……?!"

불기둥이 세차게 하늘로 솟구치고 있었다.

기억이 잘못되지 않았다면 저곳에는 식량이 보관되어 있었다.

활활 타오르는 불길은 식량이 재로 변한 순간, 악마가 찾아왔다는 증명이 되었다.

"무슨…… 일이, 벌어진, 거야……?"

이해할 수 없는 상황에 호흡하는 것도 잊고 숨을 헐떡이며 사고가 정지되었으나, 의문이 입에서 튀어나왔다.

"첫 번째 책략으로 모멸하고, 두 번째 책략으로 타격을 가하고, 세 번째 책략으로 좌절시킨다."

자갈을 밟는 소리가 들렸다.

병사들이 시끄럽게 칼을 맞부딪치는 가운데, 조용히 다가오는 강대한 기척에 몸이 떨렸다.

"당신은 내 상대가 되지 못했어."

"헉…… 헉, 헉…… 헉— 헉, 헉."

숨이 가빴다. 심장을 움켜잡힌 듯한 압박감이 들었다.

눈앞에 선 가면에서는 감정의 낌새를 조금도 읽어 낼 수 없었고, 바람에 나부끼는 순백색 옷은 눈부시리만큼 광채를 발하고 있었다.

"싸움은 끝나. 당신의 죽음으로 완결돼."

깔보는 태도인데도 신기하게 화가 나지는 않았다.

지지 않겠다는 왜소한 소망 따위 순식간에 깨져 버렸다.

그럼에도 맥리르 장군은 끓어오르는 심지를 꺾을 수 없었다.

"웃기는 소리 하지 마라."

지켜야 할 존재가 있다. 그 마음 하나로 자신을 북돋아 칼집에서 검을 뽑았다.

화톳불을 받아 도신이 무디게 빛나자 가면에서 불명료한 웃음소리가 울렸다.

"그 기상은 높이 살게."

무방비, 어디서 공격해도 맞는다.

상대는 그만큼 **거대**했다.

"루카 님께 승리를 바치겠다!"

맥리르 장군은 날카로운 기백을 담아 전력으로 검을 휘둘렀다. 허나—.

"느려."

단 한 마디의 중얼거림은— 맥리르 장군의 고막을 진동시키지 못했다.

그 목은 지면을 구르고 있었기 때문이다.

죽었다는 사실조차 깨닫지 못했다. 기백이 담긴 형상 그대로 천공을 노려보고 있었다.

"사죄할게……. 당신은 평범한 장수가 아니라 용맹한 장수였어."

"맥리르 장군님! 네 이놈! 살아서 돌아갈—!"

"시끄러워."

칼을 한번 휘두르자 지면을 도려내는 충격이 직선상으로 달려 나갔다.

"……이제 발버둥 쳐 봤자 소용없어."

가면 쓴 남자는 지면을 박차 살아남은 참모들에게 덤벼들었다.

"힉?!"

"싸, 싸워라! 마지막까지! 맥리르 장군님의 원수를 갚는 거다!"

반격 따위 어린아이의 장난과 같았다.

담담히 참모들을 베며 희망을 송두리째 앗아 갔다.

주위에서는 화톳불이 넘어져서 막사로 불이 옮겨 붙고 있었다.

그 불똥이 바람을 타고 주위로 확산되어 피해는 더욱 커지고 있었다.

혼돈한 양상을 보이기 시작한 세계에 선명한 목소리가 메아리쳤다.

"배신자다!"

"레벨링 편에 붙은 놈을 조심해!"

식량이 불탔다, 그란츠의 원군이 왔다, 죽기 싫으면 도망쳐라.

정보가 뒤섞였다. 혼란에 박차를 가하며 비통하게 물든 밤공기를 진동시켰다.

지휘관 대다수는 사령부에 모여 있었다. 그곳을 가면 쓴 남자가 습격했으니 당연하게도 지시를 내릴 수 있는 상황이 아니었다.

지휘 계통의 파열. 지시를 청할 상관을 잃고, 믿어야 할 지휘관을 잃은 군대만큼 불쌍한 것은 없다. 이제 의심에 빠진 인간에게 동포를 가장한 적을 던져 주기만 하면 끝이다. 고작 그것뿐인 행위로 어제의 친구를 죽이는 폭거가 이루어진다.

전쟁에서 동조 사고만큼 성가신 것은 없다. 야습 대비도 오히려 화가 되어 각지에서 상황을 파악하지 못한 병사들의 자중지란이 다발했다.

한없이 혼미한 전장에 가면 쓴 남자는 조용히 서 있었다.

"인간의 마음은 약해……. 금방 공포에 지배되어 버려."

시체에 꽂힌 흑도를 뽑았을 때, 남자 곁으로 기마 집단이 다가왔다.

"이 정도면 되지 않나요? 더 있으면 이쪽의 피해도 커져요."

"그러네. 그럼 돌아갈까."

"네, 내일 아침을 기대하며 성채까지 물러나죠."

내밀어진 손을 잡고 가면 쓴 남자는 여성이 탄 말 위로 뛰었다.

비통한 외침이 울려 퍼지는 여섯 나라 울페스 별동대 본진에서 가면 쓴 남자 일행은 당당히 철수했다.

남은 것은 통곡과 노호가 난무하는 참담한 광경이었다.

막사가 차례차례 불타고, 불길에 휩싸인 병사가 데굴데굴 몸부림치며, 겁먹은 말이 진영 내부를 뛰어다녔다.

밤의 어둠을 가르는 절규를 연주하며 여섯 나라 울페스 별동대 본진은 불타 내려앉았다.

*****

맑게 갠 하늘에 뜬 흰 구름은 우아하게 흘러가고, 그것을 배경으로 새가 활공했다.

지상에 내려앉은 새들은 하늘을 훈연하는 검은 연기를 밀어 헤치며 고기 타는 냄새를 좇아 방황했다.

지면에 박힌 도검, 연기가 피어오르는 그을린 시체, 전장의 열기는 여전히 일대를 지배하듯 뿌리내려 있었다. 그 참상은 차마 눈 뜨고 볼 수 없을 만큼 생생했다.

떨어진 장소에 있어도 시체 냄새를 맡을 수 있을 정도였다.

불탄 막사에서 시선을 뗀 히로는 옆에 선 인물을 곁눈질했다.

성가퀴에 손을 짚고 전장을 바라보는 클라우디아의 옆얼굴에는 아무런 감개도 떠올라 있지 않았다.

"재난은 누구에게나 찾아오는군요."

"그럴지도 모르지. 하지만 동정하면 저렇게 되는 건 우리였어."

히로는 무참한 모습이 된 여섯 나라 울페스 별동대의 본진에 다시금 시선을 주었다.

살아 있는 사람은 보이지 않았다.

있는 것은 시체를 탐하는 괴물(몬스터), 서로 창자를 먹겠다고 싸우는 들개, 뭐라도 좀 얻어먹으려는 조류의 모습뿐이었다.

어젯밤의 기습으로 많은 적병들이 이 대지에서 숨을 거두게 되었다.

그래도 1만 명 정도는 살아남았을 테지만, 꼴사납게 도망치기를 택했는지 아무도 남아 있지 않았다.

"훌륭했어요. 제 부하들도 히로 님을 인정할 수밖에 없겠죠."

"그거 다행이네. 향후를 위해서도 친하게 지내고 싶었으니까."

"그럼 이제 어쩌실 건가요?"

클라우디아의 질문에 히로는 대답했다.

"여기 말고도 각지에서 날뛰고 있는 여섯 나라의 군세가 존재해. 그란츠군과 합류하기 전에 많은 적을 해치워 두고 싶은데……."

"성채에는 병력이 6백 정도밖에 안 남았어요. 후방 대기 중인 2천을 합쳐도 2천6백. 저로서는 역시 이 이상의 손해는 사양하고 싶네요."

솔직한 의견을 말한 클라우디아에게 히로는 쓴웃음을 지었다.

"알고 있어. 그럼 적당히 여섯 나라를 상대하면서 그란츠군을 기다릴까."

"아까 도착한 서신에 의하면 그란츠군은 며칠 안에 도착할 예정인 것 같아요."

클라우디아가 편지를 보여 주었다. 봉투에는 제6황녀의 인새가 찍혀 있었다.

"마침내 리즈가 이곳에 오는 건가……."

히로는 가면을 고쳐 쓰듯 오른손으로 매만졌다.

"……이름을 바꾸기로 했어."

바보처럼 솔직하게 이름을 대서 신원을 밝힐 필요는 없다.

이 계획이 성취될 때까지는— 거짓된 『왕』이 되는 길밖에 없으리라.

새 이름을 버리고 옛 이름을 다시 쓸 때가 온 것이다.

"앞으로는 『수르트』라고 불러 줬으면 좋겠어."

클라우디아는 흥분으로 몸을 떨며 동경과 선망이 섞인 표정을 지었다.

그 흥분을 참을 수 없다는 듯 이내 기뻐하는 웃음이 번졌다.

"분부대로 하겠습니다, 우리의 왕이시여. 우리의 사랑스러운 주군이시여."

요요하게 눈동자를 빛내며 클라우디아는 머리를 깊이 숙여 신하의 예를 취했다.

"모든 것은 당신께서 뜻하시는 대로."

일찍이 칠흑을 지닌 고금무쌍의『왕』이 있었다.

태양보다도 수라로서 빛나는 그의 모습은 그야말로 숭고한 신들과 같고—.

만월보다도 비애로 빛나는 그의 모습은 그야말로 휘황한 악마와 같으니…….

삼천 세계의 어둠을 먹어 치운 한밤중의 태양(만월).

그 이름은—『흑진왕(수르트)(黑辰王)』.

# 제4장 희망을 품는 자들

제국력 1024년 3월 17일.

햇살을 따르듯 베이루트령을 떠나는 군세가 있었다.

내걸린 문장기는 뱀— 앙귀스의 깃발이었다.

총 3만의 군세는 페르젠으로 이어진 가로를 나아가는 중이었다.

중앙 부근에는 지휘관을 태운 마차가 달리고 있었다.

차내에서는 루시아가 불만스러운 얼굴로 창밖 경치를 바라보고 있었다.

그 앞에 앉은 경박해 보이는 남자는 셀레우코스, 루시아의 부관 역을 맡은 남자였다.

"……기분이 언짢으신 것 같군요."

"당연한 것 아닌가. 어리석은 무리가 이토록 많은 줄은 몰랐느니라."

서방에 이 이상 머물러도 성과는 얻을 수 없다. 그런데도 많은 이들이 루카를 지지했다. 인간의 욕망이 나쁜 방향으로 나타난 것이다.

『군신』의 후손을 죽였다는 것에 들떠서 그것만을 고집하며 자신들의 역량을 추량하지 못한 채 많은 장병의 눈이 흐려지고 말았다.

"뭐, 결과만을 보면 어쩔 수 없는 일일지도 모릅니다."

"흥, 그딴 녀석들을 상관으로 둔 병사들은 불행하다고 할 수밖에 없구나."

그란츠 대제국이 모은 군세가 13만이라는 소식에 각국의 지휘관들은 이길 수 있다고 진언했다.

20만의 군세가 서방을 상대로 16만까지 줄어들었다는 사실을 무시하고서 자신들을 과대평가했다.

현재 상황을 이해하고서 나온 발언이기에 루시아는 벌어진 입을 다물 수가 없었다.

"『군신』의 이름은 10만보다 큰 것일까."

루시아는 기가 막혀서 비아냥거렸다.

"천(千)을 이끌면 땅에 적이 없고, 만(萬)을 이끌면 하늘에 적이 없으니, 『군신』의 군략은 삼천 세계를 지배한다, 라고 하니까요. 들뜨는 것도 당연하겠죠."

"흥! 잘도 기억하고 있구나."

수많은 전설을 남긴 남자의 후손을 이겼으니 13만 따위 적수가 아니라고 오만해져 있는 것이다. 너무나도 어리석었다. 실제로는 놓쳤다는 사실을 아는 입장에서 보면 그저 광대가 집단으로 춤추고 있는 모습일 뿐이었다.

"루카가 적어도 정상이었다면 문제없이 후퇴할 수 있었을 터이거늘."

이겔이 죽으면 망가질 것은 예상했으나 생각보다 더 나쁜 방향으로 망가져 버렸다.

이겔을 잃은 틈을 메꿔서 루카를 꼭두각시로 부리겠다는

계획이 틀어진 것은 상정을 벗어난 일이었다.

"무슨 일이든 잘 풀리지 않는군."

"어쩔 수 없습니다. 저희가 공격한 건 그란츠 대제국이니까요."

오랜 세월에 걸쳐 중앙 대륙의 패권을 장악했던 나라.

그런 대국을 상대로 연전연승하면 착각할 만도 했다.

"게다가 황위 계승권을 가진 자도 거의 사라졌으니 그란츠 대제국이 약해졌다는 건 뻔히 알 수 있고 말이죠."

"황족이라는 직함을 빼면 인간 네 명을 잃은 것에 불과해. 이번 결과도 크게 보면 그렇게 우위에 선 것도 아니야."

중앙과 서방이 무너졌다고는 하지만 나머지는 건재하기에 바로 13만이라는 수가 모였다. 앞으로 전쟁이 장기화될 것은 명백했다.

전력으로 공격해도 견고함을 유지한다면 썩어 가기를 기다려야 했다.

지금은 공통된 적이 있으니 단결하고 있지만 뱃속으로는 어떻게 다른 이를 밀어낼지 꿍꿍이를 숨기고 있다. 무리해서 공격하지 않아도 시간이 지나면 그란츠 대제국은 알아서 와해되었을 것이다.

"이 전쟁의 타협점을 오인한 것은 확실해."

이 이상 앞으로 나아가면 뒤로는 물러날 수 없게 된다. 일단 페르젠까지 후퇴하여 지반을 다시 다져야 했다. 그란츠 대제국이 권력 투쟁에 몰두하게 되면 또다시 많은 내통자가 손에 들어왔을 것이다. 인간의 욕망은 끝이 없다. 반드시 빈틈이 생긴다. 그것을 기다려야 할 때였다.

확실한 승리를 거머쥐려면 그 방법밖에 없었거늘…….

"흥망은 하루아침에 이루어지지 않고 무슨 일이든 순서가 있어. 정답에 이르는 길은 여럿 있었다."

공들여 준비해도 일을 성사하기 어렵다면 다른 수단을 생각하면 된다.

사고(思考)하기를 포기하면 나라는 부유해지지 않고 멸망을 맞이할 뿐이다.

"여기서 우리가 헛되이 병사를 죽게 하면 모든 것이 물거품이 되거늘."

"하지만 루카 님께 망령부대(벤데타)를 하사하지 않으셨습니까. 그들까지 양도할 필요는 없지 않았습니까?"

셀레우코스의 의문에 루시아는 코웃음으로 대답했다.

"내게는 버거운 녀석들이다. 어딘가에서 처분해야겠다고 생각했었지."

그란츠만을 상대한다면 망령부대만큼 믿음직스러운 것은 없지만, 타국을 상대하게 되면 수하 막론하고 달려드는 그들의 광기는 간과할 수 없는 문제였다.

"루카에게 주면 편리하게 살처분할 수 있을 것 같았느니라."

"그래도 너무 빨리 버리신 것 같은데요. 향후 전투에서 그들이 필요한 장면도 생길 겁니다."

"그 녀석들이 계속 **광기**를 품고 있다면 그렇겠지. 그러나 그것이 제거되면 쓸모없어져."

"……제거된다고요?"

말뜻을 헤아릴 수 없었는지 셀레우코스는 이상하다는 듯 고개를 갸우뚱했다.

"모르겠다면 상관없다. 설명하기도 귀찮으니."

루시아는 부관을 내치고 다시 창문으로 시선을 주었다.

"이미 나의 싸움은 다음을 향하고 있느니라. 그란츠에는 얻을 것이 하나도 남아 있지 않아."

"다음 싸움이라면, 페르젠 속주입니까……?"

"그렇다. 『군신』의 후손을 죽였다는 명예는 얻었노라. 타국의 눈이 그란츠로 향한 사이에 나는 한발 먼저 페르젠에 개입하여 타국을 앞질러야지."

"그분이 방해하러 오지 않으면 좋겠습니다만……."

"『무명』이라면 걱정할 것 없다. 그 녀석은 **개**를 조교하느라 바쁜 모양이니까. 조정이 끝날 때까지는 아무것도 못 해."

루시아는 의기양양한 얼굴을 하고서 쇠부채로 이마를 쳤다.

"음……?"

그때, 밖이 소란스러워짐과 동시에 마차가 급정지했다.

"무슨 일이지?"

병사들끼리 싸움이 난 것은 아니었다. 그 이상의 긴박한 목소리가 밖에서 전해졌다.

하지만 여러 목소리가 뒤섞여서 명료한 답은 얻을 수 없었다.

"상황을 보고 오겠습니다."

셀레우코스가 자리에서 일어나려는 것을 루시아는 손으로

제지하고 귀를 기울였다.

"적의 습격이다! 오른쪽에서 적이 습격했다!"

"호오……."

긴급 사태— 하지만 루시아는 당황하지 않고 흥미롭게 눈을 좁혔다.

먼저 머릿속을 스친 것은 『어떤 곳이 공격해 왔는가』였다. 이어서 산적이나 괴물(몬스터) 종류가 습격했을 가능성을 생각했다가 부정하듯 고개를 가로저었다.

"루시아 님, 일단은 밖으로 나가……시……죠."

셀리우코스가 앉은 자세 그대로 벽에 기대며 혼절했다.

루시아는 그에 반응을 보이지 않고 조용히 시선을 옆으로 돌렸다.

"음? 당황하지 않으시는군요."

긴박한 분위기와 어울리지 않는 쾌활한 목소리가 울렸다.

정신을 잃은 셀레우코스 옆에 후드를 뒤집어쓴 인물이 앉아 있었다.

"……『무명』인가. 오랜만이구나."

루시아가 그렇게 중얼거리자 후드에 가려진 입가가 기분 나쁠 정도로 씩 올라갔다.

"루시아 씨, 오랜만입니다. 잘 지내셨나요?"

"멋대로 남의 마차에 타다니 칭찬할 만한 행동은 아니구나. 언제부터 타고 있었느냐?"

"**처음**부터 있었습니다만?"

루시아가 자리에서 일어나려고 하자 어디선가 지팡이가 나타나 앞에 들이대졌다.

"움직이지 않으셨으면 좋겠군요. 당신의 『만다라』와는 조금 상성이 안 좋아서 싫거든요."

"이게 지금 뭐 하자는 것이지? 앙귀스와 한번 해보자는 것이냐?"

루시아는 턱에 닿을 만큼 가까운 지팡이를 쇠부채로 가리키며 자리에 다시 앉았다.

"이것 참, 거래가 있어서 말이죠. 히로 제4황자의 시신을 받으러 왔을 따름입니다."

"……거래라고?"

"당신도 아실 겁니다. 『흑사향』이요. 히로 제4황자의 시신을 꼭 가지고 싶다고 해서요. 모르는 사이도 아니고, 이것저것 편의를 봐주기도 했으니 거절할 수가 없어서…… 정말로 곤란하다니까요."

"여태 그딴 녀석들과 내통하고 있었느냐? 통일왕에게 알려지면 그대는—."

『무명』이 손을 척 내밀자 루시아는 입을 다물었다.

"그러니까 교환하죠."

『무명』은 그대로 검지를 세워 옆으로 흔들었다.

"히로 제4황자를 놓쳤다는 건 말하지 않을 테니까요."

"……호오."

루시아의 날카로운 눈빛에서 살기가 튀었다. 쇠부채를 움켜

쥔 손이 분노로 떨렸다.

그 모습을 본 『무명』은 유쾌하게 목청을 울리며 어깨를 들썩였다.

"어떻게 제가 알고 있는지 이상해서 견딜 수가 없나요?"

루시아는 아무 대답도 하지 않았다. 그 모습을 본 『무명』은 더욱 희열을 드러냈다.

"어림짐작으로 하는 말이 아닙니다. 실은 **처음부터 보고 있었기에** 알아요. 하긴, 애초에 그와 당신의 실력 차이는 분명했으니 안 봤더라도 처음부터 의심했겠지만요."

업신여기는 분위기를 감지한 루시아의 몸에서 명확한 살의가 팽창했다.

일촉즉발— 마차 안의 기온이 급격히 내려가기 시작했다.

"그래서 히로 제4황자의 시신을 빼앗아 가는 걸 묵인하라는 것이냐?"

"나쁘지 않은 얘기라고 생각하는데요. 진짜인지 확인받으면 거짓말이 들통 날 테니, 가짜 시체를 뺏겼다고 하는 편이 낫겠죠. 무엇보다 진짜의 **팔**은 당신이 가지고 있을 테고, 그걸 통일왕에게 증거로 제출하면 아무런 문제도 없지 않나요?"

"진실을 알면서 왜 이런 강경책을 쓰는 것이냐?"

"이번 거래가 끝나면 『흑사향』 녀석들에게는 이용 가치가 없거든요. 그래서 가짜 시체를 넘겨준 다음에 목적하는 물건을 받고 협력 관계는 끝이에요. 그런 녀석들에게 진실을 알려 줄 필요는 없죠."

“『흑사향』이 거래 불이행을 그냥 넘어갈 리가 없다. ……그대는 죽을 셈인가?”

“하하! 그럴 리가요. 공교롭게도 자살 소망 같은 건 가지고 있지 않답니다. 그리고 암살자를 파견해 봤자 제게는 『번견(番犬)』이 있으니 문제없어요.”

가벼운 어조가 신경을 건드려서 짜증이 났다.

지금 당장 『무명』의 목을 꺾어 버리고 싶지만, 좁은 공간에서 서로의 심장에 무기를 겨누고 있는 상황에 그러면 루시아도 무사할 수 없다. 답답함을 느끼면서도 루시아는 어금니를 악물고 억누르기 힘든 감정을 애써 달랬다.

“목적이 무엇이지? 나를 통일왕 자리에서 멀리 떨어뜨리기 위해 약점을 잡고 싶은가?”

“우리 『왕』의 뜻대로 움직이고 있을 뿐입니다. 통일왕 같은 작은 옥좌 따위에는 관심 없으니 안심하세요.”

나타났을 때와 마찬가지로 『무명』은 공기에 녹아들듯 돌연 모습을 감췄다.

루시아는 놀라지 않았다. 오히려 분노가 더 컸다.

“……훗, 크큭, 크하하하하! 통일왕의 옥좌가 작다고?”

그 작은 자리에 앉고 싶어서 다양한 것을 버렸다. 타인을 이용하며 여기까지 올라왔다. 그랬는데 관심 없다는 말을 들으니 마음속이 편치 않았다.

“말 한번 잘하는군……. 반드시 그대를 실각시켜 주겠노라.”

그렇게 새로운 결의를 다졌을 때— 바깥에서 다가오는 인기척을 느낀 루시아는 경계심을 드러냈다.

"루시아 여왕 폐하! 히로 제4황자의 시신을 옮기던 짐마차가 습격을 받았습니다!"

적이 아닌 아군인 모양이라 루시아는 즉각 사지에서 힘을 뺐다.

"그래서 어찌 되었지?"

"빼앗겼습니다! 당장 탈환하기 위해 부대를—."

"상관없다. 내버려 둬라."

"예?"

"쫓아가 봤자 부대가 전멸할 뿐이다."

상대가 『흑사향』이라면 이쪽이 불리하다. 추격 부대를 편제해도 시신을 탈환하기는 어렵다. 저쪽에 『무명』이 있다면 병사를 헛되이 죽게 할 뿐이다.

본격적으로 움직이기 시작한 『흑사향』도 신경 쓰이지만 『무명』의 목적도 신경 쓰였다.

그 밖에도 신경 쓰이는 것은 산더미 같지만…….

"여하튼 일단은 눈앞에 있는 문제를 하나하나 없애 가야 할 것 같구나."

*****

제국력 1024년 3월 18일.

서역에 이르는 가로의 중간지점에 리즈가 이끄는 그란츠의

13만 군세가 야영지를 펼치고 있었다.

중심에는 사자 문장기를 내건 거대한 사령부가 세워졌고, 자신을 과시하듯 화려함을 강조한 천막들이 그 주위를 굳혔다.

리즈 일행이 이곳에 머물고 있는 이유는 여섯 나라가 모든 병력을 집결시켜 라릭스 평원에 진을 쳤기 때문이었다. 그곳은 히로가 처단당했다고 소문난 장소였고, 많은 시체가 여전히 대지에 방치된 전쟁터였다.

공교롭게도 리즈가 진을 친 이곳은 여섯 나라와의 결전을 앞둔 히로가 진을 구축했던 곳이어서 리즈는 그의 궤적을 걷듯 아우라와 함께 진영 내부를 거닐었다.

"라릭스 평원에서 정찰 부대가 돌아왔다던데."

아우라에게 말을 건 리즈는 긴장한 얼굴로 경례하는 병사를 알아차렸다.

긴장한 것은 리즈를 만났기 때문이기도 하겠지만, 가장 큰 이유는 곧 싸움이 벌어질 것을 예상했기 때문이리라. 병사의 경례를 받아 준 후, 리즈는 주위를 둘러보았다.

조금 전의 병사와 마찬가지로 주변 병사들도 긴장한 얼굴로 임무에 몰두해 있었다.

그란츠 야영지 전체가 일종의 긴장 상태에 있었다.

그래도 과한 부담을 느끼는 모습은 보이지 않았고, 굳이 따지자면 적당히 다잡은 분위기가 흘렀다. 긴급 사태가 일어나더라도 즉시 행동할 수 있을 것이다.

리즈는 다시 보고서를 읽는 아우라를 바라보았다.

"응, 적은 16만에서 10만으로 줄어든 것 같아."

사령관 루시아가 철수하기도 했지만, 히로와 싸운 뒤 각지에서 약탈할 때 저항에 부딪히면서 현저하게 병력을 잃은 듯했다. 그러나 약탈 행위로 사기는 높았고, 식량은 풍부하게 비축되어 있었다.

"그래도 통솔을 잃고 있어. 여섯 나라는 대군을 제어하지 못하고 있어. 약탈에서 그치지 않고 저항하지 않는 백성까지 습격하고 있는 모양이야."

아우라의 보고에 리즈는 눈썹을 찌푸렸다.

각지에서 일방적인 학살이 반복되고 있다고 했다. 그 대상에는 그란츠를 배신한 서방 귀족의 영지도 포함되어 있었다. 저항하면 도시를 파괴하고 철저히 불태운다는 모양이다.

"가차 없어. 여섯 나라 편에 붙었던 서방 귀족들도 한 사람도 남김없이 처단당했어. 여섯 나라는 철저히 그란츠를 멸망시키기로 한 것 같아."

여섯 나라 편에 붙어서 방심하고 있었을 것이다. 여섯 나라가 공격할 리가 없다고 안이하게 생각했을지도 모른다. 하지만 성문을 활짝 열고 그들을 받아들이자마자 학살이 시작되었다.

"개중에는 격퇴에 성공한 자도 있는 것 같아."

성공하면 실패도 한다. 그 결과가 10만이라는 수로 이어진 것이다.

그렇다고 순순히 기뻐할 만한 보고는 아니었다. 셀 수 없이 많은 희생자가 나오고 말았다. 지금도 어딘가에서 희생되고 있을 사람들을 생각하니 리즈는 슬퍼서 가슴이 찢어질 것 같았다.

“서방은…… 앞으로 어려울 거야.”

아우라가 심각하게 말했다. 리즈는 작게 고개를 끄덕이고 가슴께를 움켜잡았다.

거처를 잃은 사람들, 출몰하는 도적, 날뛰는 괴물(몬스터), 전쟁이 끝나도 계속해서 원한이 생겨나리라. 서방 사람들이 안녕을 누리려면 방대한 시간이 필요할 것이다. 전쟁이니 어쩔 수 없다. 그렇게 담담히 받아들일 수 있다면 얼마나 편할까.

“일단은 이기자.”

눈을 내리깔고 한탄하는 아우라의 머리를 리즈는 다정하게 쓰다듬었다.

“괜찮아. 반드시 아름다운 서방을 되찾아 보일 테니까.”

리즈는 애써 밝게 말했지만 우울함과 책임감이 어우러져서 그 미소는 딱딱했다.

앞으로 리즈에게는 많은 난제가 닥칠 것이다. 그 중압을 생각하면 당연한 일이었다. 그래서 아우라는 순순히 고개를 끄덕였을지도 모른다.

“응, 나도 전력을 다하겠어.”

주먹을 꼭 쥐고 하늘을 올려다보는 아우라의 눈빛에는 곤경을 이겨내고자 하는 순박하고 아름다운 사명감 같은 감정이 떠올라 있었다.

"그러고 보니 아우라의 아버지는 서방에 있지……? 괜찮았어?"

리즈의 물음에 아우라는 고개를 끄덕이고 편지를 꺼냈다.

"농성해서 어떻게든 지켜 낸 것 같아."

듣자 하니 사전에 히로가 서신을 보냈다는 모양이라, 적의 도발에 넘어가지 않고 버티는 길을 택하여 무사했다고 한다. 리즈는 다행이라고는 말하지 않았다.

그 말을 하면 이 싸움으로 목숨을 잃은 자들이 보답 받지 못한다.

나라를 위해 목숨을 잃은 자가 있다. 가족을 위해 목숨을 잃은 자가 있다. 친구를 구하고 싶어서 목숨을 잃은 자도 있다.

국가의 안녕을 위해 생명이 좌우되는 격동의 시대.

살아야 인생에 의미가 있다고 말하는 것은 산 자의 오만이다.

누구나 죽고 싶어서 사지로 향하는 것은 아니니까.

"아우라의 아버지도 힘을 보태 주셔야지. 아우라를 키운 사람이니까 분명 그 지식은 크게 도움이 될 거야."

"응, 뼈 빠지게 부려 먹어."

아우라의 대답에 리즈는 키득키득 웃었다.

"그럼 다들 기다리고 있을 테니 회의하러 가자."

"기다리라지."

즉답. 아우라가 뾰로통한 얼굴로 언짢음을 숨기지 않으며 말했다.

리즈는 쓴웃음을 지었다. 아우라의 태도도 이해하지 못하는 바는 아니었기 때문이다.

남방 귀족을 아우르는 5대 귀족 무주크 가문이 제 세상인 양 발언하는 모양새가 마음에 들지 않는 것이다. 로자가 있다면 문제없었겠지만, 베투의 책략으로 그녀는 이번 싸움에 동행하지 못했다. 그 탓에 주인을 잃은 동방 귀족은 남방 귀족의 기세에 눌려 버린 상태였다.

"언니가 있었다면 조금은 달랐을 텐데."

"……무주크 가문은 힘을 잃은 5대 귀족에게서 영토를 뺏을 생각이야."

아우라의 염려는 틀린 생각이 아니지만…….

"베투가 멋대로 굴게 둘 생각은 없어."

여섯 나라와의 싸움으로 5대 귀족의 세력도도 바뀌고 있었다.

영락한 크로네 가문을 대신하여 중앙 귀족을 아우르던 마르크 가문은 여섯 나라와의 싸움으로 가주가 전사하여 구심력을 잃었다. 무엇보다 내란이 벌어졌을 때 많은 반란자가 생겨서 유력 귀족들이 정벌된 것도 권세를 잃은 원인 중 하나이리라.

서방 귀족을 아우르던 뮌스터 가문도 상황은 비슷했다. 브루탈 제3황자가 전사하면서 많은 서방 귀족들이 변심하여 여섯 나라 편으로 돌아섰다. 그것이 그들 자신을 멸망시키는 원인이 되어 사망했다.

남은 것은 샤름 가문인데, 현 가주는 셀레네 제2황자의 꼭두각시라서 표면적으로 나서지 않았다. 북방에서 세력을 넓힐 야심도 없는 모양이었고, 그로 인해 귀족 제후의 지지를 얻지 못하고 있었다. 이러한 경위로 무주크 가문과 동격인 나머지 5대 귀족은 이번 싸움에 이름을 올리지 않았고, 베투는 각 지역의 중소 귀족을 회유하며 이번 기회를 이용해 일대 세력을 구축하려 하고 있었다.

그래서 군사 회의의 내용이 무주크 가문의 발안으로 치우치는 일도 적지 않았다.

"한심해……. 내가 좀 더……."

드물게도 마음이 약해진 아우라에게 뭔가 말을 건네기 위해 리즈는 고민했다.

그때—.

"뭐지……?"

리즈는 허리에 찬 『염제』를 순간적으로 잡았다.

"……?"

아우라도 눈치챘는지 리즈와 똑같은 방향으로 시선을 보냈다.

시선이 멈춘 곳에서 소란이 들끓고 있었다. 서로 고함치는 듯한 다급한 목소리가 들려왔다.

"싸움이 벌어졌나……? 가 보자."

리즈는 아우라를 데리고 서둘러 그 장소로 향했다.

흔히 전쟁터로 가는 병사들 중에는 심한 부담감을 느끼는 자가 많다. 사소한 일로 싸움이 시작되기에 가능한 한 불화가 생기지 않도록 지휘관은 술 등을 베풀이서 우호를 다지게 하지만, 혈기왕성한 무리는 생각대로 되지 않는 일도 많았다.

"길을 터! 웬 소란이야!"

소란 피우는 병사들의 목소리에 묻히지 않게 리즈도 크게 외쳤다.

사령관— 제6황녀의 모습을 인식한 병사들은 깜짝 놀란 얼굴을 하며 순순히 길을 만들었다. 하지만 설명하는 자는 아무도 없었다. 대체 웬 소란인지 원인을 밝히기 위해 리즈는 물살을 헤치듯 나아갔다.

이윽고 리즈가 도달한 곳은 피 웅덩이가 만들어진 대지였다.

"—읏?!"

리즈의 숨이 턱 막혔다. 커다란 생물이 피투성이가 되어 쓰러져 있었기 때문이다.

주위에서는 병사들이 필사적으로 응급 처치를 하고 있었다.

"붕대를 더 가져와! 군의관은 뭐 하고 있는 거야? 부르러 간 사람 없어?!"

뿜어져 나오는 피를 천으로 막으며 한 병사가 소리쳤다.

"금방 붕대를 가져올게. 어이, 너도 군의관을 불러와 줘!"

병사가 리즈 옆을 빠르게 지나갔다.

그녀가 누구인지 신경 쓰지도 못할 만큼 초조한 표정을 짓고 있었다.

리즈는 멍한 발걸음으로 대형 생물에게 다가가 옆에서 무릎을 굽혔다.

"……용케 돌아왔구나."

피부를 만지니 꺼슬꺼슬한 감촉이 느껴졌다. 뜨뜻미지근한 피가 손을 빨갛게 물들였다.

그런 그녀를 보고 병사가 화난 얼굴로 입을 열었다.

"이봐, 멋대로— 아! 아뇨, 아무것도 아닙니다!"

하지만 즉각 리즈의 정체를 깨닫고서 얼굴을 돌리고 묵묵히 치료를 시작했다.

리즈는 병사의 모습도 알아차리지 못하고, 피가 묻는 것도 아랑곳하지 않고서 생물의 피부를 상냥하게 계속 쓰다듬었다.

"……잘 버텼구나."

단단한 비늘에 박힌 여러 화살을 보고 눈물이 날 것 같았지만 리즈는 필사적으로 참았다.

병사 앞에서 울 수는 없었기 때문이다.

부예지는 시야 끄트머리에서 아우라가 쪼그려 앉아 화살이 꽂힌 곳에 천을 대고 있었다.

"……히로의?"

"응, 질룡이야. 이렇게 상처투성이가 되다니……."

인간에게는 길들여지지 않는다는 까다로운 생물이었다. 그래도 이 아이만큼은 어째선지 히로를 잘 따랐기에 리즈는 매우 놀랐다. 등에 태워 준 적은 한 번도 없었지만 리즈와도 사이좋게 지내 주었다. 서버러스와도 자주 함께 뛰어다니며 놀았는데, 지금의 연약한 모습에는 예전 모습이 하나도 남아 있지 않았다.

"어이어이, 나는 인간 전문이야. 질룡을 치료한 적 따위 없단 말이다. 억지 부리지 마."

"그래도 내버려 둘 수는 없잖아. 히로 전하의 질룡이라고."

"……힘내."

군의관이 달려오는 것을 보고 리즈는 일어났다.

군사 회의를 앞둔 지금은 질룡 옆에서 수발을 들고 있을 수 없었다. 해야 할 일을 해야만 한다. 여기서 리즈가 멈춰 서면 모든 것이 무용지물이 되어 버린다.

"……아우라?"

리즈는 아담한 소녀에게 말을 걸었지만 그녀는 질룡의 안장에 손을 짚고 경직되어 있었다.

"왜 그래?"

리즈는 그녀의 어깨를 잡으려고 했으나 그러기 직전에 아우라가 벌떡 일어났다.

드물게도 아우라가 기민한 움직임을 보이자 리즈는 얼떨떨해졌다.

"리즈, 군사 회의가 있어."

늘 무표정한 얼굴에 당황을 드러낸 아우라를 보고 리즈는 고개를 갸웃했지만, 확인할 새도 없이 아담한 소녀는 등을 돌리고 걷기 시작했다.

"자, 잠깐만, 아우라, 왜 그러는데?"

"질룡의 생명력이 뛰어나다는 말은 괜히 나오는 게 아니야. 분명 금방 회복할 터. 지금은 군사 회의에 집중해야 해. 그러니까 쓸데없는 생각은 하지 말고 여섯 나라에만 집중해."

웬일로 말을 많이 하며 아우라가 빠른 걸음으로 리즈 앞을 나아갔다. 리즈는 그런 반응에만 시선을 주었기에 아우라가 소매에 숨긴 **편지**는 눈치채지 못했다.

그렇게 떠나가는 두 사람의 뒷모습을 보고 있는 자가 있었다.

만약 리즈가 아우라에게 정신이 팔리지 않았다면 기묘한 차림을 한 그를 알아차렸을지도 모른다.

"……."

얼굴을 덮는 가면을 쓴 백의의 남자. 그 순백색 옷을 펄럭인 남자는 두 사람의 뒷모습에서 시선을 떼고 질룡을 치료하는 병사 집단에게 다가갔다.

"미안하지만 비켜 주겠어?"

그저 발언했을 뿐인데 공기가 무거워졌다.

위압감이 강해지자 병사들은 그 압력에 저항하지도 못하고 자연스럽게 길을 만들었다.

그의 패기를 느낀 자는 공포인지 경외인지 알 수 없는 감정에 얼굴을 굳히며 뒷걸음질 쳤다.

그의 정체를 확인하는 자는 아무도 없었다. 완전히 압도되어 말을 잇지 못했다.

제지하는 자가 없으니 그가 질룡 곁에 도달하는 것은 필연이었다.

"……다행이야. 정말로 무사해서 다행이야."

한쪽 무릎을 꿇은 가면 쓴 남자는 질룡의 머리를 쓰다듬으며 어깨를 떨었다.

"이, 이봐, 멋대로 만지면 상처가……."

군의관은 결의를 다지고 남자에게 주의를 주려고 했으나 불가사의한 광경을 목격하고 눈을 부릅떴다.

"세상에…… 말도 안 돼……."

희미한 빛이 질룡을 감싸더니 순식간에 상처를 치료했다.

자연의 신비, 상식을 벗어난 일, 기적의 구사.

정체 모를 힘을 목격한 병사들도 군의관과 마찬가지로 멍하니 그 광경을 넋 놓고 바라보았다.

"……회수됐나."

가면 쓴 남자는 아연해하는 자들을 무시하고서 질룡의 안장이 벗겨진 것을 확인하고 일어났다.

"이 아이는 내가 맡겠어."

"그, 그럴 수는 없어. 이 질룡은 히로 제4황자의—."

가면 쓴 남자는 군의관의 어깨를 왼손으로 잡고 오른손을 펼쳐 그의 얼굴 앞에서 정지시켰다.

"……아니, 미안하지만 양보해 줘야겠어."

가면 안쪽에서 황금빛이 흘러넘쳤다. 이상한 기운을 알아차린 주위 병사들의 손이 칼자루로 향했다. 가면 쓴 남자가 어이없다는 듯 하늘을 올려다보자 천공에서 날아온 막대기 하나가 지면에 꽂히며 땅이 크게 함몰되었다.

"당신답지 않네요. 무사한 걸 확인하고 흥분해서 괜한 언쟁을 벌이면 안 되죠."

함몰된 곳에서 대량의 모래 먼지가 일어나는 가운데, 이 자리에 어울리지 않을 만큼 밝은 여성의 목소리가 울렸다. 병사들의 파도가 갈라지고 그 사이로 걸어온 자는 자은색 여성이었다.

"클라우디아, 하지만 이 아이는 내 권속이야. 지켜야 할 존재이니 당연한 일이잖아?"

"그래서 제가 정당성을 주장하기 위해 **그것**을 가져왔잖아요."

"……그러려고 가져온 거였나."

"무슨 생각으로 가져온 줄 아셨죠?"

"당연히 공격을 가한 건 줄 알았어."

대화를 펼치는 두 사람과는 별개로 병사들은 멍하니 경직되어 있었다.

기묘한 2인조가 출현했기 때문은 아니었다.

그들 사이에 꽂힌 막대— 하늘을 헤엄치는 문장기를 인식했기 때문이었다.

하얀 바탕에 천칭이 그려진 문장기.

**소국**이면서도 중앙 대륙에서 지대한 영향력을 미치는 **대국**의 상징.

전장에서 이 문장기를 본 자는 없다. 왜냐하면 늘 중립을 유지하며 속세에서 벗어난 문화를 형성해 결코 표면에 나서는 일이 없었기 때문이다.

그런 것이 눈앞에 나타났으니 누구나 말문이 막혀 버렸다.

"아아, 여러분, 깜짝 놀라셨군요."

병사들의 모습을 알아차렸는지 클라우디아라고 불린 여성이 손등을 입가에 대며 웃었다.

"이쪽은—."

*****

한편 그 무렵, 그란츠 대제국의 사령부에서는 군사 회의가 열리려 하고 있었다.

화기애애하지는 않지만 그렇다고 무거운 분위기라고 할 정도도 아니고 적절하게 숙연했다. 그런 가운데, 귀족 제후는 상석에 앉은 여성에게 기대에 찬 눈길을 보내고 있었다.

"조금 전에 클라우디아 여왕 폐하가 도착하셨다는 보고가 있었습니다."

진행을 맡은 귀족이 정적을 깼고, 그 발언을 계기로 분위기는 바뀌었다.

클라우디아의 이름은 이곳에 도착할 때까지 끊임없이 들려왔었기 때문이다.

도적에게 습격 받은 난민을 구한 이야기, 여섯 나라의 습격을 받은 도시를 구한 이야기, 심지어 고작 1천으로 2만의 대군을 물리쳤다는 가슴 설레는 이야기까지……. 그런 이야기들이 서방 난민들에 의해 알려져 있었다. 언젠가 음유시인의 노래가 되어 사람들이 술집에서 그것을 안주 삼아 맥주를 마시고 무희의 춤을 보며 눈을 빛낼 것이 틀림없을 만한 인기였다.

"감사를 전하자. 그녀가 없었다면 서방은 더 지독한 상황에 빠졌을 거야."

물론 그녀의 공적을 생각하면 감사 인사만으로 끝낼 수는 없겠지만, 보상은 나중에 하더라도 리즈는 그란츠 대제국의 사령관으로서 그녀에게 고맙다고 말해야만 했다.

"분명 클라우디아 여왕 폐하도 만족하실 겁니다. 믿음직한 이웃 나라가 있으니 든든하군요."

"그러네. 하지만 레벨링 왕국군의 피해도 크다고 들었어."

서방의 백성을 구하기 위해 많은 레벨링 병사가 희생되었다. 후일 건넬 보상 중에는 희생된 병사들의 가족에게 줄 보상도 포함시켜야 할 것이다.

"우선은 성의 있게 레벨링 왕국을 진영에 맞아들이자."

리즈의 말에 반론하는 자는 없었다. 유력 귀족들의 내심이 어떻든 간에 클라우디아는 이 자리에 있는 누구보다도 먼저 서방에서 많은 백성을 구했으니, 감사할지언정 투덜거리거나 시기하는 말을 할 수 있을 리도 없었다.

"그럼 군사 회의를 시작할까."

리즈의 한마디에 회의장의 공기가 단숨에 팽팽해졌다.

만족스럽게 유력 귀족들을 바라본 리즈는 진행을 맡은 귀족에게 눈짓했다.

"먼저 현재 상황을 설명해 줄래?"

"알겠습니다."

진행 역의 귀족은 책상 중앙에 펼쳐진 지도에 말을 놓으며 입을 열었다.

"우리 군대는 현재 마르크령에 머물며 결전에 대비해 주변 귀족으로부터 지원 물자를 모으고 있습니다. 동시에 각지에 정찰 부대를 보내 여섯 나라의 동정을 살피고 있습니다만, 요 전번 보고에 의하면 라릭스 평원에 진을 쳤다고 합니다."

배부된 보고서를 확인한 리즈는 얼굴을 들고 무주크 가문의 가주를 보았다.

"베투 경, 여섯 나라의 모습은 어때? 경에게는 여섯 나라 본진의 정찰을 맡겼었지?"

"예, 여섯 나라가 라릭스 평원에 진을 친 것은 틀림없습니다."

자신만만하게 활력을 뿜어내며 베투는 일어나 경례했다.

"척후의 보고에 의하면 수는 10만. 당초보다 수가 줄어든 것에 의문이 듭니다만 주위에 복병을 숨겼을 가능성은 낮은 듯합니다. 의견 대립으로 갈라섰다는 보고도 있으니 10만이라는 수는 타당하겠다는 결론에 이르렀습니다."

"사령관과 부사령관의 불화 이야기는 들었지만…… 그 영향은 어때? 사기나 전의를 잃었어?"

"각지에서 약탈을 되풀이하여 사기는 높고, 전의도 약해지지 않은 것 같습니다."

베투의 어조는 만만치 않은 상대라고 말하고 싶은 것 같았다.

하지만 리즈는 베투의 표정에 위화감을 느꼈다. 말해야 할지 말하지 말아야 할지 고민하는 얼굴이었기 때문이다. 그 밖에도 뭔가 이유가 있는 것이 명백했다.

"베투 경, 뭔가 신경 쓰이는 점이라도?"

"아뇨, 그것이……."

발언하기 꺼려진다는 듯 베투의 말은 끊어져 버렸다.

“그 보고가 이후 전투에 영향을 미칠지도 몰라. 낭보든 흉보든.”

리즈가 강한 어조로 말하자 베투는 각오한 얼굴로 보고서를 읽었다.

“……녀석들은 히로 제4황자의 흑룡 문장기를 들고서, 『추락한 영웅왕』이라고 매도하고 있는 모양입니다. 붙잡은 난민에게 문장기를 밟게 하고 목을 친다는 보고도 있습니다.”

귀족 제후는 숨 쉬는 것조차 잊고 얼어붙었다. 너무나 충격적인 내용에 사고가 멈춰 버린 것이다.

그란츠에서 흑룡 문장기는 신성했다. 히로를 좋아하든 싫어하든 상관없었다. 그란츠 열두 대신 중 하나인 『군신』은 군사국가에서 태어난 그란츠인이라면 누구나 숭배하는 신이었기 때문이다. 그런 문장기를 백성에게 밟게 하는 것은 상상조차 할 수 없는 악행이었다.

하지만 이상하게도 귀족 제후의 얼굴에는 분노보다도 곤혹이 떠올라 있었다.

그들은 몸을 경직시키고서 대량의 비지땀을 흘리며 하나같이 시선을 발밑으로 보내고 있었다. 왜냐하면— 무시무시한 살기가 순식간에 실내를 가득 채웠기 때문이다.

정적이 감도는 가운데 뭔가가 툭 찢어지는 소리가 났다.

그 불길한 소리에 다들 몸을 움츠렸다.

분노의 화살이 자신에게 향하지 않기를 바라며 소리가 난 곳으로 모두가 눈을 돌렸다. 도달한 곳은 상석에 앉은 붉은 머리 소녀였다.

"……."

리즈의 입가에서 피가 흐르고 있었다.

지금 당장에라도 검을 뽑아 적진으로 달려갈 듯한 위태로운 기운을 풍기며, 북받치는 감정을 참듯 주먹을 책상에 꽉 누르고 있었다. 크게 뜨인 눈은 베투를 노려보고 있었다. 이것에는 베투도 식은땀이 났는지 그는 이마에 맺힌 땀을 필사적으로 닦았다. 전혀 관계가 없는데도 그 분노의 화살이 자신에게 향하고 있으니 진심으로 무서울 것이다. 다양한 수라장을 헤쳐 나와 귀신같은 계략을 펼치는 그 역시 견딜 수 없게 되었는지 리즈에게서 눈을 돌렸다.

"그런 저열한 수단으로…… 사기를 높이고 있구나."

칭찬할 만한 내용은 아니지만 제법 뛰어난 책략이긴 했다.

『군신』에게 심취한 자들 중에는 리즈처럼 노여움을 느끼는 자가 많았다.

하지만 리즈의 분노를 보고 오히려 놀라서 다들 간담이 서늘해졌다.

이토록 격정을 겉으로 드러내는 아가씨가 아니었기 때문이다.

평소 리즈는 기질이 온건했다. 그란츠 황가에서는 보기 드문 온화한 성격이었다.

사자라기보다 새끼 고양이라고 여겼던 귀족 제후는 생각을 고치게 되었을 것이다.

역시 사자의 새끼는 사자였다. 그 분노는 공간조차 일그러뜨릴 정도였다.

“모레, 진군을 재개하겠어. 그때까지 주변 정찰을 게을리하지 말고 라릭스 평원에서 적을 토멸하자.”

뼛속까지 시릴 만큼 냉랭한 리즈의 낮은 목소리에 모두가 강제로 고개를 끄덕이게 되었다. 수면에 세찬 물결이 치고 있지만 그 아래에는 깊은 바다가 펼쳐져 있었다.

누구도 말 한마디 하지 않고 침묵을 관철하여 정적이 회의장을 지배했다.

진행 역의 귀족도 겁을 먹었는지 자신의 역할조차 잊어버려서 회의가 완전히 멈췄다. 모두의 시선이 진행 역의 귀족에게 집중되었지만 효과는 없었다.

불편한 분위기 속에서 움직임을 보인 것은 은발 소녀였다.

그녀는 리즈의 등 뒤에 대기하듯 서 있었는데, 소매를 뒤적이더니 망설임 없는 발걸음으로 리즈에게 다가갔다.

“……세리아 에스트레야 전하, 이것을.”

하얀 천을 내밀어 리즈의 입가에서 흐르는 선혈을 가리켰다.

“아, 미안. 고마워.”

마침내 자신의 상황을 깨달았는지 리즈는 인상을 찌푸리며 흰 천을 입에 댔다.

리즈에게서 풍기던 험악함이 누그러진 것을 보고 귀족 제후는 안도의 한숨을 쉬었다.

그때였다.

밖에서 시끄러운 소리가 들려왔다.

"지금은 군사 회의 중이오니 잠시 기다려 주십시오!"

"어머, 하지만 저도 회의에 참가해야죠. 향후 전투에 참가할 거니까요."

"바, 바로 확인받을 테니 허가가 있을 때까지 기다려 주십시오!"

"그렇게 시간을 낭비할 수는 없잖아요."

떠들썩한 공기를 가르며 정적의 세계에 발을 들인 이는 아름다운 여성이었다.

"레벨링 왕국의 여왕, 클라우디아 반 레벨링입니다. 아무쪼록 잘 부탁드려요."

클라우디아는 아리따운 보라색 눈과 입가에 요염한 기운을 머금고서 우아하게 허리를 굽혀 인사했지만 너무나도 무례한 태도에 몇몇 귀족이 자리에서 일어났다. 대부분은 리즈가 조금 전처럼 화나게 해선 안 된다고 지레 겁먹은 귀족들이었다.

"너희 같은 소국이 중요한 군사 회의를 방해하다니, 이게 대체 무슨 일인가!"

"다음에 다시 와라. 조금 공헌했다고 이렇게 꼴사납게 굴다니, 부끄러운 줄 알아야지."

"조용히 해."

리즈의 일갈에 귀족들은 즉각 입을 다물었다.

리즈는 자리에서 일어나 클라우디아에게 머리를 숙였다.

소국의 여왕에게 대국의 수장이 머리를 숙이자 회의장은 소란스러워졌다.

"부하가 저지른 무례를 용서해 주십시오. 조력해 주셔서 감사합니다."

얼굴을 든 리즈는 가련하게 웃었다.

"세리아 에스트레야 엘리자베스 폰 그란츠입니다."

제6황녀가 순순히 머리를 숙이자 클라우디아는 당황했다.

고압적인 태도를 취하면 도발할 생각이었을 것이다.

리즈가 예상외의 행동을 보인 탓에 클라우디아는 완전히 사고가 멈춰 버렸다.

하지만 온갖 수단을 구사하여 여왕이 된 여걸은 금세 정신을 차렸다.

진지한 태도를 보인 리즈에게 클라우디아는 한쪽 무릎을 꿇어 신하의 예를 취했다.

"저야말로 무례를 저질러 죄송합니다."

최상의 예를 갖춰 사죄했다. 어린아이처럼 굴었던 자신을 부끄러워하듯 얼굴을 숙였다.

"앞으로도 양국의 우호를, 견고한 유대를 한층 더 깊이 다지기를 간절히 바랍니다."

"응, 조금 전의 일은 서로 잊어버리자."

앉으라고 말하려던 리즈는 클라우디아의 뒤에서 나타난 인물을 보고 저도 모르게 말문이 막혀 버렸다.

이상한 풍모의 인물이었다.

표정을 전혀 읽어 낼 수 없는 가면, 그러면서도 청초한 분위기를 자아내는 순백색 옷을 입었다. 허리에는 꺼림칙한 기운을 풍기는 흑도를 차고 있었다.

어둠과 빛의 균형— 비틀린 차림새에 리즈는 아연해했고 귀족 제후들도 경악하여 몸을 떨었다.

"……그쪽은?"

살피듯 눈을 가늘게 뜨고 묻는 리즈에게 클라우디아가 미소를 지으며 설명했다.

"이분은 바움 소국의 제2대 국왕, 『흑진왕(수르트)』 폐하이십니다."

"뭣?!"

소리를 낸 사람은 뜻밖에도 베투였다.

회의장의 공기가 가면 쓴 남자에게 집중되었다.

흡사 그것이 당연한 일인 것처럼 압도적인 존재감은 모든 이를 매료했다.

오른쪽 눈에는 넘쳐흐르는 황금빛을 담고, 왼쪽 눈에는 어둠보다 짙은 심연을 머금고 있었다.

주목을 받은 가면 쓴 남자는 말없이 가볍게 인사했다.

"무녀공주님께 받은 서신도 있답니다."

클라우디아는 문자가 빛을 내는 종이를 꺼내 들었다.

그것은 정령 문자라고 해서 무녀공주만이 적을 수 있는 것이었다.

"옛 맹우인 사자심왕 폐하의 나라가 손상되는 것을 대단히 마음 아프게 여기신 흑진왕께서는 출진을 결심하셨다고 합니다."

"바움 소국에 국왕이 즉위했다니…… 그런 이야기는 금시초문이다만."

베투는 믿을 수 없다는 듯 항의하는 자세를 보였으나 클라우디아의 표정은 전혀 흔들리지 않았다. 오히려 베투에게 조소를 보냈다.

"사실이기에 어쩔 수 없어요."

그렇게 말한 클라우디아는 베투에게 무녀공주의 편지를 건넸다.

꾸며 낼 수 있는 물건은 아니었다. 정령 문자는 정령에게 사랑받은 자만이 쓸 수 있는 신성한 문자였다. 베투는 인정하고 싶지 않은 표정이었지만 인정할 수밖에 없었는지 크게 낙담을 드러내며 어깨를 떨궜다.

"화, 확실히…… 이건 정령 문자야. 무녀공주님만이 적을 수 있는 것이지만……."

반론할 기력이 사라졌는지 베투는 의자에 힘없이 앉았다.

그런 대화가 이루어지는 가운데, 리즈는 의심스럽다는 표정으로 가면 쓴 남자에게서 한 번도 시선을 떼지 않다가— 경계하는 듯한 시선으로 가면 쓴 남자를 가리켰다.

"흑발도 바움 소국 초대 국왕인 쌍흑의 영웅왕의 후손이라는 증거야?"

클라우디아에게 물으면서도 그 시선은 가면 쓴 남자에게서 떨어지지 않았다.

집요하기까지 한 시선을 차단하듯 클라우디아는 반걸음 옆으로 몸을 틀어 가면 쓴 남자 앞에 서고서 작게 고개를 끄덕였다.

"역시 박식하시기로 유명한 세리아 에스트레야 전하시군요. 말씀하신 대로랍니다."

"후후, 그래……. 그럼 됐어."

리즈는 고요한 웃음을 머금으며 옆머리를 귀찮다는 듯 뒤로 넘겼다.

"그럼 저희도 군사 회의에 참가해도 될까요?"

클라우디아의 물음에 리즈는 흔쾌히 승낙했다.

"그래, 여섯 나라에 관해 물어보고 싶은 것도 있으니까. 그쪽에 있는 흑진왕 폐하의 의견도 듣고 싶고……그러니 꼭 참가해 줬으면 좋겠어."

"그럼 주제넘지만 말석에 자리하겠습니다."

클라우디아와 리즈의 시선이 교차했다.

불꽃 튀는 그 모습을 보고 있던 아우라는 작게 한숨을 쉬며 눈을 감았다.

*****

해가 저물려 하고 있었다.

지평선이 노을빛으로 물들었고, 멀리 그라우잠 산맥의 꼭대기는 잔불처럼 남은 햇빛에 반짝였다.

대제도도 활기 넘치는 거리에서 사람들의 모습이 뜸해지기 시작했다.

대중의 생업을 흘겨보는 것은 황궁 베네자인— 1000년의 역사를 지닌 건축물이었다.

그 동쪽, 귀족들의 주택이 모여 있는 구획에 한층 눈에 띄는 저택이 존재했다.

동방을 아우르는 5대 귀족 중 하나, 켈하이트 가문의 저택이었다.

"……조용해졌군."

로자는 쓸데없이 넓게 느껴지는 침실을 바라보며 쓰게 웃었다.

최근까지 떠들썩한 나날이 계속됐었다.

히로를 쫓는 리즈가 있고, 그 광경을 본 스카아하가 쓴웃음을 짓고, 그러거나 말거나 책만 읽던 아우라, 창문으로 안뜰을 내려다보면 야영하는 마족과 충성심 넘치는 젊은이들, 그리고 주인의 명령을 오롯이 지키며 로자를 따라다녔던 용병 여성.

정말로 잊을 수 없는, 농밀하고 즐겁고 떠들썩한 나날이었다.

"줄곧 계속되리라고 생각하진 않았지만, 한편으로 기대했던 거겠지."

적적함을 달래듯 작게 한숨을 쉰 로자는 의자 등받이에 체중을 맡기며 천장을 올려다보았다. 그런 그녀의 발치에 서버러스가 달라붙어 재롱을 부렸다.

"너는 주인님을 따라가지 않아도 괜찮았던 건가?"

그렇게 말하자 서버러스는 고개를 갸웃하고 하품했다.

처음 대제도에 왔을 때보다도 야생성이 없어졌다. 아니, 영락없이 애완견이 되었다.

하인들이 오냐오냐 예뻐한 결과이리라.

원래는 동제도에 생식하는 생물이었다. 동제도를 근거지로 삼는 마족은 반드시 백랑(白狼)을 키우는 모양인데, 왕의 혈통만이 키울 수 있는 신성한 동물이라고 한다.

어떤 경위로 중앙 대륙에 흘러들었는지는 알 수 없으나 리즈가 주워 왔을 때는 대단히 놀랐었다.

로자는 그리운 기억을 되짚으며 서버러스의 배를 쓰다듬어 주었다.

"너는 여자이니 좀 더 겉모습을 신경 쓰는 것이 좋겠다."

최근에는 살이 포동포동 올랐다.

역시 사냥에라도 같이 데려가야겠다. 안 그러면 백랑이라는 고귀한 이름이 부끄러워진다.

"조금 시간이 비면 사냥하러 가 볼까. 옛날에는 리즈를 자주 데려갔었지."

그렇게 옛 생각을 하며 쓴웃음을 지었을 때, 침실 문이 소리를 냈다.

문을 두드리는 소리라고 하기에는 너무 묵직하고 쓸데없는 잡음이 섞여 있음을 깨달은 로자는 눈빛을 날카롭게 만들었다. 그리고 근처에 놓아 뒀던 『사자왕(獅子王)』을 들고 문을 향해 입을 열었다.

"어이, 무슨 일이지?"

리즈가 출발한 뒤 로자는 저택의 경비를 엄중히 했다.

문 너머에서는 강인한 병사 두 명이 방을 지키고 있을 터였다.

하지만 대답은 없었다. 로자는 숨을 깊이 토한 후 호흡을 가다듬었다.

문득 창문으로 밖을 바라보니 해가 완전히 떨어져 어둠의 장막이 세상을 덮고 있었다.

달빛이 방 안을 채우는 가운데, 서버러스가 몸을 낮추며 으르릉거렸다.

"……역시 왔나."

예상은 했지만 들어맞지 않기를 원했다.

"정말이지…… 진짜 아이가 생겼으면 위험한 대제도 같은 곳에 머물러 있지 않을 텐데."

사실이었다면 여섯 나라와의 싸움으로 경비가 허술해진 황궁에 머물 리가 없다.

지금쯤 본거지로 돌아가서 감옥보다도 엄중한 경비 태세를 구축했을 것이다.

"어느 귀족이 암살자 따위를 파견했을까……."

히로의 아이를 가졌다는 이야기는 즉각 퍼졌다.

그란츠 대제국은 역사가 1000년이나 이어진 폐해로 혈통을 중시하는 경향이 있었다.

그것이 『군신』의 아이라면 환영받을 일이지만, 적대하는 자들로서는 무조건 기뻐할 수 없는 일이었다. 그 아이는 태어나기 전부터 차대 황제로서 국가의 위신을 짊어지게 된다. 그렇게 되면 모친이나 외척도 자연스레 권세를 휘두르게 된다.

즉, 귀한 씨를 잉태한 로자의 목숨을 노릴 가능성도 커지는 것이다.

그렇기에 로자는 저택 경비를 강화한 것이지만…….

"입구에서 여기까지 꽤 실력 있는 자를 배치했는데 말이지."

로자도 무술의 소양은 갖추고 있었다. 하지만 그래도 웬만한 남성 정도의 실력일 뿐이었다.

"상정했던 것보다도 더 격이 높은 자가 내 목숨을 노리고 왔나……."

문이 끼익 소리를 내며 천천히 열렸다.

들어온 인물은 꺼림칙하게도 머리부터 발끝까지 까만 차림이었다.

"……한 명인가."

하지만 그 발걸음을 보면 상당한 실력자였다.

그렇지 않다면 여기까지 도달하지 못했으리라.

로자는 온몸의 활력을 끌어올려 『사자왕』의 칼자루를 움켜쥐고 힘 있게 바닥을 밟았다.

"유감스럽지만 암살자가 올 것 정도는 예상했다."

그에 대비한 준비도 다 해 뒀다.

"그래서 진수성찬을 차려 뒀지."

로자가 대담하게 웃으며 손가락을 튕겼다.

복도에서, 그늘에서, 옆방으로 통하는 문에서 병사들이 속속 무기를 들고 침실로 들어왔다.

"의뢰인이 누구인지 실토해 줘야겠어. 저 녀석을 잡아라!"

로자가 외침과 동시에 병사들이 함성을 지르며 암살자에게 쇄도했다.

하지만 후드로 가려진 얼굴의 그늘에서 드러난 입이 섬뜩한 초승달을 그렸다.

"커헉?!"

일격필살— 간단히 심장을 꿰뚫린 병사 한 명이 절명했다.

암살자는 오른발을 축으로 삼아 잽싸게 두 번째 병사를 꿰찔렀고, 칼을 뽑음과 동시에 투구 틈에 칼날을 내질러 세 번째 병사의 뇌척수액을 분출시켰다. 선혈이 바닥에 점점이 튈 새도 없이 네 번째 병사의 갑옷을 쉽사리 도려내며 대각선으로 내려 벴다.

차례차례 병사들이 급소를 찔려 숨졌다. 눈 깜짝할 사이에 벌어진 일이란 바로 이런 것이리라. 신음조차 내지 못한 채 병사들은 바닥에 쓰러졌다. 불합리할 만큼 압도적인 역량 차이였다.

일방적인 학살— 얼마 지나지 않아 병사들은 피바다에 잠겼다.

로자의 눈앞에는 나타났을 때와 똑같이 입구에서 한 발자국도 움직이지 않은 암살자의 모습이 있었다.

"칫!"

로자는 『사자왕』을 칼집에서 뽑았으나 시야에서 암살자의 모습이 사라졌다.

"무슨— 컥?!"

순간, 복부에 충격이 일며 폐에 모인 산소가 순식간에 밖으로 토해졌다.

그래도 힘이 빠질 뻔했던 손을 움켜쥐어 『사자왕』을 기합으로 휘둘렀다.

"얕, 보지 마라!"

"소용없어."

간단히 『사자왕』이 바닥에 떨어졌고 뺨을 얻어맞은 로자는 날아갔다.

몸이 벽에 격돌한 뒤 고꾸라지려고 했지만 거리를 좁힌 암살자에게 잡혔고, 주먹이 로자의 복부를 꿰뚫었다.

"윽!"

격통에 얼굴을 일그러뜨리는 로자의 입을 막듯 암살자가 머리를 움켜잡았다.

"헉!"

"죽음이 무섭나?"

벽에 머리를 찧고 한순간 의식을 잃었지만, 그건 허락할 수 없다는 것처럼 한층 더한 충격이 복부에 가해졌다.

"자, 숨 쉬어. 아직 안 죽일 거야."

"헉, 아윽!"

로자가 산소를 마시려고 헐떡인 순간, 암살자는 가느다란 목을 잡아 압박했다.

"거짓말이야. 숨 쉬지 마."

엄청난 완력이 로자의 몸을 들어 올려서 발이 공중에 떴다.

로자는 목을 잡은 팔을 힘껏 때렸지만 효과가 없었다.

미력한 힘으로는 해방될 수 없었다.

"아, 컥!"

창문으로 들어온 달빛이 두 사람을 비췄고, 한쪽 그림자가 바닥에서 세차게 날뛰었다.

흐트러진 금색 머리카락이 흔들리며 달빛을 받아 갸륵한 빛을 발했다.

그 반짝임은 포학의 폭풍 속에서도 희미해지지 않았다.

"매끄러운 머리카락이야. 무척 아름답겠지."

암살자가 그렇게 중얼거렸을 때— 별안간 목의 압박이 사라지며 고통에서 해방되었다.

"으으, 윽…… 쿨럭!"

바닥에 양쪽 무릎을 꿇고 몸을 웅크린 로자는 필사적으로 산소를 폐에 들였다.

그런 그녀의 머리로 손을 뻗은 암살자는 머리카락을 휘어잡았다.

"흐윽!"

"잘 관리되어 있어. 이거라면 잘못 볼 리도 없지. 하나도 남김없이 녀석에게 보내 줄게."

"네놈 따위에게— 헉!"

안면이 바닥에 처박혔다.

"아악! 아, 윽, 아아!"

계속, 계속, 계속, 계속, 계속, 그것은 몇 번이고 집요하게 반복되었다.

로자는 의식이 몽롱했지만 강인한 정신력이 화가 되어 잠들 수 없었다.

"튼튼한 머리카락이야. 좀처럼 안 빠져."

담담했다.

고요한 증오만이 음성에 담겨 있었고, 야비한 감정은 전혀 느껴지지 않았다.

암살자는 가축을 해체하듯 태연한 모습으로 로자에게 계속해서 위해를 가했다.

얼굴을 때리고, 배를 수없이 걷어차고, 바닥에 내동댕이쳤다.

그래도 머리카락을 손에서 놓지 않았다.

뽑힐 때까지 놓지 않겠다며 오기를 부리듯 고집했다.

"너무 안 빠지니 두피를 벗겨야겠어. 팔이 부러질지도 몰라. 미안."

로자의 가느다란 왼팔에 발을 올린 암살자는 있는 힘껏 머리카락을 당겼다.

"흐, 윽…… 으아아아아아아!"

뼈가 부서지는 소리와 함께 로자의 비명이 방에 울려 퍼졌다.

그래도 멈추지 않았다.

일방적인 학대는 엄숙하게 계속됐다.

"이래도 안 되나. 다음은 손가락에 발을, 아니면 코가 방해되나. 도려내면, 아냐, 그 눈이 좋은가. 예쁘게 파내면— 읏?!"

그때, 암살자의 등 뒤에서 숨죽이고 있던 서버러스가 빈틈을 노리고 달려들었다.

뒤얽히는 형태로 어둠 속에서 하얀 그림자와 검은 그림자가 격렬하게 춤췄다.

입에서 피를 뚝뚝 흘리며 로자는 후들거리는 다리에 힘을 주고 일어났다.

"얕보지 마라. 암살자 따위가……."

파란 눈동자에 격노의 불을 밝힌 로자는 얼굴이 피범벅이 됐으면서도 『사자왕』을 주워 들었다.

"나는 원래 제3황녀였다. 간단히는 안 죽어. 이래 봬도 그란츠의 피를 이어받았으니까."

격통에 얼굴을 일그러뜨린 로자가 암살자에게 결사의 공격을 가했지만 직전에 칼날이 막혔다.

"그래서겠지. 그래서, 그래서 용서할 수 없는 거야."

암살자가 등을 물고 있던 서버러스를 떼어 냈다.

강렬하게 걷어차인 서버러스는 벽에 격돌했다.

그럼에도 고상한 백랑은 겁먹지 않고 이빨을 드러내며 암살자에게 덤벼들었다.

"방해돼. 강아지."

서버러스의 입을 제압한 암살자는 그 꼬리를 잡아 바닥에 내동댕이쳤다.

몸부림치는 백랑에게 가차 없이 주먹을 내리쳤고, 그것만으로는 만족할 수 없다는 듯 부숴 버릴 기세로 발뒤꿈치를 내리찍었다.

"끄으윽!"

하지만 암살자의 발은 서버러스에게 닿지 못하고 로자의 등에 막혔다.

서버러스를 감싸듯 로자가 백랑 위로 몸을 덮은 것이다.

"소중한 가족이라서 말이야……. 네놈 따위가 죽이게 할 순 없어."

내려다보는 암살자에게 날카로운 눈빛을 보내며 로자는 도발적인 웃음을 지었다.

암살자의 살의가 팽창했다. 참을 수 없다는 듯이 몸을 떨었다.

"그럼 죽어. 그 배에 있는 그 녀석의 아이와 함께 죽어."

암살자는 로자의 머리를 잡아 벽에 던졌다.

"흐윽!"

등을 세게 부딪친 로자는 주르륵 미끄러져 바닥으로 쓰러졌다.

하지만 이를 악물고서 주먹으로 바닥을 치고 격통을 견디며 일어나려고 했다.

"이제 됐잖아. 이제 됐을 텐데. 포기해. 네 녀석에게도 똑같은 고통을 주겠어."

"젠장……."

그렇게 암살자가 로자를 향해 손을 뻗은 순간, 그 손이 얼어붙었다.

비유가 아니었다. 달빛 아래 드러난 팔은 남김없이 얼음덩어리가 되어 있었다.

"거기까지 해 둬."

어두운 밤에도 청록색 머리카락이 비단처럼 매끄러운 광채를 냈다. 유리 세공같이 섬세한 얼굴에는 조용한 투지가 소

용돌이쳤고, 선이 가는 몸을 중후한 갑옷으로 감싸 고요한 청초함 속에서 살벌한 분위기가 배어났다.

하란 스카아하 드 페르젠이 입구에 서 있었다.

"로자 공, 미안해. 다른 녀석들을 상대하느라 시간이 걸렸어."

숨길 수 없는 노여움을 몸에서 뿜어내며 스카아하가 한 걸음 앞으로 나왔다.

"네년이 왜 여기에?!"

처음으로 암살자의 목소리에 감정이 섞였다.

그 당황하는 모습은 당당했던 조금 전까지와는 딴판으로 불쌍하리만큼 동요하고 있었다.

"어찌 되든 좋지 않나. 너는 여기서 죽는다."

스카아하는 순식간에 거리를 좁혀 암살자에게 육박했다.

"편히 죽을 생각 마라."

혀를 찬 암살자가 거리를 벌리려고 했지만—.

"유감스럽게도 『빙제(게볼그)』의 냉기에서는 누구도 도망칠 수 없어."

암살자의 두 다리가 얼어붙었고, 창을 가볍게 휘두르자 한쪽 팔이 사라졌다.

"난리 치면 귀찮으니 팔을 받아 두지. 지혈은 해 주마. 썩을지도 모르지만."

"하, 으아, 으아아아아아아아아아아아아!"

선혈이 흘러넘치던 상처가 얼어붙자 암살자가 바닥을 뒹굴었다.

"누구에게 명령받았는지 실토해 주실까."

스카아하는 발을 세게 내리찍어 바닥을 뒹구는 암살자를 밟았다.

"크헉!"

"말해 두는데 나는 상냥하지 않아. 이딴 비열한 수단을 택하는 무리는 절대로 용서하지 않거든."

몸부림치는 암살자의 후드가 바닥으로 흘러내렸다.

창밖에서 비쳐 든 달빛에 암살자의 얼굴이 드러났다.

스카아하는 숨을 삼켰다.

암살자의 얼굴에는 고문을 받았는지 지독한 열상이 남아 있었다. 두 눈은 없어 뻥 뚫렸고, 이마에는 뭔가가 도려내진 듯한 흔적이 있었다.

무엇보다도—.

"그 피부색…… 너는 마족인가?"

스카아하의 말이 들렸는지 암살자는 미동조차 하지 않게 되었다.

그리고 기분 나쁘게 씩 웃었다.

"우리의 아버지시여. 어리석은 자에게 영옥의 고통을 주시옵소서. 우리의 아버지시여. 어진 자에게 평안을 주시옵소서!"

순간, 모든 구멍에서 피가 분출되며 목이 바닥으로 푹 꺾이고 사지에서 힘이 빠졌다. 순식간에 피 웅덩이가 바닥에 퍼졌다.

경악하여 눈을 부릅뜬 스카아하가 즉각 생사를 확인했으나 암살자는 숨진 상태였다.

"설마…… 자결했나?"

깜짝 놀라는 스카아하에게 로자가 다가갔다.

"스카아하 공, 덕분에 살았어. 서버러스도 잘했다."

로자가 스카아하 옆에 앉은 백랑의 머리를 쓰다듬었다.

"늦어서 미안하군. 설마 이 정도로 실력이 뛰어날 줄은 몰라서……."

스카아하의 사죄에 로자는 고개를 가로저었다.

"아니, 신경 쓸 것 없어. 이렇게 무사히 살아났으니까."

머리카락도 튼튼한 덕분에 크게 빠지지 않았다며 로자는 웃었다.

핏기 없는 얼굴에 대량의 비지땀이 맺혀 있었기에 무리해서 웃고 있음을 알 수 있었다.

"그건 그렇고……『흑사향』인가."

로자는 백랑의 머리를 쓰다듬으며 암살자의 시체로 시선을 옮겼다.

"이 녀석들을 아는가?"

"누구나 알 만한 지식밖에 없지만…… 그란츠 황가를 증오한다는 건 틀림없겠지."

거기까지 말하고서 로자는 고개를 흔들었다.

"아니, 『군신』을 원망하는 건가……."

이상하리만큼 『군신』의 핏줄을 원망하고 있었다. 집요할 정도로 배를 때리고 걷어찼던 것이 그 증거이리라. 로자는 자신의 배를 어루만졌다. 순간 강렬한 통증이 일어서 얼굴을 험악하게 일그러뜨렸다.

"갈비뼈도 몇 개 부러졌나……. 아이를 가졌다는 게 거짓말임을 알았다면 바로 죽였을 테니 불행 중 다행이라고 생각하는 편이 좋을지도 모르겠군."

아니— 애초에 노려지지 않았을지도 모른다.

그렇다면 상대의 목적은 따로 있겠다고 로자는 미루어 짐작했다.

"겸사겸사……가 이 정도인가. 앞으로 큰일이군."

로자의 중얼거림은 소란스러운 소리에 덮여 사라졌다.

복도에서 시끄러운 금속음이 들려왔다.

"로자 공, 병사들도 소동을 알아차린 모양이야. 일단은 치료를 받지."

"그렇군……. 생각은 그다음에 할까."

*****

켈하이트 가문의 저택에 많은 병사들이 몰려가고 있었다.

대량의 화톳불이 각지에 밝혀져서 세계가 어둠에 뒤덮인 시간임에도 대낮처럼 환했다. 그 모습을 성벽에서 바라보는 여러 그림자— 어둠보다 짙고, 흐르는 공기보다도 희미한 존재가 억양 없는 얼굴로 아래를 바라보고 있었다.

"실패했나……. 설마 『빙제』를 두고 갈 줄이야."

밤바람에 섞듯 중얼거리자 마찬가지로 옆에 있던 인물이 목소리를 냈다.

“어떻게 하시겠습니까? 저희가 처리할까요?”

“아니, 필요 없다. 어차피 양동(陽動)…… 우리의 목적은 다른 곳에 있어.”

기리시 재상은 **왼손**에 들고 있던 물건을 놓았다.

언제까지고 귀에 남는 끈적끈적한 소리와 함께 그것은 지면을 굴러갔다.

“시간 없다. 바로 가지.”

기리시 재상은 발길을 돌려 걷기 시작했다.

“켈하이트 가문의 저택에 모든 이목이 쏠려서 황궁의 경비는 엉성해졌어. 방해받지 않고 목적지에 도달할 수 있겠지.”

여러 그림자를 이끌고서 월하의 길을 짓밟으며 기리시 재상은 나아갔다.

비도 내리지 않았는데 지면은 진창처럼 소리를 내며 밤의 정적을 먹었다.

하지만—.

“나도 같이 데려가 주겠어?”

어둠 속에 있으면서도 강대한 존재감, 전방에서 황금빛을 띠고 걸어오는 인물이 있었다.

기리시 재상은 태연한 모습으로 가볍게 손을 들어 대답했다.

“이게 누구십니까, 셀레네 제2황자 아니십니까. 이렇게 밤늦게 뭐 하십니까?”

“그건 내가 할 말이야. 외삼촌이야말로 여기서 뭐 해?”

산뜻하게 웃으며 셀레네 제2황자는 양쪽 허리에 찬 칼자루를 잡았다.

이 앞으로는 보내지 않겠다는 듯 미소 지은 얼굴에는 패기가 넘쳤다.

두 사람의 걸음이 멈추고 서로 노려보는 모습이 되었다.

“그런 정체 모를 녀석들과 뭐 하고 있는지 물어봐도 될까?”

“이들과 교우를 다지고 있었지요.”

두 팔을 벌린 기리시 재상을 보고 셀레네는 인상을 찌푸렸다.

하지만 위화감을 지적하지 않고 주위를 둘러보았다.

“……내게는 그다지 우호적이지 않은 것 같네.”

후드를 뒤집어쓴 다섯 명 정도가 셀레네를 에워싸고 있었다.

“예, 아직 자기소개도 하지 않으셨으니까요. 어쩔 수 없는 일이겠죠.”

“그렇구나. 그럼 **그들**도 자기소개를 했으면 괜찮았으려나?”

달빛이 대지를 비추자 기리시 재상의 주변이 드러났다.

주변 일대가 붉게 물들어 있었다.

아니, 흙과 섞여서 거무칙칙하게 꺼림칙한 색으로 물들어 있었다.

시체는 한두 개가 아니었다.

두 자릿수는 넘을 인간들이 처참하게 난도질당한 채 대지에 내버려져 있었다.

기리시 재상은 웃음을 머금은 채 지면에 떨어진 머리를 가리켰다.

조금 전까지 손에 들고 있던 머리였다.

"도리쿠스 2급 무관이 잘못한 겁니다. 쓸데없이 캐지만 않았어도 목숨까지 뺏지는 않았어요."

"그들의 애국심은 당신이 키운 거잖아."

무참한 모습으로 지면에 굴러다니는 시체는 『밀경(방)』이라고 불리는 조직에 속한 자들로, 그들은 기리시 재상이 직접 키운 암살 부대였다.

"너희는 먼저 가라. 나는 이자를 상대하겠어."

기리시 재상이 주위에 있던 후드 집단에게 눈짓하자 그들은 소리도 없이 모습을 감췄다.

셀레네 제2황자는 쫓아가려는 기색도 보이지 않았다. 씁쓸한 얼굴로 기리시 재상을 응시하고 있었다.

명백하게 분위기가— 바뀌었다.

기리시 재상을 중심으로 농밀한 마력이 응축되더니 그에게 사로잡힌 것처럼 속박되어 갔다.

피부를 태우는 강대한 힘 앞에서 셀레네 제2황자는 눈앞의 적에게 집중할 수밖에 없었다.

"그러고 보니 『밀경』을 괴멸시킨 이유를 물으셨지요."

대답해 주겠다는 듯 기리시 재상은 오만불손한 태도로 밤하늘을 올려다보았다.

"앞으로는 그들의 입장도 나빠질 테니 제가 스스로 끝낸 겁니다."

다시 셀레네 제2황자를 바라본 기리시 재상의 얼굴은 일그러져 있었다.

희열, 유열, 환희, 열락— 이 세상의 모든 것을 즐기는 것처럼 활짝 웃고 있었다.

아주 즐겁고 기쁜 듯, 이 자리에 어울리지 않을 만큼 밝게, 당장에라도 춤출 것처럼 웃고 있었다.

“직접 죽여 주는 것이 부모의 마음 아니겠습니까?”

셀레네 제2황자는 불쾌하다는 듯 눈꼬리를 험악하게 치켜세웠다.

“당신의 목적은— 아니, **당신은 누구지?**”

“가르쳐 줄 것 같습니까?”

“실토하게 만들어 줄게. 전력을 다해서 도리쿠스의 원통함을 풀겠어.”

고요한 분노를 띠며, 수면에 이는 파문처럼 패기가 끓어올랐다.

막대한 힘의 격류, 저항할 수 없는 살기가 공간을 삐걱거리게 했다.

“우리의 적이 나타났어. 『간장막사(干將莫邪)[모랄타 베갈타]』.”

셀레네 제2황자가 쌍검을 뽑아 들자 기리시 재상은 귀찮다는 듯 목을 긁었다.

“진심이신 모양이군요?”

“당연하지. 요란하게 날뛰어 줄게. 내 힘이 다해도 소란을 듣고 우리나라의 정예들이 곧장 이리로 달려올 거야.”

“버리는 말이 되는 겁니까? 그 남자처럼?”

“그럴 리가. 나는 그처럼은 될 수 없어. 지기 싫어하는 성격이니까."

양보할 수 없다는 불변의 의지가 셀레네 제2황자에게서 왕성하게 흘러나왔다.

기리시 재상은 거칠게 코웃음 쳤다. 허리에 손을 얹고서 진심으로 어이가 없다는 듯 한숨을 쉬었다.

"……시시하군."

기리시 재상은 모든 감정을 전신에서 없앴다.

날벌레라도 보는 것처럼 그 얼굴에는 아무런 감정도 떠올라 있지 않았다.

"그대— 귀태(鬼胎)를 아는가?"

하늘을 찢고 땅을 도려내며 방대한 마력이 용솟음쳤다.

"공포를 품고 우구(憂懼)를 외치며 협위(脅威)를 괄목하라."

지면이 부서지고, 공간이 쪼개지며 절세의 패기가 팽창했다.

롱기누스
"공황에 빠져라—『천지개벽(天地開闢)』."

대기가 흔들렸다.

흐느껴 울듯 하늘은 균열을 만들어 냈고, 갈망하듯 대지는 갈라졌다.

혼돈이 세계를 침식하기 시작했다.

"나의 이름은—."

"들을 필요도 없어!"

셀레네 제2황자는 지면을 박차 거리를 좁히고 장렬한 기세로 쌍검을 내리쳤다. 그러나 공격은 간단히 튕겼고 창끝이 뺨을 스쳤다.

"……상것을 상대하는 『왕』의 관대함을 영광으로 생각해라."

"그럼 『왕살(王殺)』의 칭호를 받도록 할까!"

셀레네 제2황자는 뺨에서 흐르는 피를 닦고 다시 전력으로 맹렬한 두 번째 공격을 가했다.

요격하는 남자는 입술에 희열을 머금으며 태연자약하게 여유로운 자세를 취하고 있었다.

찰나— 두 사람은 세차게 격돌했다.

천공은 흉포한 폭풍을 견디지 못하고 굉음을 연주했고, 지상은 충격을 흡수하지 못하고 울부짖었다.

*****

제국력 1024년 3월 21일.

그란츠 대제국의 본진 한편에 레벨링 왕국의 진영이 있었다.

그곳에는 히로의 천막도 갖춰져 있었다.

안에는 책상 위에 펼쳐진 지도를 노려보는 히로가 있었고, 그 근처에서는 클라우디아가 우아하게 홍차로 목을 축이고 있었다.

그 밖에도 행상인 차림을 한 남자와 클라우디아의 측근인 여왕 친위대의 대장이 동석 중이었다. 지도에 몇 번이고 말을 바꿔 놓는 히로의 등을 향해 클라우디아가 말을 걸었다.

"저희는 중앙군에 배치된다는 것 같네요."

"독립군으로서 후방 쪽이지만 말이지. 지휘관은 아우라니까 별로 불안 요소는 없어. 있다면 그란츠 중앙군의 벽을 지휘하는 좌우 지휘관이려나."

히로는 그렇게 말하고서 책상 끄트머리에 놓인 양피지로 시선을 옮겼다.

거기에는 지휘관의 이름이 적혀 있었다.

클라우디아는 흥미가 생겼는지 양피지를 들여다보고 입을 열었다.

"우군의 지휘관은 바시아누스……라는 분인 것 같은데 아시나요?"

히로는 옛 기억을 더듬으며 말을 골랐다.

"딱 한 번, 축하연에서 대면했어."

동방 귀족에 속한 장군으로, 군사 국가인 그란츠 대제국에 걸맞게 저돌적인 싸움을 하는 인물이었다. 대단한 공적을 남기지는 않았으니 집안 덕분에 출세할 수 있었을 것이다.

"부관이 냉정한 인물이니까 우군을 잘 운용하지 않을까."

그보다도 신경 쓰이는 점이 하나 있었다.

켈하이트 가문의 가주 대리인 로자는 대체 어떻게 된 걸까. 원래대로라면 이 위치에 있을 사람은 그녀였다. 그 밖에 셀레네 제2황자의 모습도 없는 것 같아서 히로는 묘하게 마음이 어수선했다.

그렇게 불안한 분위기를 풍기는 히로에게 클라우디아가 재차 말을 걸었다.

"우군의 부관은…… 데키우스 에토르 폰 브나다라인가요."

"아우라의 부친이야. 대군을 이끈 경험은 없지만『군신소녀(아프로디테)』를 키운 인물이니까 특별히 뒤떨어지진 않을 테지. 틀린 인선은 아니야."

그란츠 좌군도 걱정할 필요는 없을 것이다.

참모총장 자리를 아우라에게 뺏긴 베투가 좌군 지휘관이 되었다.

불만은 있겠지만 이런 상황에서 떼를 쓸 만한 인물은 아닐 터였다.

부관으로서 보좌하는 이는 루젠 키오르크 폰 글린이었다.

키오르크의 이름을 보고 즐겁게 웃는 히로의 모습에 클라우디아가 고개를 갸웃했다.

"왜 웃으세요?"

"아니, 출세했구나 싶어서. 리즈의 외삼촌이야."

"외삼촌…… 친척을 임용하는 건 위험하지 않나요? 지휘 쪽은 문제없는 건가요?"

"과거 전투 이력은 소규모 싸움뿐이지만 견실한 싸움을 하는 사람이야. 이번 전투에 관해서는 무난한 인선이라고 생각해."

키오르크에게는 두드러지는 공적이 없다.

제6황녀의 외숙부라는 입장을 이용했다고 여겨져도 별수 없을 것이다.

그러한 불만을 없애려면 역시 실력을 보여야만 한다.

'열심히 해줬으면 좋겠네…….'

일단 이름을 날리면 문제없다. 그 전투로 명성을 얻었다는 말을 듣는 무장이 되면 아무도 불만을 늘어놓지 않고 묵묵히 따르게 될 것이다.

"이번 싸움은 편할 것 같은가요?"

"어떨까. 상대의 지휘관에 달렸겠지."

루시아가 루카에게 지휘권을 양도하고 이 땅을 떠났다.

루카의 모든 것을 알지는 못하지만, 그녀가 사령관 대리로서 움직였을 때의 군대 운영은 훌륭했다.

대군 운용에 관해서는 저쪽이 한 수 위라고 생각하는 편이 좋을 것이다.

리즈나 아우라는 대군을 이끄는 것이 처음이다. 이 앞이 체험하지 못한 영역이라는 것이 불안 요소가 된다. 그렇다면 중앙군이 이 싸움의 열쇠이리라.

"그럼 저희는 어떻게 합니까?"

엄숙하게 발언한 것은 여왕 친위대의 대장이었다.

성격은 견실하며 결벽이나 부정 따위는 허락하지 않는 기골 넘치는 무인이었다.

이런 자가 클라우디아를 따르는 것은 너무나도 이상하지만, 분명 그의 심금을 울리는 일이 있었을 것이다.

"그란츠 측의 명령을 충실히 따를 생각이야."

히로가 그렇게 말을 받자 여왕 친위대의 대장이 클라우디아에게 눈길을 보냈다.

클라우디아가 말없이 고개를 끄덕이자 「여왕께서 인정한다면」 하고 그는 입을 다물어 버렸다. 거기서 클라우디아가 말을 이었다.

"지는 싸움이 되더라도 명령을 따르겠다는 건가요?"

"그래, 그럴 거야."

이번 전쟁은 그녀들의 성장을 직접 볼 좋은 기회다.

이제까지는 히로가 그녀들의 일을 빼앗고 있었다.

그 상황도 호전되고 있었지만, 역시 그녀(리즈)의 성장이 늦다고 느껴졌다.

'원래대로라면…… 더 빨리 각성했을 거야.'

늦어진 원인은 자신에게 있었다.

본래 리즈의 역할인 부분도 히로가 보충해 버렸다. 그 능력도 아낌없이 발휘하여 그녀의 성장을 저해하고 말았다.

그녀의 응석을 받아 주며 그 재능을 너무 싸고돈 결과였다.

'옆에 서서 싸운다…… 듣기는 좋지만, 그래서는 벽을 넘을 수 없어.'

상대가 누구든 지지 않겠다는 기백, 앞질러 주겠다는 대등한 입장이 되고 나서야 옆에 서서 싸울 수 있다. 따라잡는 것만으로 만족하면 성장할 수 없다.

'범을 그리려다가 개를 그린다……. 나는 그다지 좋은 본보기는 아니었어.'

흉내만 내서는 의미가 없다. 이해하고 자기 것으로 받아들여야 힘이 된다.

히로가 그녀들 곁을 떠났으니 흉내 내는 것이 아니라 의미를 이해하게 될 것이다.

강자를 집어삼키고, 다음 강자를 집어삼키고, 나아가 왕을 집어삼킨다.

그렇게 많은 송장을 타고 넘은 끝에 기다리는 것은 부동의 옥좌.

'패도(覇道)— 가차 없는 결단을 내릴 수 있는 자가 위로 올라가.'

그런 사고를 펼치는 히로의 모습을 보고 클라우디아가 작게 웃었다.

"당신은 과보호하시는군요."

히로는 대답하지 않고 어깨를 으쓱이고서 다시 지도를 내려다보았다.

그러자 클라우디아가 히로의 허리에 팔을 감으며 안겨 들었다.

등에 부드러운 것을 눌러 대고 히로의 귓가에 숨결을 토하며 그녀는 말하기 시작했다.

"충실하게 따르겠다고 하면서 전술을 생각하고 계시잖아요."

클라우디아는 고혹적으로 손을 움직여 히로의 상체를 스멀스멀 더듬었다.

"걱정되시죠? 불안하시죠? 솔직해지시는 게 어떤가요."

히로가 대답하지 않자 클라우디아는 오뚝한 콧날을 귀 뒤에 갖다 붙이고서 속이 쓰릴 만큼 달콤한 숨을 뱉었다.

"그녀들이 실패했을 때에 대비한 책략을 지금 당신은 생각하고 있어요. 내치듯 말하면서도 그녀들이 위험해지면 당신은 전부 무용지물이 되더라도 달려가려고 하겠죠."

마치 애무하는 듯한 요염한 동작으로 클라우디아는 히로의 목덜미를 따라 입술을 미끄러뜨렸다. 여왕 친위대의 대장은 그 광경을 아연히 바라보았고, 행상인에 이르러서는 어색하게 얼굴을 숙이고 있었다. 그래도 클라우디아는 신경 쓰지 않고 말을 이었다.

"너무 일편단심이라 질투가 나네요."

"너무 예민하게 생각한 거야."

클라우디아와 거리를 벌린 히로는 몸을 돌려 그녀에게 시선을 맞췄다.

"그녀들은 그렇게 약하지 않아. 분명 나 따위와는 비교도 안 될 만큼 말이야."

사람은 성장하는 생물이다. 개인차가 있긴 해도, 나이를 먹는 것처럼 정체는 존재하지 않는다.

이 전쟁은 그녀들을 크게 비약시킬 것이다.

명성을 얻고, 부를 늘리고, 권력을 증대시킨다.

그 끝은…….

'앞으로 나아가려면 발판이 필요해. 그것만을 위해 나는 존재하는 거야.'

히로는 걸음을 옮겼다. 그 등을 향해 클라우디아가 말했다.

"어디 가시나요?"

"잠시 밤바람을 쐬고 올게."

클라우디아의 대답을 기다리지 않고 히로가 천막을 나가자 주변은 어둠에 휩싸여 있었다.

화톳불의 불빛이 밤바람에 일렁였다. 타닥거리는 장작에서 불똥이 튀었다.

미덥지 못한 빛은 무(無)를 머금은 가면의 표정으로 춤추며 그림자를 만들고 열을 냈다.

히로는 시선을 떨어뜨려 자신의 손을 바라보았다.

피 묻은 손— 셀 수 없이 많은 인간을 이 손으로 죽였다.

'레이…… 나는 축복받은 사람이었어.'

하늘을 올려다보니 가득 수놓인 별이 빛나고 있었다.

'알티우스가 있고, 네가 있고, 많은 친구들이 나를 지탱해 줬어.'

세상 물정을 전혀 모르는 답이 없는 남자에게 손을 내밀어 주었다.

'그래서일까. 너를 잃고 나서 나는…… 타협하지 못하게 됐어.'

그건 지금도 변함없다. 히로는 자조적으로 쓴웃음을 지었다.

'하지만 이 세계에 다시 불려왔을 때, 나는 지켜야 할 사람을 발견했어.'

만월을 향해 손을 뻗고, 그곳에 닿지 않음에도 히로는 필사적으로 계속 손을 뻗었다.

'지켜야 할 세계를 발견해 버렸어.'

하늘을 거머쥐지 못했던 과거와는 다르다.

한 번 버렸으면서 새삼 뭐 하는 거냐고 비웃음을 받을지도 모르지만…….

다시 호기를 얻은 이상…….

‘바라건대 내 우스꽝스러운 모습을 보고 웃어 주지 않을래?’

그 결말을 지켜보고 싶었다.

부디 아무쪼록 운명에 저항하는 모습을 웃으며 바라봐 줬으면 좋겠다.

히로는 그저 그것만을 바랐다.

‘그날 얻었던, 그때 얻었던 그 행복을—.’

히로는 자신의 가슴께를 누르고 작게 숨을 토했다.

‘그녀(리즈)를 통해 너희에게 돌려줄게.’

—이 몸이 썩어 문드러질 때까지.

*****

같은 시각.

“으으…… 피곤하다~.”

군사 회의도 끝나서 리즈가 천막으로 돌아오자 아우라가 우두커니 서 있었다.

보기 드문 자의 출현에 리즈는 턱에 검지를 대며 작게 고개를 갸웃했다.

“무슨 일이야?”

“……허가받고 싶은 일이 있었어.”

하지만 아우라는 고개를 가로젓고 리즈에게 다가오더니 그 얼굴을 빤히 바라보았다.

아담한 소녀에게서 알 수 없는 위압을 느낀 리즈는 압도되어 뒷걸음질 쳤다.

"왜, 왜 그러는데?"

"잘 자고 있어?"

단도직입적인 말에 심장이 크게 뛰었다.

무심코 솔직하게 실토할 뻔했지만 꾹 참고 허둥지둥 말을 꾸몄다.

"왜, 왜 그런 걸 물어봐? 푹 자고 있어."

"……눈 밑이 거뭇해."

아우라가 리즈의 눈언저리를 가리켰다. 그 지적에 깜짝 놀란 리즈는 저도 모르게 손으로 눈 밑을 만지고 말았다. 화장으로 잘 가렸다고 생각했는데 바로 간파당한 모양이다.

하지만 아우라는 거짓말한 리즈를 나무라지 않고 걱정스럽다는 듯 올려다보았다.

"역시 잠드는 게 무서워?"

확신 어린 말에 리즈는 포기했다는 듯이 양손을 들었다. 발뺌할 수는 없을 듯했다.

"……응."

히로가 전사했다는 소식을 듣고 나서부터 슬픈 꿈만 꾸게 되었다.

꿈의 내용이 확실히 기억나지는 않지만 깨어나면 가슴에 깊은 애통함이 남아서 참을 수 없는 눈물이 흐르고 말았다. 이윽고 리즈는 잠드는 것을 몹시 두려워하게 되었다.

"다 큰 성인인데…… 아직도 어린애라니까."

농담처럼 말했지만 아우라는 심각한 표정으로 침음했다.

리즈는 황급히 건강하다고 몸짓 손짓으로 전했다.

"괘, 괜찮아. 걱정하지 않아도 오늘은 제대로 잘 거니까."

그렇게 말해도 아우라의 표정은 여전히 험악했다. 수면 대처법이라도 생각하는지 머리를 까딱까딱 흔들다가 명안이 떠올랐는지 차렷 자세가 되었다.

"그럼 오늘은 안심하고 자."

그렇게 짧게 말한 아우라는 근처 의자에 앉아 『흑지서』를 읽기 시작했다.

이런 부분은 자신보다 나이 많은 언니답다고 리즈는 생각했다.

"그보다 나한테 뭔가 용건이 있었던 거 아니야?"

"지금 리즈는 아무 생각 말고 자는 걸 우선해."

그러니까 지금은 자라고 일방적으로 내쳐졌다.

참 매섭다고 리즈는 곤혹을 담아 한숨을 쉬었다. 하지만 아우라가 이렇게 반응할 만도 했다. 지금 리즈는 그란츠 전군을 맡은 사령관이었다.

국가의 운명을 좌우하는 존재라고 해도 좋을 것이다.

"……걱정 끼쳐서 미안해."

리즈는 사죄하고서 침대 속으로 들어갔다.

언제까지고 이대로는 안 된다고 자신을 타일렀다.

강해져야 한다. 나약한 채로 있기는 싫었다.

강하게…… 강하게…… 강하게…….

어떤 일에도 동요하지 않을 만큼 강해지고 싶다.

어마마마처럼— 강철 같은 마음을…….

리즈는 엄마가 아름다운 여성이었다고 들었다.

그 혈통은 『무신』이라고 불렸던 남자— 제22대 황제까지 거슬러 올라간다고 한다.

기육족(嗜肉族)[아르콘]과 각인족[얄다바오트]을 물리쳐 북방 끄트머리까지 몰아내는 데 성공한 희대의 황제였고, 그 공적으로 그란츠 열두 대신 중 하나인 『무신』으로 숭배받게 되었다.

그런 선조를 가졌기 때문인지 엄마는 용맹했으며, 제22대 황제의 특징이기도 한 붉은 머리까지 물려받았다. 현재 그 머리색은 리즈에게 이어졌고— 그 특성도 마찬가지로 계승되었다. 하지만 그로 인해 톱니바퀴가 틀어졌다.

모든 것이 무너져 버렸다.

소중한 사람은 전부 자신 앞에서 사라진다.

엄마는 리즈를 지키기 위해 죽었고, 친오빠 같은 존재였던 디오스도 그녀를 위해 죽었다.

그리고 히로마저 잃어버렸다.

내가 태어난 탓에—.

"그렇게 자신을 책망하지 않아도 돼요."

누군가가 사고에 간섭하자 리즈는 눈을 떴다.

"어?"

풀꽃이 흐드러지게 핀 다채로운 광경이 눈앞에 펼쳐져 있었다.

온화한 바람이 불었다. 맑고 깨끗한 공기가 폐를 가득 채웠다.

조금 전까지 가슴속 깊은 곳에 맺혀 있던 부정적인 감정이 급속히 사라졌다.

"……."

말이 나오지 않았다. 하지만 꿈이라는 것은 실감할 수 있었다.

그래도 꿈과 현실의 틈새에 있는 듯한 모호한 감각이 들었다.

"어, 어째서, 여기는…… 하지만, 이제—."

자신도 이해하기 어려운 감정의 발로(發露)— 희로애락이 마음속에서 일제히 폭발했다.

전신을 휘감는 난데없는 격정은 터질 듯한 격통을 동반했고, 견딜 수 없어진 리즈는 껍데기에 틀어박히듯 몸을 끌어안았다.

"무리하지 마세요."

등에 다정한 무게가 느껴졌다.

등줄기를 덧그리는 듯한 부드러운 감촉이 아픔을 없애 주었다.

"진정이 됐나요?"

배려하는 목소리에 반응하여 얼굴을 드니 금발 벽안의 아름다운 여성이 허리를 굽히고서 리즈를 보고 있었다. 바람에 날려 기분 좋게 헤엄치는 금색 머리카락, 그 틈으로 끝이 뾰족한 귀가 엿보였다. 그보다도 어디선가 본 얼굴이라 리즈는 다시 심란해졌다.

"어어…… 이장족?"

"아버지는 인족이에요. 어머니는 이장족이지만요."

"그…… 여기는 어디야?"

리즈가 질문을 던지자 이장족은 턱에 검지를 대고서 끙 소리를 냈다.

"음~ 아주 깊은 곳이에요. 보통은 올 수 없는 곳이라고 할까요."

그렇게 말한 그녀가 손을 들자 아무것도 없는 공간에서 『염제』가 모습을 드러냈다.

"이 아이는 여전히 개구쟁이네요. 당신의 기분이 우울하니까 억지로 데려온 모양이에요. 정말로 변함이 없다니까요."

여성은 자상하게 미소를 지으며 『염제』의 칼날을 쓸었다.

그에 기쁜 듯 불길이 뿜어져 나와 그녀의 몸에 휘감겼다.

까다로워서 좀처럼 사람을 따르지 않는 『염제』의 행동에 리즈는 깜짝 놀라 눈을 크게 떴다.

"혹시 여기는 역대 소지자의 기억?"

그렇다면 조금 전의 기시감도 납득이 간다.

정령검 5제는 힘을 끌어낼수록 역대 소지자의 기억을 볼 수 있게 된다는 모양이었다. 거기서 힘을 다루는 법을 배우고 지식을 터득하여 더욱 힘을 끌어낼 수 있게 된다고 스카아하에게 들었다.

그러나 이장족 여성은 곤란한 얼굴로 애매한 웃음을 지었다.

"아니에요. 이곳은 『영역』이 아니라 다른 장소예요."

"……그럼 어디—."

말을 끝마치기 전에 그녀의 흰 손가락이 리즈의 입을 막았다.

"이미 당신은 알고 있어요. 그러니까 말하지 않아도 알아요."

그녀의 손끝이 입에서 가슴까지 미끄러져 내려갔고, 펼쳐진 손이 가슴께를 눌렀다.

"그렇죠?"

순수하고 순박하게 활짝 웃는 얼굴을 보니 아무 말도 할 수 없어져서, 그 상냥함 속에 숨은 진의를 알지 못한 채 리즈는 고개를 끄덕였다.

"분명 당신이라면 길을 개척할 수 있겠죠."

여성이 리즈에게 『염제』를 건넸다. 이별을 아쉬워하듯 불길이 여전히 그녀에게 휘감겨 있었다. 그것을 다정하게 풀어내며 이장족은 리즈에게 미소 지었다.

"히로 님을 아무쪼록 잘 부탁드려요."

마치 인사하듯 스스럼없이 나온 말.

그러나 확실하게 내포된 절실한 마음은 리즈의 심장을 꽉 조였다.

"1000년을 기다렸어요. 정말로 길어서 정신이 아득해지는 세월이었어요."

맑게 갠 하늘을 올려다보고 먼 곳을 생각하며 여성은 어딘가 안도한 표정을 지었다. 왜 그런 얼굴을 하는지 리즈는 전혀 이해할 수 없었다. 그래도 그녀가 무엇을 생각하고, 무엇을 품고, 무엇을 걱정하는지, 그저 그것만이 리즈의 마음을 까맣게 태웠다.

"하지만 마침내 **뒷모습**을 포착할 수 있었어요."

그러나 붙잡지는 못했다. 그의 옆에서 걷는 것은 불가능해졌다.

그런 마음속 목소리가 들렸는지 그녀는 리즈를 향해 자상하게 미소 지었다.

"무슨 말씀이에요. 이제 앞지르기만 하면 되잖아요."

"어?"

"고민하는 건 좋아요. 하지만 걸음을 멈추지 마세요."

바람에 날리는 머리카락을 막지도 않으며 여성은 그저 거기에 계속 서 있었다. 고정된 것처럼 그 자리에서 한 걸음도 움직이려 하지 않고 그저 리즈를 다정하게 바라보았다.

"괜찮아요. 당신이라면 분명 그를 구할 수 있어요."

눈앞에 있는데 그녀의 기척이 멀어지는 것이 느껴졌다.

"기, 기다려!"

급속도로 시야가 좁아졌다. 종을 댕댕 울리는 듯한 격렬한 두통이 엄습했다.

그래도 리즈는 이를 악물고 버텼다.

많은 이야기를 나누고 싶다. 많은 추억을 가르쳐 줬으면 좋겠다.

자신이 모르는 『히로』라는 소년에 관해 듣고 싶다.

리즈는 열심히 손을 뻗었지만 허공을 붙잡을 뿐이었다.

"제발 기다려 줘. 아직 듣고 싶은 게 잔뜩 있어!"

몸부림치고, 발버둥 치고, 몇 번이고 허공을 휘저으며 리즈는 계속 손을 뻗었다.

그리하여 여러 빛줄기가 비치는 세계에서 헤매는 손을 그녀는 상냥하게 감싸 주었다.

거기 있는 것이 마땅하다는 듯, 언제까지고 그곳에 있겠다고 주장하듯, 무척 온화하게 웃으며 당연하다고 말하듯, 리즈의 손을 단단히 움켜쥐었다.

"어떻게, 구해야, 그는— 히로는…… 히로는……."

리즈 앞에서 사라져 버렸다. 아니, 사실은 어딘가에서 지켜봐 주고 있다. 그런 희미한 기대를 하고 있기도 했다. 이해할 수 없는 감정의 발로— 제어할 수 없는 마음을 품고서 분노와 슬픔이 뒤얽힌 격정을 리즈는 주체하지 못하고 있었다. 무엇을 믿으면 좋을지, 무엇을 거짓이라고 단정하면 좋을지, 이제 리즈는 판단할 수 없었다.

그래서 말을 쥐어짜듯 리즈는 목이 쉬어라 외쳤다.

"어떻게 하면 좋을지 모르겠어!"

"**때리면** 돼요."

"……으응?"

상상 이상으로 엉뚱한 대답이 돌아오자 리즈는 얼빠진 목소리를 냈다.

"그의 버릇인데요."

그녀는 미소를 지으며 양쪽 입가에 손가락을 댔다.

자신의 그런 동작이 부끄러운지 쑥스럽게 뺨을 붉히며 그녀는 손가락으로 웃는 형태를 만들었다.

"계획대로 진행되면 어떤 상황에서도 **웃는** 버릇이 있어요."

그녀의 쑥스러움 섞인 웃음소리가 메아리쳤다.

꼬리에 꼬리를 물고 편안한 음색이 되어 한없이 세계를 진동시켰다.

"1000년을 기다렸는걸요. 사양하지 말고 **때리면** 돼요."

자상한 얼굴에서 급변해 노여움을 드러낸 여성을 마지막으로 리즈의 시야는 암전했다.

"잠깐만!"

손을 뻗음과 동시에 권태감이 엄습했다.

몸의 무게를 느끼고 한순간 숨이 막혔지만 리즈는 목을 잡고서 얼굴을 들었다.

"아야?!"

과격하게 움직인 탓인지 관자놀이에 둔통이 일었다.

머리를 누르며 웅크리자 상체에 덮여 있던 이불이 소리를 내며 바닥에 떨어졌다. 동시에 가벼운 발소리가 들리고 누군가가 어깨에 손을 올렸다.

"……괜찮아?"

리즈가 곁눈질로 목소리의 주인을 확인하니 아우라가 들여다보고 있었다.

"아, 아우라?"

"또 무서운 꿈?"

그건 아니라고 단언할 수 있었다.

"……상냥한 꿈이었어."

모든 것이 다정하게 감싸이는— 그래, 엄마에게 안긴 듯한 안도감이 가슴에 퍼져 있었다.

리즈는 마음속에 깃든 따뜻한 애정이 식지 않도록 가슴께를 움켜쥐었다.

그녀가 누구인지, 대체 왜 그런 꿈을 꿨는지, 뜬구름 잡는 듯한 희박한 감정이 가슴속에서 소용돌이쳤다. 하지만 아무리 생각해도 대답은 나오지 않았다.

리즈는 포기하고 침대에 몸을 맡겼다.

"조금만 더 잘게."

"……응."

아우라는 아무 말도 하지 않고 침대 가장자리에 앉아 다시 『흑지서』를 읽기 시작했다.

그 아담한 모습에 리즈는 미소 지었다.

"잘 자."

천장에 매달린 조명 기구를 바라보며 리즈는 다시 어둠의 세계에 뛰어들었다. 그렇게나 무서웠는데, 지금은 어째선지 행복이 그 위치를 차지하고 있었다.

막연한 감정이기는 했지만 악몽은 꾸지 않을 것 같았다.

오늘은 푹 잘 수 있을 듯한 예감이 들었다.

의식을 완전히 꿈에 맡기는 순간, 리즈는 목소리를 들은 것 같았다.

자애에 찬 온화한 목소리, 아픔을 치유하는 말.

어딘가에서 누군가가 이제 괜찮다고 말하는 목소리가 들렸다.

*****

제국력 1024년 3월 23일.

그란츠 대제국— 서역 북서부 라릭스 평원.

그곳은 전쟁터였다.

격렬한 전투가 반복되어 끝없이 원한이 생겨났던 끔찍한 장소였다.

회수되지 못한 시체 중에 사지가 멀쩡한 것은 하나도 없었다. 괴물(몬스터)에게 먹히고, 겨울도 넘기지 못하여 썩고, 부서진 무구조차 전장 도굴꾼이 가져갔다. 값나가는 것을 모조리 빼앗긴 시체만이 과다하리만큼 라릭스 평원을 장식하고 있었다.

그런 지옥 같은 양상을 보이는 곳이 다시 전쟁터가 되려 하고 있었다.

동쪽과 서쪽 지평선을 인간이 가득 메웠고, 하늘을 점령할 만큼 많은 문장기가 난립하고 있었다. 자신의 긍지를 과시하듯 어느 깃발이나 크게 펄럭였다.

동쪽에 포진한 것은 그란츠 대제국의 13만 군세였다.

그 중앙군 후방에 색다른 군세가 배치되어 있었다.

클라우디아가 이끄는 레벨링 왕국군이었다. 타국의 군대라서 유격군으로 받아들여졌지만, 아니나 다를까 환영받지는 못했다.

일단 연계가 안 된다는 것이 주된 이유였고, 지금까지 레벨링 왕국군이 쌓은 공적이 있었다. 그란츠 상층부가 판단하기에 이 이상 공적을 쌓게 하는 사태는 불화를 포함하여 피하고 싶다는 것이 본심이리라.

"덕분에 전장을 둘러볼 수 있는 위치에 진을 칠 수 있었지만 말이지."

히로는 사두 전차 위에서 하품을 참으며 말했다.

옆에 있던 클라우디아가 홍차를 타면서 반응을 보였다.

"이렇게 멀리 나왔는데 마지막은 그저 구경이라니 심심하네요."

"이쪽은 병사가 2천도 안 되니 어쩔 수 없지."

그란츠군이 서방에 당도할 때까지 전투를 되풀이하여 레벨링 왕국군의 수는 눈에 띄게 줄어들었다. 당초 5천이나 있었던 병사가 지금은 1천을 조금 넘는 수준이었다. 하지만 그 희생은 헛되지 않았다. 그에 비례하여 여섯 나라의 병사도 줄어들었다.

"게다가 전선에 세워져도 곤란해."

지금까지 겪은 전투로 축적된 피로를 생각하면 레벨링 병사들에게 휴식을 줄 수 있게 되어 다행이라고 할 수 있었다.

"이 싸움은 어떻게 될 것 같나요?"

클라우디아의 질문에 히로는 발밑에 펼친 지도로 시선을 돌렸다.

그란츠군과 여섯 나라군의 말을 각각 배치하여 움직였다.

그란츠군의 우군은 기마를 중시한 5만. 좌군도 기마가 많이 포함된 5만.

중앙군 3만은 보병을 중심으로 수비 자세를 취하고 있었다.

반면 여섯 나라는 기마가 적었다.

우군 3만과 좌군 3만은 보병이 중심이었고, 중앙 4만은 기병을 중심으로 보병과 혼합형이었다.

진형은 양군이 비슷했는데, 포위 섬멸 전술을 중심으로 진형을 짜고 있었다.

"그란츠군은 중앙의 수가 적은데, 역시 너무 치우친 것 아닌가요?"

클라우디아가 옆에서 고개를 빼고 지도를 들여다보았다.

"확실히 이래서는 상대에게 어떤 전술을 쓸지 보여 주는 거나 다름없어. 뭔가 생각이 있어서 그런 거겠지만…… 아우라는 수비보다도 공격을 좋아하는 군략가니까, 그걸 고려하면 이건 도발이라고 파악할 수도 있으려나."

그란츠군은 중앙의 수가 적은 만큼 우군과 좌군은 두꺼운 벽이 되어 있었다.

어느 쪽이 먼저 움직이는가. 그것이 열쇠가 되리라.

예비군의 수는 그란츠군이 더 많았다. 여섯 나라는 그것을 제거하는 작업부터 시작해야만 한다. 평범하게 생각하면 열세에 선 것은 여섯 나라지만, 그것은 책략이 없을 때 이야기였다.

"히로 님은 이런 상황이라면 어떻게 하실 건가요?"

"나라면 도발에 응해. 그리고서 철저히 때려눕혀 후회하게 만들 거야."

히로는 그렇게 말하고 지도에서 시선을 들어 전선을 바라보았다.

이제부터 긴 듯하면서 짧은 듯한, 역사에 남을 싸움이 시작된다.

앞으로 한 시진 뒤에는 숨 막히는 피비린내가 폐를 가득 채우고, 쇠 냄새가 지상을 태우며, 피보라가 푸른 하늘을 빨갛게 물들일 것이다.

전장에 선과 악은 존재하지 않지만 승패는 평등하여 양군이 격렬한 호령으로 격리된 세계를 창조한다. 그야말로 이매망량이 발호하는 지옥도로 변하는 것이다.

"시작이야."

개전의 신호는 전장에 울리는 뿔피리 소리였다.

용장한 음색과 함께 양군에서 커다란 깃발이 들렸다.

서로의 긍지를 걸고 정정당당히 죽이자는 선언이었다.

지면에 만들어진 피 웅덩이 속에 깃발이 잠기는 것은 대체 어느 쪽이 될 것인가.

"일단 제일 먼저 움직이는 건…… 여섯 나라인가."

여섯 나라의 우군이 전진을 개시했다.

그란츠 중앙군의 후방— 떨어져 있는 레벨링 왕국군까지 쩌렁쩌렁한 말굽 소리가 들려왔다.

기백이 담긴 함성이 몸속 깊숙한 곳을 뒤흔들었다.

"사기는 충분해 보여. 그럼 이제 이쪽이 대응할 차례인데……."

히로는 지금쯤 중압감에 고민 중일 아우라가 있을 그란츠 본진을 향해 눈길을 보냈다.

*****

바로 그때, 히로의 예상대로 아우라는 고민 중이었다.

"……으음."

미련 없고 후회 없을, 누구나 웃을 수 있는 미래의 선택지.

정말 이 책략으로 이길 수 있을 것인가. 자신의 지휘로 모든 것이 정해진다.

아직 정신적으로 미성숙한 아우라가 큰 중압감을 호전시키기는 어려웠다.

그래도 질 수 없는 싸움임은 알았다.

"아우라 참모총장님, 적의 우군이 전진을 개시했습니다!"

"알고 있어. 이쪽은 좌군 전진."

양쪽 모두 포위 공격을 가하고 싶어 했다.

그래서 세세한 부분은 달라도 비슷한 진형이 되었다.

아우라가 기수에게 신호를 보내자 그란츠군의 좌군이 힘차게 전진을 개시했다.

"반대로 우리가 포위하겠어."

즉각 아우라는 기수에게 신호를 보내 우군 전진을 지시했다.

깃발이 흔들리자 곧장 우군이 대답하여 전진을 개시했다.

그러면서 중앙군과 양익 사이에 점차 틈이 생겼다.

그란츠군의 양익은 속도를 중시하여 기마가 중심이었기에

그 속도는 무시무시했고, 이번 작전도 그란츠 기마병의 강점을 살린 포위 섬멸 전술이었다.

"이 이상 틈을 만들면 위험할 것 같습니다만, 중앙군은 어떻게 하시겠습니까?"

참모의 말에 아우라는 고개를 가로저었다.

아직 결단하기에는 일렀다.

"대기. 상대의 움직임을 보고 싶어."

수는 이쪽이 더 많다.

이제 예비군을 어떻게 쓰느냐에 달렸겠지만, 아직 **틈**이 충분하지 않았다.

시기를 가늠하는 사이에 그란츠 우군이 여섯 나라의 좌군과 격돌했다.

그란츠 중앙군이 조용히 때를 기다리고 있어서 그런지 칼부림 소리가 여기까지 전해졌다.

화살을 맞고 죽는 기마병, 주인을 잃고 비통하게 우는 군마.

검과 검이 맞부딪쳐 살을 가르고, 창과 창이 교차하여 심장을 꿰뚫으며, 피보라가 우측 전장에서 솟구쳤다.

"좌군은……."

우군보다 빨리 행동을 개시했던 좌군은 아직 전투를 시작하지 않았다.

모래 먼지가 이는 것을 보면 전력으로 달리고 있을 텐데 적의 그림자를 붙잡지 못하고 있는 듯했다.

그러는 동안에도 그란츠 우군은 기세를 몰아 돌격하고 있었다.
그러면서 중앙군의 좌우에 있었던 두꺼운 벽이 완전히 사라지고 말았다.
"아, 아우라 참모총장님, 이래서는……."
참모가 낯빛을 바꾸고서 동요하여 흔들리는 목소리로 말을 걸었다.
"……알고 있어."
눈을 가늘게 뜬 아우라는 말 위에서 필사적으로 목을 빼고 적의 본진을 바라보았다.
여러 깃발이 공중에 펄럭이고 있었다.
격렬하게 울리는 북소리가 하늘로 올라갔다.
모래 먼지가 피어오르는 것이 보였을 때—.
"……왔다."
아우라는 조바심을 봉인하듯 가슴께를 강하게 움켜쥐었다.

*****

여섯 나라의 본진— 갈색으로 물든 하늘 아래.
서방의 본대를 맡은 것은 루카 마몬 드 울페스.
차례차례 날아드는 보고를 들어도 그녀는 공허한 눈으로 지면을 보고 있었다.
꼬고 있는 다리 위에는 옛 남동생인 듯한 두개골이 올려져 있었다.

그 머리를 쓰다듬으며 루카는 지면을 기는 개미 행렬을 바라보고 있었다.

"이겔, 개미와 병사는 참 닮은 것 같지 않나요?"

대답 따위 없는데도 이해한 것처럼 루카는 고개를 주억거리고서 망가진 웃음을 지었다.

"그렇군요, 그건 적절한 표현이네요. 확실히 지휘관이라고 해도 장기말이란 점은 똑같죠. 영원히 일해야 하는 개미와 다름없어요."

사고하기를 포기한 것처럼 여겨지기도 하는 태도였으나 실제로 자신의 역할은 잘 알고 있었다. 참모들이 모래 먼지를 일으키며 바쁘게 루카 앞을 뛰어다니는 와중에도 그 탁한 눈동자는 포착하고 있었다.

때때로 참모가 발을 멈춰 보고서를 읽으면 지휘관으로서 최소한의 지시는 내렸다.

심지어 적확한 지시였기에 망가졌어도 일을 잘한다면 문제없다며 다들 아무 말도 하지 못했다.

무엇보다 법정검 5명의 소지자를 지휘관 자리에서 끌어내릴 수 있을 리가 없었다.

"그란츠 우군이 훌륭하게 낚인 것 같습니다."

이겔의 두개골을 쓰다듬으며 루카는 초점이 맞지 않는 눈으로 참모를 보았다.

그것만으로도 숨을 삼키는 기색이 감돌았으나 비위를 건드리고 싶지 않은지 참모는 얼굴을 굳히면서도 보고만큼은 확실하게 했다. 단, 루카의 무릎 쪽에는 일절 시선을 보내지 않았다.

"우리 우군은 어떤가요?"

"그쪽도 작전대로 그란츠 좌군을 그란츠 중앙군에서 떼어내는 데 성공했습니다."

"그런가요……. 그럼 맥리르 장군을 불러오세요."

참모는 숙인 머리를 들 수 없었다.

루카가 말한 인물은 이미 전사했기 때문이다.

"저…… 그것이……."

이내 결심하고 얼굴을 들자 기다리고 있던 것은 빈껍데기처럼 어두운 여성이었다.

"뭐죠?"

"매, 맥리르 장군님은……."

그래도 지적해야만 했다. 불러오겠다고 거짓말하고서 그를 데려오지 못하면 목이 무사하지 못할 것이다.

참모는 긴장 때문인지 동요하는 마음을 얼버무리듯 연신 헛기침을 했다.

그리고 각오하고서 지면을 주먹으로 때리고 과감하게 입을 열었다.

"맥리르 장군님은 지난번 트루스 성채 공방전에서 2만의 병사와 함께 전사하셨습니다!"

전대미문의 일이었다. 고작 1천을 상대로 2만이나 되는 군세가 괴멸했다.

여섯 나라의 역사를 들춰 봐도 이렇게 불쌍한 결과를 낸 것은 이전에도 이후에도 맥리르 장군뿐일 것이다.

정확히 말하자면 2만이라는 수가 죽지는 않았다.

3천쯤 되는 병사는 완전히 초췌해진 모습으로 본대에 귀환했다.

나머지는 산적이나 도적으로 전직했는지, 또는 반대로 사냥당하는 처지가 되었는지, 그 행방은 여전히 알 수 없었다.

"……그런가요. 맥리르 장군이 세상을 떴나요."

루카는 불안정한 발걸음으로 걷기 시작하더니 호위에게 명령하여 말고삐를 끌게 했다.

참모는 자리에서 일어나 허둥지둥 달려갔지만 조금 거리를 유지한 채 말을 걸었다.

"루카 님, 어디 가십니까?"

"맥리르 장군이 없다면 제가 진두에 설 수밖에 없죠."

"그, 그 밖에도 우수한 지휘관은 있습니다. 그들에게 맡기시지요."

"믿을 수 없어요. 이제 내게는 이겔밖에 안 남았어요."

참모의 의견을 듣지 않고서 루카는 경이적인 각력으로 말에 걸터앉았고, 이겔의 두개골에 뺨을 문지르며 미소 지었다.

"……지금이 바로 호기, 이제부터 돌격을 개시합니다."

그란츠의 중앙군을 지키던 벽은 여섯 나라의 양익에 의해 떨어져 나갔다.

루카는 그란츠군의 수가 많은 것을 내다보고 포위 섬멸 전술을 쓰리라고 예상했다. 그래서 여섯 나라의 우군을 움직여 이쪽도 마찬가지로 포위 섬멸 전술을 쓰겠다는 뜻을 나타냈다. 그러자 생각대로 상대는 혈기왕성하게 역으로 포위하려고 큰 움직임을 보였다.

"전부 그란츠 중앙군의 수비를 약화시키기 위한 포석이에요."

이리하여 그란츠 좌군 5만은 크게 떨어졌고 우군 5만은 돌출하게 되었다.

즉, 가장 수가 적은 그란츠 중앙군 3만은 벽을 잃고 그대로 노출된 것이다.

그리고 여섯 나라는 원래부터 중앙 돌파를 염두에 둬서 중앙군은 상대보다 많은 4만이었다.

"망령부대를 최전선에 배치하고, 경장 기마대를 제1진으로, 중장 기마대를 제2진으로 합니다. 보병은 이 자리에 남아서 포위해 오는 그란츠 우군을 막으세요. 그사이에 제가 제6황녀의 목을 치겠어요."

참모에게 빠르게 지시하고 루카는 말의 배를 차 선두로 향했다.

"이겔, 누나의 싸움을 지켜봐 주세요. 그란츠 황가의 인간은 반드시 갈가리 찢어발길 테니까요."

흔들리는 말 위에서도 루카는 솜씨 좋게 두개골을 쓰다듬었다.

그 모습에 호위병들은 소름이 끼쳤지만, 선두에 도달하니 그런 사소한 감정은 무산되었다.

이상한 차림을 한 기마병이 대열을 이루고 있었기 때문이다.

"이 녀석들이 망령부대인가……. 기분 나쁜 녀석들이야."

허세를 부리듯 말하는 호위병을 내버려 두고서 루카는 주위의 냄새를 맡고 도취되어 황홀한 숨을 내뱉었다.

"루시아 님께 감사해야겠네요."

이취(異臭)를 풍기는 망령부대는 그녀에게 공포의 대상이 아니었다. 그 표정을 보건대 가학적인 사고를 자극하는 존재인 듯했다.

원래 망령부대는 루시아의 직속 부대였으나 어째서인지 그녀는 페르젠으로 가기 직전에 그들을 루카에게 선물로 줬다.

거절할 이유도 없었기에 흔쾌히 인수했지만, 호위병의 반응을 보면 받기를 잘한 것 같았다.

"이거라면 상대의 허를 찔러 적의 본진까지 돌파할 수 있겠어요."

정적이라고 하기에는 미지근하고, 엄숙하다고 하기에는 이상한 열기. 그저 비정상적이라고 할 수밖에 없는 모습이었다. 몸에 걸친 갑옷은 메마른 피로 검붉게 물들어 햇빛을 받아도 원래 빛깔을 알 수 없을 만큼 변색되어 있었다.

썩은 고기 냄새가 났고, 몸에서는 짐승 같은 체취가 풍겼다. 그런 이상한 냄새에 꾀여 초파리가 몰려와 있었다. 도검도 손질 따위 하지 않아서 녹슬었고, 이가 빠진 곳에는 살점이 들러붙어 있었다.

무엇보다 망령부대에 속한 자들의 눈은 루카와 마찬가지로 죽어 있었다.

그야말로 걸어 다니는 시체, 이승을 헤매는 망령처럼 생기가 느껴지지 않는 망자 집단이었다.

"이, 이 녀석들은 뭐야…… 우욱!"

역겨웠는지 참지 못하고 위 속 내용물을 게우는 호위병이 있었다.

"무례하네요. 그들처럼 용맹한 자들에게 실례예요."

그를 꾸짖은 루카는 **역시나** 호위병에게는 눈길도 주지 않고 하늘을 올려다보며 중얼거렸다.

"죽여도 상관없어요. 이겔에게 인사도 안 하는 녀석들이니까요."

망령부대는 루카의 명령을 충실하게 따랐다.

"힉, 자, 잠깐! 네놈들, 제정신이냐?!"

깜짝 놀라는 호위병을 말에서 끌어내려 머리를 분쇄했다.

어떤 이는 절망한 채로 울대뼈를 물어 뜯겼고, 어떤 이는 사지가 절단되어 말에 깔렸고, 어떤 이는 그저 일방적으로 맞아 죽었다.

망령부대는 비명을 압살할 만한 증오에 들끓어 호위병들을 한 명도 남김없이 먹어 치웠다. 그 포학한 광경을 시야 끄트머리에 담으면서도 루카의 얼굴은 여전히 황홀했다.

"좋네요. 역시 인간은 본능에 따라 살아야 해요."

허벅지에 다정하게 두개골을 끼운 루카는 고삐를 당기고서 힘껏 외쳤다.

"지금부터 그란츠의 피를 근절시킨다! 눈앞에 늘어선 얼빠진 머리통들을 하나도 남김없이 물어 죽여라!"

굶주린 짐승처럼 추악한 표정으로 루카는 어둡고 탁한 눈길을 그란츠 중앙군에 보냈다.

"전군, 돌격!"

루카는 힘차게 앞장서 달렸다.

뒤따르는 것은 사냥감을 앞두고 침을 흘리는 괴물— 인간이면서 인간이 아니게 된 자들이었다.

그란츠 중앙군에서 화살비가 쏟아져도 기세는 멈추지 않았다.

"비열하다고 깔보고 악랄하다고 욕해라! 내 이름은 루카 마몬 드 울페스!"

루카가 이끄는 망령부대는 정확하게 그란츠 중앙군을 꿰뚫었다.

"뭐야?! 으악?!"

보병의 머리가 순식간에 날아갔다. 뇌척수액이 요란하게 튀었지만 주춤하는 자는 망령부대에 존재하지 않았다. 루카가 이끄는 망령부대의 위력은 무시무시했고, 그 기백 앞에서 그란츠군은 주눅이 들고 말았다.

"막아라! 어떻게 해서든 막— 흐윽?!"

여기까지 행군하며 축적된 피로와 긴장감이 그란츠군의 육체를 피폐하게 만든 듯했다. 그래서 망령부대는 물 만난 고기처럼 자유자재로 날뛰었다.

반면 그란츠군은 빈틈을 찔려서 대열이 흐트러질 대로 흐트려져 중앙군 제1진이 간단히 와해되었다.

그렇게 되자— 일방적인 학살이 시작됐다.

"비틀고, 조르고, 썰어 버리며 앞에 선 자는 한 명도 남김없이 무찔러라!"

루카가 이끄는 군세는 기세를 더해 그란츠 중앙군을 압박해 나갔다.

*****

"세리아 에스트레야 전하, 여섯 나라 본대의 공격으로 제1진이 와해된 모양입니다."

"……알겠어."

보고를 들은 리즈는 힘 있게 고개를 끄덕이고 말 머리를 돌렸다.

리즈의 뒤에는 주홍색 갑옷을 입은 경장 기마병이 대기하고 있었다.

"슬슬 우리 차례야! 『장미기사단』의 이름을 세상에 떨칠 날이 왔어!"

제4황군에 소속된 장미기사단은 그란츠 대제국에서도 손꼽히는 정예로서 민첩성에 특화된 부대였다. 일찍이 아우라가 이끌었던 제3황군의 정예 『황흑기사단』이 중장 기마병으로 구성된 것처럼 장미기사단은 경장 기마병으로 구성되어 있었다.

불안정했던 남방의 치안 유지를 위해 이제까지 리즈의 전투를 수행할 수 없었지만, 그란츠 전체가 휘말린 전쟁이 일어나면서 마침내 리즈 곁으로 달려올 수 있게 된 것이다.

"두려우면 앞을 봐! 무서우면 앞을 봐!"

본래 지휘관을 따르게 된 장미기사단은 이 전장에서 가장 전의를 불태우고 있었다.

"망설여지면 앞을 봐! 그곳에 내가 있을 거야!"

리즈는 허리에서 힘차게 『염제』를 뽑아 창궁을 향해 칼끝을 겨눴다.

"너희의 공포는 전부 내가 없애겠어!"

순간— 대기가 폭발했다.

장미기사단은 우렁찬 외침으로 응답했다.

검으로 방패를 쳐 울리고 창을 하늘 높이 들어 올리며 함성을 질렀다.

"우리의 『염희(바르디테)』에게 정령왕의 가호가 있으리!"

사기는 높았고 기백은 충분했다. 그런 병사들을 이끄는 리즈 또한 격양되어 있었다.

그리고— 때가 왔다.

본대에서 장미 문장기가 들렸다. 푸른 하늘을 응시한 리즈는 깊이 호흡했다.

"지금부터 여섯 나라 본대의 측면을 공격한다!"

리즈는 애마의 고삐를 당기고 힘차게 달려 나갔다.

목표는 여섯 나라의 본대— 그란츠 중앙군에게 달려든 무리를 섬멸하는 것이었다.

제3진의 좌익에서 대기하던 리즈 부대는 제2진의 궁지에 최단 경로로 달려갈 수 있었다.

'여기까지 전부 아우라의 줄거리대로야.'

역시 『군신소녀』라고 리즈는 칭찬했다. 이제는 리즈가 해야 할 일을 할 뿐이다.

그리고 의외로 그 순간은 빨리 찾아왔다.

리즈는 제2진과 교전하고 있을 터인 여섯 나라의 본진을 측면에서 칠 예정이었지만—.

"……어떻게 된 거야?"

돌진하는 적군의 모습이 측면에서 포착됐다.

압도적인 분쇄력을 가지고서 돌진 중인 적군의 모습에 리즈는 어안이 벙벙해졌다.

거기서 떨어진 후방에서는 필사적으로 아군을 쫓는 여섯 나라의 본대가 있었다.

"세리아 에스트레야 전하, 적의 일부가 제2진의 중앙 부근까지 들이닥친 것 같습니다."

병사의 부름에 리즈는 사고에 잠식된 의식을 되돌리는 데 성공했다. 그랬다. 확실히 적군은 상정했던 것보다 더 빠른 속도로 돌진하고 있었다.

여기서 막지 않으면 향후 전투에 지장이 생길 만한 진격 속도였다.

"저 부대를 막자!"

"괜찮겠습니까? 저희의 역할은 적의 본진을 치는 것입니다."

"응, 저 기세를 유지한다면 우리 본진까지 물어뜯길 거야."

"그러기는 어려울 겁니다. 저 정도 숫자로 어떻게 본진까지 도달하겠습니까?"

리즈도 그렇게 생각했지만 머리 한편에서 위험하다는 경종이 울렸다.

만약 그만한 실력을 가진 녀석들이라면 분명 후회하게 되리라.

"우측에 있는 적군을 섬멸한다!"

『염제』를 휘둘러 길을 비추자 장미기사단은 충실하게 그 명령을 따랐다.

허술해진 곳으로 제2진에 침입하여 이상한 분위기를 풍기는 적군의 후방을 차지했다. 그들이 지나간 곳에는 고통스럽게 일그러진 시체가 굴러다녔다.

그야말로 시체가 첩첩이 쌓여 차마 볼 수 없는 참상이 펼쳐져 있었다.

"어떻게 해서든 여기서 막는 거야!"

리즈는 적군을 따라잡자마자 안장을 박차고 도약해 앞서 달리는 기마병의 목을 단칼에 벴다. 거기서 그치지 않고 적의 군마를 이용하여 공중을 뛰어 차례차례 적의 급소를 순식간에 갈랐다.

장미기사단도 리즈를 따라잡아 창끝을 빛내며 배후에서 적에게 달려들었다. 오랜 세월 갈고닦은 무예가 작렬하여 정확하게 적의 급소를 꿰뚫었다.

하지만—.

"뭐야?! 이 녀석들 제정신인가?!"

한 아군 병사의 목소리에 경악이 섞였다.

적병이 옆구리에 창이 박힌 채로 그를 잡고 지면에 함께 떨어졌기 때문이다.

그대로 뒤엉킨 두 사람의 모습은 모래 먼지 속으로 사라졌다.

"확실하게 숨통을 끊어라! 불가능하면 바로 이탈— 억?!"

죽음을 직감한 적병이 말 위에서 뛰어 그란츠 병사를 안고 모래 먼지 속으로 사라졌다. 그에 휘말리는 형태로 시체에 다리가 걸린 후속 기마병이 속속 낙마했다. 자멸하는 적에게 망설임은 없었고, 그 기백에 눌려 장미기사단의 기세는 약해졌다.

죽을 거라면 조금이라도 많은 그란츠병을 길동무로 삼겠다.

그런 집념을 감지한 리즈는 등골이 얼어붙는 것을 느꼈다.

무엇이 저들을 이렇게까지 몰아세우나. 얼마나 원망스러우면 자멸의 길을 택할 수 있나. 리즈는 도저히 이해할 수 없는 일이었다.

그러나 이 이상 병사를 헛되이 죽게 할 수는 없었다.

리즈의 결단은 빨랐다.

"속도를—."

도중까지 중얼거리고 나머지 말은 목에서 나오지 않았다.

상대가 갑자기 방향을 돌렸기 때문이다.

세찬 흙먼지를 일으키면서, 낙마하든 말든 신경 쓰지 않고 주위 그란츠 병사들을 끌어들이며 여섯 나라군은 강제로 방향 전환을 이루었다.

"오오, 오오오오오오오!"

삐걱거리는 듯한 목소리— 이쯤 되면 언어가 아니라 귀를 막고 싶어지는 음파였다.

절망과 공포가 뒤섞인 이해하기 어려운 소리를 듣고, 전장에서 싸우기 위해 훈련받은 군마가 공포로 발을 멈췄다.

양자 사이에 잠시 기묘한 공백이 생겼다.

안정된 성질은 아니었다.

있는 것은 단절된 혐오였다.

"오오오오오오!"

아군과 적군조차 구별하지 못하는지 낙마한 아군을 짓밟으며 여섯 나라의 병사들이 돌격해 왔다.

"받아쳐!"

리즈도 맹렬한 호령을 내리고 말의 배를 찼다.

홍색과 주색(朱色)— 피에 물든 갑옷을 입은 병사들이 교차했다.

원한을 담아 창을 찌르고, 긍지를 걸고서 검을 휘둘렀다.

양군이 뒤섞이며 붉은 꽃이 하늘로 치솟고 빨간 비가 지상에 쏟아졌다.

눈 깜짝할 사이에 시산혈해(屍山血海)의 전장으로 변해 셀 수 없이 많은 망자가 만들어졌다.

"……대체 뭐야."

마주한 적을 벤 리즈는 앙심 가득한 망자의 눈을 보고 오한에 지배되었다.

피로 얼룩진 경치를 공허한 눈동자로 응시하며 원망 한마디 중얼거리지 않았다. 철두철미하게 **상대를 죽이는** 것에만 집착하고 있었다.

그저 일방적인 증오만을 보내는 적의 출현에 리즈는 당황을 감추지 못했다.

"그렇다고—."

리즈는 소리 내어 말하여 우울한 기분을 토해 냈다.

"봐주지는 않을 거야."

확고한 의지가 눈동자 안쪽에서 빛났다.

전장에서 동정 따위 있을 수 없다.

상대에게 양보할 수 없는 것이 있다면 리즈에게도 지켜야 할 소중한 것이 있다.

"그러니까 전력으로 상대해 줄게."

심상치 않은 기백과 함께 안장을 박찬 리즈는 망령처럼 공허한 눈빛의 적에게 달려들었다. 강한 완력이 만들어 낸 풍압에 공간이 비명을 질렀다. 그래도 눈앞의 망령은 겁먹지 않고 응전했다. 리즈가 열렬한 충격을 내포한 참격을 가했다. 불꽃 따위 튀지 않고, 그 이상의 위력을 동반한 폭발적인 화염이 적병을 감쌌다.

"아, 아…… 아아……."

말을 이루지 못하는 비명을 지르며 적이 불길 속으로 가라앉았다.

주변 일대에 퍼지는 화염의 물결— 사납게 파도치는 바다처럼 그것은 거대한 뱀의 형상이 되어 주위 적병들을 삼켜 갔다. 막을 방도가 없는 절대적 열량의 불길은 신기하게도 아군에게는 달려들지 않았다. 그저 일방적으로 적만을 포식했다.

"세리아 에스트레야 전하! 적군 일부가 더욱 분열하여 멈추지 않고 본진으로 향하고 있습니다!"

병사의 말에 반응을 보인 리즈는 화염의 바다에서 시선을 돌려 전방을 보았다.

대량의 모래 먼지가 피어오르고 있었다.

흘러가는 갈색 연기는 힘차게 본진으로 향하는 중이었다.

"설마…… 애초에 발목을 잡는 용도로 그들을 버린 거야?"

거듭된 자멸 행위, 무모한 급반전, 전부 이쪽의 눈을 속이는 작전이라고 한다면 눈앞에 보이는 영상이 그 증거였다.

원래부터 상대가 본진을 함락하는 것에만 집중했다면…….

"큭, 당장 쫓아가자!"

사령관인 리즈가 무사할지언정 본진이 함락됐다는 불명예스러운 소식이 각 군대에 통달되면 아무리 우세하더라도 전황은 최악의 결말을 맞이한다.

그리고—.

"…………찾았다."

순간, 어두운 물속 밑바닥에서 기어 나온 듯한 끈적끈적한 목소리가 고막을 진동시켰다.

바로 뒤에서 말한 것 같은 거리감에 황급히 주위를 확인했으나 상대의 모습은 어디에도 보이지 않았다.

아니— 단연코 아니었다. 상대는 눈앞에 있었다.

상식을 벗어난 파괴력으로 지면에 거대한 구멍이 뚫렸다.

살을 에는 돌풍이 휘몰아쳐 리즈가 만들어 낸 화염 뱀이 동강났다.

바람과 함께 모래 먼지가 하늘로 솟구친 후, 한 여성이 모습을 나타냈다.

좌반신에 눈을 돌리고 싶어지는 화상을 입었고, 왼쪽 소매는 안이 텅 비었음을 나타내듯 흔들렸다. 선이 가늘고 균형 잡힌 체형이지만 비틀린 농밀한 반감을 휘감고 있었다.

"이겔, 찾았어요. 붉은 머리, 붉은 검, 붉은 병사, 모든 것이 붉게 물든 소녀. 그녀가 바로 틀림없는 그란츠 대제국의 제6 황녀예요."

두개골을 보던 탁한 눈동자가 리즈에게 향했다.

희망이 없는 절망에 찬 눈동자에 리즈는 숨이 턱 막혔다.

비슷했다. 몇 번이나 보았다. 잊어버릴 리도 없다.

아무리 거부해도 끌려 들어가 변혁을 이루지 못했던 악몽이 지금도 뇌리에 새겨져 있었다. 도와주고 싶어도 도와줄 수 없고, 구하고 싶어도 구할 수 없고, 영원히 봐야 했던 지옥의 끝에서 한 소녀이 비슷한 눈을 하고 있었다.

"이겔, 여기서 지켜봐 주세요."

동요하는 리즈를 내버려 두고서 여성은 두개골을 불탄 시체 위에 놓았다.

"이 시체는 아직 따뜻해서 안 춥죠? 차가워지기 전에 끝낼

게요."

이해하기 어려운 상황에 리즈의 사고는 혼탁해졌다.

하지만 불길한 목소리가 울리자 머릿속이 강제로 전환되었다.

"마, 말도 안 돼! 아직 살아— 윽?!"

"오오오오오오오!"

불타 짓무른 피부 아래로 흰 뼈가 드러났고, 녹아내린 무구가 살을 태우고 있었다.

전신을 덮은 하얀 연기가 바람을 받아 원념처럼 일렁였다.

그 모습은 그야말로—.

"망령부대…… 제 귀여운 장난감 병정이에요."

재차 도검이 부딪치는 격렬한 소리가 울리는 가운데, 세찬 마찰음을 뚫고 여성의 목소리가 전달되었다.

리즈가 목소리의 주인에게 시선을 되돌리니 대형 해머를 든 여성이 힘 빠진 모습으로 웃고 있었다.

"살아 있으면서 죽었죠. 산 자면서 죽은 자가 된 불쌍한 애완동물들이에요."

가까운 곳을 보듯 먼 곳을 응시하며 리즈를 노려보고 있었다.

그 눈동자 안쪽에 비친 인간이 과연 리즈일지 아닐지 답은 얻을 수 없었다.

"그리고 제가 주인인 루카 마몬 드 울페스예요."

대형 해머를 한번 휘두르자 격렬한 진동이 지상을 뒤흔들었다.

"자, 피를 마시고 감미로운 쾌락에 몸을 맡길까요."

*****

"아우라 참모총장님! 적의 기세가 멈추지 않습니다!"

그란츠 대제국의 본진에서는 참모들이 비명을 지르듯 외치고 있었다.

각 부대의 전령이 보고를 올릴 때마다 참모들의 얼굴에서 핏기가 가셨다.

"……알고 있어."

전장의 모습을 바라보던 아우라는 말에서 내려 책상 위에 펼쳐진 전장의 지도를 노려보았다. 바쁘게 눈동자를 움직이며 기물을 이동시켜 현재 상황을 머릿속에서 정리했다.

그란츠 중앙군에 뚫린 커다란 구멍이 메워지지 않았다.

리즈는 숫자를 줄이는 것만으로도 벅찬 모양이라 적의 기세를 꺾지 못한 듯했다. 하지만 여섯 나라의 본대는 제2진을 돌파하지 못했으니, 문제는 돌출된 적군에게 있을 것이다.

"아직 후방에 대기 중인 예비군이 있습니다."

"예비군을 움직이기보다 지금은 본대를 더 후방으로 이동시켜야 하지 않겠습니까?"

"음, 쓸 수 있는 패는 많은 편이 좋겠지. 싸움이 오늘로 끝나리라고는 장담할 수 없어. 예비군은 나중을 위해 보존해 둬야 해."

의견을 말하는 참모들에게 고개를 끄덕인 아우라는 이제까지 나온 의견들을 무시하고 작게 고개를 갸웃했다.
"각 군대의 전황은?"
"그, 그걸 따질 때가 아닙니다. 일단은 본대에 다가오는 위기를 어떻게든 해야 합니다."
"전황은?"
반론을 허락하지 않는 눈빛으로 아우라가 다시 묻자 참모들은 숨을 삼켰다.
아무 대답도 하지 못하는 참모들의 모습에 아우라는 어깨를 떨구고 한 참모를 콕 집어 가리켰다.
"전황은 어때?"
"……그란츠 우군은 우세, 그란츠 좌군도 전투 상태에 들어갔다고 합니다."
최신 정보는 아니므로 지금은 또 상황이 달라졌겠지만, 그렇게 크게 바뀌지는 않을 터다. 여섯 나라의 양익은 원래부터 이쪽의 벽을 제거하기 위해 존재했다.
즉— 미끼.
승리가 대전제겠지만, 어렵다면 전투를 길게 끄는 사명을 맡았을 것이다.
"역시 상대는 중앙 돌파를 노리고 왔어."
그란츠 우군과 좌군이 중앙군에서 떨어져 나가고 여섯 나라의 본대가 중앙군에 달려든 것을 보면 아우라의 예상은 틀리지 않았으리라.
무엇보다 아우라는 원래부터 상대가 포위 섬멸 전술을 쓰지 않을 것을 알고 있었다.

상대 역시 이쪽이 수적 이점을 살려 포위 섬멸 전술을 쓰리라고 내다보았을 것이다.

그렇기에 아우라는 그란츠 중앙군의 수를 줄이고 벽을 두껍게 하여 노골적으로 유인했다.

그 밖에도 상대가 경계했을 때에 대비해서 심층 심리를 반대로 이용하여 역포위를 시도해 상대의 중앙 돌파를 유발했다.

망설이지 않도록, 사고에 위화감을 느끼지 않도록 호기를 제공했다.

그리하여 현재 상황이 성립되었다.

예정에서 벗어난 일이 있었지만 현재로서는 생각대로 진행되고 있었다.

다음 수단을 쓸 때다.

"책략을 발동시키겠어."

본래 이 수단은 필요 없었다. 이대로 순조롭게 진행되면 이길 수 있는 상황이기 때문이다.

그란츠 대제국은 병력 면에서 여섯 나라를 이기고 있었다.

현재 상황에서 승리는 당연한 결과다. 하지만 그래서는 리즈의 화려한 성과가 되지 않는다.

주변 나라들이 깜짝 놀랄 만한 결과를 남기는 것— 그것이 이번 싸움에 부과된 진짜 시련이었다.

"최소한의 피해로 이 싸움을 끝낼 거야."

아우라는 소맷부리에서 편지지 한 장을 꺼냈다.

질룡의 안장에 꽂혀 있던 **편지**였고, 히로가 마지막으로 남긴 것이었다.

처음에 리즈에게 보낸 편지인 줄 모르고 내용을 읽어 버렸을 때는 후회했다.

하지만 읽어 나가면서 리즈에게 넘어가지 않아서 다행이라고 안도하기도 했다.

편지에는 히로의 출신과 여러 책략이 나열되어 있었다.

출신이 적힌 부분은 도중에 읽는 것을 멈추고 잘라서 보관했다.

리즈의 정신 상태로는 받아들이지 못할 것이라고 결론지었기 때문이다.

실제로 그 판단은 틀리지 않았다.

지금 아우라의 수중에 있는 편지지— 책략이 적힌 부분을 보여 줬을 때, 리즈는 몹시 동요하여 읽기를 두려워했다. 그래서 언제가 될지는 모르지만, 잘라 낸 부분은 때가 될 때까지 소중하게 보관해 두자고 아우라는 결의했다.

그리고—.

'히로의 책략을 헛되이 만들지 않겠어.'

그렇게 리즈와 함께 결정했다.

그가 남겨 준 것을 유효하게 쓰겠다.

"기수."

아우라의 신호로 들린 문장기를 본 참모들이 얼굴을 다잡았다.

그렇게나 허둥거리던 참모들이 역전의 용사처럼 용맹한 표정을 지었다.

마치 사람이 바뀐 것처럼 변모했다.

아니― 그 문장기를 본 이상은 바뀔 수밖에 없었다.

그것은 이제 두 번 다시 내걸릴 일이 없을 문장기였기 때문이다.

칠흑색 어둠에 떠오른 백은색 검, 하늘을 달리는 용이 포효하고 있었다.

일찍이 사람들이 『군신』이라며 두려워했던 남자가 내걸었던 『신기(神旗)(사즐)』였다.

전장 전체를 진동시키겠다는 것처럼 뿔피리 소리가 울려 퍼졌다.

폐에 가득 찬 산소가 토해져 나와도 쇠약해지지 않는 용장한 음색이 연주되었다.

"다들 들어 줘."

아우라의 말에 참모들이 차렷 자세가 되었다.

"지금부터 단숨에 승부를 걸 거야."

중요한 순간이다. 아까워하지 않고 전력을 다해 승리를 거머쥐러 간다.

"우선 본진으로 다가오는 적군을 섬멸하겠어."

"이 이상 내버려 두는 것도 위험하니 말입니다."

"응."

실은 위기라고 할 정도로 다급하지는 않았다.

확실히 적군은 무시무시한 속도로 제2진을 돌파하려 하고 있지만 그 끝에는 제3진이 대기하고 있다. 기세를 고려하면 본진에 도달할 가능성도 있으나 아우라가 보기에는 대처할 수 있는 사소한 문제일 뿐이었다.

예정에서 벗어난 일이긴 해도 상정하지 못한 일은 아니었다.

"그럼 예비군을 움직일까요?"

"응, 하지만 움직이는 건 클라우디아 여왕 폐하."

"레벨링 왕국군만으로 괜찮겠습니까?"

참모는 그들이 적군을 막을 수 있겠냐고 말하고 싶은 것이리라.

리즈조차 완벽하게 막지 못했다. 불안하게 여기는 마음은 이해가 가지만, 반대로 리즈가 놓치고 말았다는 것은 그녀 쪽에 강자가 남아 있다는 뜻이기도 했다.

그렇다면 전투를 되풀이하여 피로한 상태라고는 하나, 여섯 나라를 상대로 실전 경험이 풍부한 레벨링 왕국군에게 맡기는 편이 더욱 확실하리라.

그 밖에 정치적인 의미도 있었다.

이번 싸움에서 레벨링 왕국군은 다대한 공헌을 했다. 그랬는데 후방에서 썩히면 레벨링 왕국에 공적을 뺏기기 싫어서 속 좁게 굴었다고 주변 나라들이 비난을 쏟을지도 모른다.

표면적으로는 빚을 지게 되지만, 명성을 드높일 역할을 주는 것이니 속국이라며 무시 받는 레벨링 왕국의 외교를 생각하면 은혜를 베푸는 것이 된다.

"레벨링 왕국군에게 신호해."

아우라는 허리에 찬 정령 무기를 뽑아 그 칼끝을 기수에게 겨눴다.

레벨링 왕국의 깃발이 들리는 것을 지켜본 뒤, 참모들에게 지시했다.

"다음, 각 부대에 통달해. 지금이 중요한 순간, 자기 장소를 벗어나지 말고 적의 진격을 힘껏 막아라."

"즉각 전하겠습니다!"

참모들이 분주하게 뛰어다니기 시작했다.

연달아 교대하며 각 부대에 전령이 보내졌다.

"……."

아우라는 소란스러워지는 본진을 둘러보다가 문득 몸을 돌려 뒤를 보았다.

레벨링 왕국군의 깃발이 아우라에게 대답하듯 펄럭이고 있었다.

일찍이 중앙 대륙을 지배했으면서 북단으로 쫓겨난 마족이 다스리는 나라.

극한의 땅에 사는 그들을 감옥에 갇힌 범죄자라고 하는 자도 있다.

클라우디아 여왕 폐하를 봤을 때, 이토록 아름다운 여성이 있는 건가 싶어서 아우라는 깜짝 놀랐다. 그리고 겉모습과는 반대로 군사 회의에서 보인 내면의 교활함을 숨기지 않는 호방함, 그 속에 숨은 뜨거운 야망이 엿보였을 때, 아우라는 오히려 호감을 느꼈다.

“아우라 님! 여섯 나라 본진 후방에서 연기가 피어오르고 있습니다!”

그때, 전장의 이변을 전달하는 참모의 모습을 인식한 아우라는 사고를 떨쳐 버리고 아득한 서쪽 하늘을 올려다보았다.

검은 연기가 하늘로 올라가며 뜻을 전하듯 세차게 흔들리고 있었다.

아우라는 몸을 떨었다. 긴 소매로 입가를 가리고 눈을 크게 떴다.

이제 두 번 다시 볼 수 없으리라고 생각했었기 때문이다.

그들의 용감하고 굳센 모습을 더는 이 눈으로 볼 수 없을 것이라고 단념했었다.

“……다행이야.”

페르젠 속주에서 황흑기사단의 생존을 확인.

히로의 편지에 적혀 있던 문장이었다.

페르젠 속주에 라헤 드 페어트라라는 남자가 있다.

페르젠 왕가가 건재했을 때 친위대 대장이었던 자로, 스카아하가 이끌었던 해방군의 부관을 맡았던 인물이었다. 수는 불명이지만 그의 인도로 황흑기시단이 페르젠 속주를 횡단했다는 소식이 들어온 것은 그저께— 비보가 잇따라 들려오던 가운데 희소식이라고 할 수 있었다.

그러나 어떻게 취급해야 할지 곤란했던 것도 사실이다.

페르젠 속주에서의 역사적인 패배, 브루탈 제3황자를 지키지 못했다는 엄청난 실책. 그럼에도 죽지 않고 살아남은 것은 군사 국가인 그란츠 대제국에서 수치로 인식될 수도 있었다. 물론 황흑기사단도 그것을 알기에 죽을 곳을 찾아 라헤에게 협력하여 지하에 잠복했던 것이리라.

하지만 히로는 편지에서 그들의 중요성을 설명했다.

그들은 복수할 기회를 엿보고 있는 것이지 결코 도망친 것이 아니다.

부디 그 기회를 그들에게 줬으면 좋겠다는 것이 히로의 바람이었다.

'많은 가능성…… 선택지를 히로가 남겨 줬어.'

히로의 마음을 알고 행복과 감동을 얻었을 때, 아우라는 마음속 깊은 곳에 공포가 서리는 것을 느꼈다.

과연 그는 어디까지 내다보고 있었던 것일까. 미래를 완벽하게 파악한 히로의 군략을 알아차렸을 때, 아우라는 경외와 닮은 두려움을 품고 말았다.

만약 이 상황을 그가 만들어 낸 것이라면 그야말로 신의 소행이라고 할 수밖에 없다.

사람의 틀을 완전히 벗어났다.

'하지만…… 반드시 넘어서 보이겠어.'

『군신소녀』라는 이름을 달고 있는 이상 포기할 수도, 좌절할 수도 없다.

그가 보고 있는 경치를 바라보고 싶다.

쌍흑의 영웅왕이 꿈꿨던, 이제까지 그 누구도 이뤄내지 못했던 위업— 그 끝에서 무엇을 이루고 싶었을까.

'분명 거기에 진실이 있어.'

그저 그 마음을 담아 정령 무기를 들었다.

"모든 예비군에게 통달해. 때가 되었다. 지금부터 전장을 우회하여 여섯 나라의 본대를 분쇄하라."

그리고 천천히 팔을 내려, 아득한 서방에서 피어오르는 검은 연기를 향해 칼끝을 겨눴다.

"전군에 통달해. 승리는 눈앞에 있다. 그러나 얕보지 마라. 전력을 다하라."

용맹스럽게 호령하는 소녀의 모습에서 참모들은 한 소년의 그림자를 보았다.

고요함 속에 깊이 뿌리내린 끓어오르는 마음, 참모들은 눈시울이 뜨거워져서 천공을 우러러보았다.

꼴사납게 허둥거렸던 자신들을 부끄러워하듯 참모들은 눈물이 맺힌 눈가를 훔쳤다.

"정령왕이시여, 위대한 아버지시여, 우리 왕의 위업을 기리소서."

그 자리에서 참모들이 한 사람, 또 한 사람, 차례차례 한쪽 무릎을 꿇고 머리를 숙였다.

"우리 왕의 정의는 창천을 관통하고, 우리 왕의 위명(威名)은 대지를 뚫고, 우리 왕의 궤적은 대해를 가르며, 그 위업은 삼천 세계를 널리 비추리."

세계가 소음에 요동치는 가운데, 이곳만 시간이 멈춘 것처럼 단절된 정적이 흐르기 시작했다.

참모들이 머리를 숙이는 모습을 보고서 아우라는 가슴에 손을 얹고 마지막 대사를 입에 담았다.

“명예로운 투쟁을 『군신』에게 바쳐라.”

“존명.”

동등하게, 조용히, 거칠게, 확고한 투지를 불태우며 참모들은 일어났다.

## 제5장 어둠 속에서 기어 나오는 절망

달리는 기마대가 있었다.

이 전장에서 독립 부대로 배치된 군대였다.

내걸린 깃발은 마족의 증거— 보라색 바탕에 외뿔 백마가 그려진 문장기였다.

본진에 걸린 똑같은 깃발을 힐끗 보고서 그란츠 중앙군의 제3진을 내달리는 것은 레벨링 왕국군이었다.

그 선두 집단에서 사두 전차가 달리고 있었다.

정면에서 불어오는 바람에 자은색 머리카락을 휘날리며 채찍을 한 손에 든 것은 레벨링 왕국의 여왕 클라우디아였다.

"전장에서 말을 못 타는 건 치명적이지 않나요?"

전차가 격렬하게 흔들리는 가운데, 솜씨 좋게 고삐를 다루며 클라우디아가 물었다.

가면을 쓴 소년은 전차 가장자리에 양팔을 걸친 편한 자세로 하늘을 올려다보고 있었다.

"여태까지는 질룡이 있었으니까 그다지 지장은 없었어."

"그럼 왜 타지 않으시죠? 분명 질룡을 확보하지 않았던가요?"

"상처가 아물기는 했지만 무리하면 다시 벌어져. 그래서 전장을 달리게 할 수는 없는 거야."

히로는 그렇게 말하며 지도를 펼치고 문진 대신 근처에 있던 검을 놓았다.

그럼에도 바람을 받아 세차게 펄럭이는 지도에 히로는 난처한 얼굴로 팔짱을 꼈다.

"이런 상황에서 지도를 보고 어쩌시려고요?"

"확인해 두고 싶은 게 있었어. 지도가 눈앞에 있는 편이 상상하기 쉽잖아."

두 사람이 대화하는 동안에도 지도는 강풍을 견디지 못하고 찢어져서 히로의 뺨을 스치고 아득한 뒤편으로 사라졌다. 클리우디아는 그것 보라며 어이없다는 듯 코웃음을 쳤다.

히로는 반론할 생각도 없이 담백하게 중얼거렸다.

"황흑기사단이 식량을 불태우는 데 성공한 모양이야."

뜬금없는 이야기에 클라우디아는 김샌 표정을 지었다. 히로는 클라우디아를 시험하는 것 같은 이야기를 항상 난데없이 꺼냈다. 어떤 의미가 담겨 있는지 머리를 굴리라고, 어떤 상황에서든 난제를 던졌다.

"세리아 에스트레야 전하에게도 그런 태도로 대했나요?"

"……."

대답하지 않았지만, 그렇지 않았으리라고 클라우디아는 결론지었다.

"이 싸움이 끝나면 그녀와 이야기해 볼까요."

처음으로 군사 회의에서 얼굴을 마주했던 거룩한 분위기의 소녀를 떠올렸다.

그란츠 황가에 태어났으면서 드물게도 순수함과 고요함이라는 신비로운 인상을 동시에 겸비한 붉은 황녀. 균형 잡힌 신체는 우아하면서도 적당히 탄탄했고, 완성된 조형은 명장이 만든 조각이 연상될 만큼 굉장히 아름다워 클라우디아가 조금 질투를 느낄 만큼 눈길을 끄는 매력(카리스마)이 넘쳐흘렀다.

첫인상으로 그토록 강렬한 감상을 품게 하는 상대였다.

분명 대화는 활기를 띠어 즐거워지리라.

"향후도 생각해서 꼭 친해지고 싶은 분이에요."

"……기회가 있으면 그러도록 해."

무뚝뚝한 말을 듣고 클라우디아는 즐겁게 웃었다.

가면 안쪽에 가라앉은 눈동자에 사람다운 감정이 떠오른 것이 보였기 때문이다.

그를 손에 넣을 수단이 **거기**에 숨어 있음을 알고 클라우디아는 가슴 안쪽이 뜨거워지는 것을 느꼈다. 하지만 그 전에 히로에게 밉보여서 적대시되는 일은 피해야 했다.

조금 전 이야기의 해답을 냉큼 말해야겠다며 클라우디아는 서방으로 시선을 보냈다.

이번 문제는 그렇게 어렵지 않았다. 명확한 변화가 있었기 때문이다.

"저 연기가 식량이 타고 있다는 증거라면 지금부터 단숨에 전황이 바뀌겠네요."

"정답이야."

히로는 리즈에게 남긴 편지가 질룡에게서 사라진 것을 떠올렸다.

살아남은 황흑기사단이 있다고 거기에 적어 뒀었다. 고뇌로 얼룩진 그들은 오랫동안 페르젠에 잠복하며 줄곧 여섯 나라의 동향을 살피고 있었다.

"여섯 나라는 결과를 너무 서둘렀어. 잔당을 소탕했다면 결과는 또 달랐겠지."

혹은 병참을— 보급 부대의 위치를 변경했다면 비극은 일어나지 않았을지도 모른다. 그러나 이미 일어난 일을 가정해 봤자 의미는 없고, 현실 문제로 직면하고 말았으니 순순히 감수하는 길밖에 없다.

"그건 그렇고 확실하게 일을 성사시키는 황흑기사단의 능력은 역시 대단하다고 할 수밖에 없네."

서방에서 피어오르는 검은 연기— 그것은 책략이 발동했음을 의미했으며 살아남은 황흑기사단이 식량을 태웠다는 증명이었다.

"아우라도 이 좋은 기회를 놓치지 않고 움직이기 시작한 모양이고."

그란츠 본진을 바라보니 많은 깃발이 세워지고 작은 모래먼지가 일고 있었다.

각 부대를 이끄는 지휘관에게 보내는 전령— 아우라는 단숨에 승부를 걸 심산인 듯했다.

"지금부터 여섯 나라의 사기는 떨어지겠지만 그래도 결사의 공격을 가해 올 거예요."

"그렇겠지. 그래서 지금이 중요해."

여섯 나라는 자신들이 예기한 중앙 돌파를 간파당했다는

사실에 동요할 것이다.

그럼 어떻게 할 것인가— 이렇게 된 이상 밀어붙일 수밖에 없다.

앞으로 나아가는 것 말고는 방법이 남아 있지 않았다. 그란츠 중앙군에 구멍은 뚫렸다.

그곳을 완전히 관통하려 들 것이다. 여섯 나라의 본대는 그란츠 중앙군의 숨통을 끊기 위해 결사의 공격을 가할 터다.

"역효과를 내지 않으면 좋겠네요. 기세는 아직 여섯 나라에 있으니까요. 궁지에 빠진 쥐가 고양이를 문다고, 막다른 곳에 몰린 사냥감만큼 무서운 건 없어요."

여섯 나라가 깨닫지 못하도록 솜에 물을 적시듯 차근차근 목을 조르고, 눈치챘을 때는 단숨에 목을 꺾어 처리한다.

그것이 최상의 승리를 얻기 위한 필정이자 요구되는 결과였다.

"포위 섬멸 전술을 완성하기까지 시간을 버는 요원인가요……. 보수는 확실하게 받겠어요."

클라우디아는 그렇게 말하며 전차를 멈췄다.

제3진의 전열— 즉, 목적지에 도착한 것이다.

주위에는 긴장한 얼굴로 정렬한 그란츠 병사들이 있었다.

정연하게 늘어선 그들은 하나같이 용맹한 얼굴로 레벨링 왕국군을 바라보고 있었다. 부대장들에게 연락이 전달됐는지 히로와 클라우디아가 나타나도 동요한 모습은 보이지 않았다.

"비관할 것 없어."

히로는 전차에서 뛰어내려 지면의 감촉을 확인하며 클라우디아에게 말했다.

"보수를 주기 위해 중요한 역할을 맡겼을 테니까."

그 기대에 부응하기 위해서는—.

"저 녀석들을 처리해야 하지만."

제2진의 후열— 병사들이 뒤섞인 곳을 응시하자 모래 먼지를 크게 일으키는 기마대가 나타났다.

앞을 막는 그란츠 병사들을 악귀 나찰처럼 무찌르고 분쇄하며 돌진하고 있었다.

이상한 집단의 출현에 클라우디아는 불쾌하다는 듯 눈썹을 찌푸렸고, 뒤따르는 레벨링 병사들은 창을 들어 전투 태세를 취했다.

"……기분 나쁜 무리네요."

클라우디아가 혐오감을 숨기지 않고 중얼거렸다.

"망령부대라고 불리는 녀석들이야. 여섯 나라의 전(前) 사령관이 이끌던 사설 부대였던가?"

히로가 쌀쌀맞게 대답하자 클라우디아는 흥미롭다는 얼굴로 귀를 기울였다.

"자세히 아시네요. 그들과 싸운 적이 있나요?"

"아니, 아쉽게도 없어. 예전에 보고를 들은 적이 있을 뿐이라 자세히 아는 건 아니야. 그 실력도 모르고……. 하지만 여기까지 온 걸 보면 **그런대로** 강한 거겠지."

그란츠인을 마구잡이로 살육하는 짐승 같은 무리라고 했다.

그런 위험한 자들을 전장에 투입하다니 악취미라고 할 수

밖에 없었다.

애초에 전 사령관의 사설 부대가 왜 남아 있는지 의문이 들었으나, 생각해 봤자 답은 알 수 없고, 이해하더라도 승패를 좌우할 만한 사항은 아니었다.

그건 별개의 문제라고 결론짓고, 적으로 나타났다면 몰아낼 수밖에 없을 것이다.

"여기서부터는 보낼 수 없어. 클라우디아도 알고 있지?"

"네, 문제없어요. 상대가 이매망량이든 뭐든 간에, 겁먹을 만큼 마음이 연약한 자는 제 부대에 없으니까요."

"그럼 안심이네. 살아 있는 망자란 녀석들을 지옥에 떨어뜨리자고."

히로는 가면 안쪽에서 선명한 희열로 입술을 일그러뜨렸다.

그것을 신호 삼아 클라우디아는 점잖은 얼굴로 도신이 투명한 검을 들었다.

"왕의 어전입니다. 위에서 내려다보다니 무례하기 짝이 없군요. 끌어 내리세요."

망령부대를 향해 냉소를 지은 클라우디아가 팔을 가볍게 휘둘렀다.

그저 그것뿐인, 격려와는 거리가 먼 오만불손한 호령이었다.

그럼에도 불구하고 레벨링 왕국군의 전의는 폭발했다.

"시조 로크스께 우리 여왕의 위명을 전하라!"

등을 곧게 편 레벨링 병사들은 말의 배를 차고 달려 나갔다.

햇빛을 받은 창끝이 번뜩이며 빛줄기를 발했다.

말굽이 지면을 밟을 때마다 말 위에서 몸이 튕겨 갑옷이 절그럭거렸다.

겨드랑이를 붙이고 창을 단단히 고정하여 전방에서 다가오는 망령부대와의 충격에 대비했다.

순식간에 양군이 뒤섞였다.

피보라가 튀고, 목이 분리되고, 팔이 날아갔다. 투구가 부서지고 몸통이 함몰되어 내장을 파열시켰다.

유혈이 낭자했다. 입으로 피를 토하면서도 이를 악물고 적의 목을 꿰뚫어 나갔다.

피로 피를 씻는 충돌. 서로의 살을 가르고, 뼈를 부수고, 혼을 짓뭉갰다.

"으아아아아아!"

우렁차게 외침으로써 죽음의 공포를 극복하고 스스로 사지에 뛰어들었다.

모든 것은 여왕을 위해— 레벨링 병사들은 긍지를 가슴에 안고 적을 도살했다.

하지만 아무리 기백이 높아도 놓쳐 버릴 때가 있었다.

"뒤는 신경 쓰지 말고 날뛰세요. 제가 막겠어요."

클라우디아는 맹격의 폭풍을 빠져나온 망령부대에게 황홀한 표정으로 공격을 가했다.

"미친 듯이 춤추고 제 앞에 무릎 꿇으세요."

맑은 하늘 아래에서 주위에 눈을 흩날리며 눈보라처럼 거친 참격을 가했다.

"그 추한 얼굴을 일그러뜨리고, 왜소한 마음을 뿌리내려, 제가 그 초라한 영혼을 거두게 하세요."

상상을 초월하는 검술이었다.

말을 타고 있다 한들 관계없었다. 그녀 앞에 나타난 적은 당연하게 둘로 갈라졌다.

세련된 검무에 레벨링 병사들뿐만 아니라 주변 그란츠 병사들까지 사기가 상승했다. 그렇게 피 끓는 열기를 내는 전장에서 극한의 땅에 잘못 들어왔나 착각이 드는 곳이 있었다.

"내가 그 절망을 먹어도 될까?"

"아…… 아아아아아아!"

"하품이 나올 만큼 느려. 졸릴 만큼 약해."

담담히 망령부대를 베며 그 자리에서 한 발자국도 움직이지 않고 공격하는 남자.

"그 정도로는 복수를 이룰 수 없어. 그 정도 실력으로는 아무것도 손에 들어오지 않아."

전방의 적이 단칼에 끈 떨어진 인형처럼 지면에 엎어졌다.

전장에 감돌던 증오를 가르는 압도적인 공포가 전장을 지배하려 하고 있었다.

"오오오오오오!"

증오를 토하듯 포효하며 말에서 뛰어내린 망령부대의 병사들이 검을 뽑아 히로에게 돌격했다.

"각오가 부족해. 너희는 무엇을 생각하여 절망을 짊어졌지?"

가면 쓴 남자 앞에서 가벼운 복수심에 사로잡힌 검 따위는 어린아이의 장난과 같았다.

지면이 선혈을 다 흡수하지 못하고 토해 내는데도 그 하얀 옷에는 피가 묻지 않았다.

피 웅덩이 위에서 무시무시한 패기를 휘감으며 히로는 가차 없는 공격을 가했다.

"무언가를 잃고, 무언가를 빼앗기고, 무언가가 부서졌더라도 그 기분은 천차만별— 똑같은 것은 하나도 없어."

히로는 눈알을 아래로 굴렸다.

피 웅덩이에 발이 미끄러져 넘어진 적병의 모습을 허무한 눈으로 노려보며, 몸부림쳐 일어나려고 한 그 목에 조금도 주저하지 않고 『명제(冥帝)[다인슬라이프]』를 꽂았다.

"아아악!"

피 웅덩이에 가라앉는 불쌍한 망자에게서 흑도를 뽑은 히로는 주위를 둘러보았다.

"하지만 절망은 하나같이 평등해."

뒷걸음질 치는 적병에게 걸어가 단칼에 베어 넘겼다.

쓰러지는 적병, 뿜어져 나오는 선혈을 차가운 눈으로 바라보면서 말했다.

"세계의 부조리를 원망한다면 천상을 거머쥐어 변혁을 꾀해야 했어."

과연 그것은 누구를 향한 말일까. 히로는 창궁을 올려다보았다.
가면에 가려진 표정은 누구도 확인할 수 없었다.
끊임없는 소란 속에서 히로는 힘이 빠진 모습으로 피 웅덩이 위에 군림했다.
그 모습은 초심자가 보기에도 빈틈투성이였다. 툭 치기만 해도 쓰러질 듯한 고목처럼 히로의 기운은 유약했다.
그러나 히로를 에워싼 망령부대는 가위에 눌린 것처럼 꼼짝도 하지 못했다.
좋은 기회인데 오히려 뒷걸음질 치는 자가 몇 명 있었다.
"—으악?!"
그런 그들의 등을 창이 꿰뚫었다. 망령부대는 히로를 주시한 나머지 주변을 경계하지 못했고, 배후에서 몰래 다가온 그란츠 병사들에게 심장을 관통당했다.
동료의 죽음으로 망령부대는 정신을 되찾았다.
"아아아아…… 아아아……."
이제 그곳에 원념에 사로잡힌 자는 없었다.
그저 죽기 싫다고 외치는 불쌍한 인간의 모습이 있을 뿐이었다.
"오오오오, 오오오오오오!"
살아남기 위한 기합, 생기 넘치는 함성을 지르며 망령부대는 어째선지 **후퇴**했다.
"……그래서 각오가 부족하다고 한 거야."
제3진까지 도달할 만큼 그란츠 중앙군에 파고들었으면서

무사히 도망칠 수 있으리라고 생각하는 것 자체가 어리석었다. 정말로 가소롭고 어이가 없어서 말도 나오지 않았다.

"허탈하네."

짐승의 가죽을 뒤집어쓰고 기세등등해졌던 것일 뿐, 그저 약자가 소리 높여 짖어 댄 것에 불과했다.

"축하해. 너희는 틀림없이 인간이었어."

물러나는 적병의 목을 정확한 궤적을 그려 가르고, 작게 비명을 지른 적병의 두개골을 양단했다.

"가장 비겁하고 졸렬한 수단을 쓰는 인간이었어."

히로는 무기를 버리고 투항하려는 적병을 꿰찔렀다.

"커헉— 아, 아아……."

"용서해 달라고 해도 나는 결단코 용서 안 해."

집단 심리가 발동하지 않도록 히로는 투항하려는 자를 우선적으로 도륙했다.

많은 백성이 고통받았다. 많은 백성이 실의에 빠져 죽었다.

복수라는 이름의 비틀린 대의를 내건 망령부대에게 살해당했다.

목숨을 구걸하는 자에게도 가차 없이, 여성과 어린아이도 주저 없이, 저항하지 않는 자들을 기쁘게 죽였다. 게다가 시체를 먹어 악한을 연기하며 희열에 잠겼다.

"그런 녀석들을 내가 한 명이라도 살려 둘 리가 없잖아?"

"으아…… 힉, 아아아아윽!"

한 사람의 목을 벤 히로는 쓸데없는 저항을 계속하는 망령부대를 향해 머리를 던졌다.

"더 이상 말은 필요 없어. 전부 쓸데없었어."

칼끝으로 지면을 긁다가 어깨에 도신을 올리고 망령부대를 노려보았다.

그것만으로도 그들은 하나같이 걸음을 멈추고 말았다.

"……아."

망령부대는 깨달았을 것이다.

천지가 뒤집혀도 이 남자는 이길 수 없다. 그들은 거부 반응을 나타내듯 몸서리치며 물러나기 시작했다.

등을 보이지 않은 것은 본능적으로 알았기 때문이다.

그 순간에 목이 날아간다는 것을……. 말하자면 그들은 맹수의 우리에 잘못 들어온 도둑이었다.

히로는 앞으로 나아갔다.

적병이 물러난 만큼— 그 곱절을 전진했다.

"위에부터 가지."

어안이 벙벙해진 적병의 목이 사라지며 피가 솟구쳤다.

하늘을 물들이기도 전에 히로는 중얼거렸다.

"다음은 아래."

다음 목표를 정해 흑도를 가볍게 옆으로 휘둘렀다.

적병의 상체와 하체가 분단되었다.

"오른쪽."

히로의 검은 빠르지도 않고 묵직하지도 않았다.

어린아이가 목도를 휘두르는 것보다도 가벼웠다. 히로의 공격은 눈에 보일 만큼 느렸다.

하지만 누구도 그 공격을 피하지 못하고 지면에 쓰러졌다.

"아직 부족해. 그러니까 포기하지 말고 저항해 줬으면 좋겠어."

왜 공격받고 있는지조차 몰랐다. 어떻게 하면 막을 수 있는지, 어떻게 하면 흉인을 멈출 수 있는지 아무도 이해하지 못한 듯했다.

"내 갈망이 채워질 때까지 계속 저항해 주지 않을래?"

가면의 오른쪽 눈— 소름 끼치도록 날카로운 투혼을 담은 황금빛이 세계를 꿰뚫었다.

태양 아래에서도 그 빛은 조금도 희미해지지 않았다.

오른쪽 눈만 그랬다면 『이채안(異彩眼)[바르딕]』이라고 결론지을 수 있었을지도 모른다.

하지만 나머지 왼쪽 눈에서도 깊은 어둠을 품은 눈동자가 예리한 칼날처럼 살의를 뿜어내고 있었다.

마음속 깊은 곳까지 침식할 듯한 눈빛에 망령부대는 확연하게 겁을 먹었다.

결코 동거하지 않는 두 빛— 그것을 겸비한 인간 따위 역사를 살펴봐도 이 세상에 한 사람도 존재하지 않을 것이다.

만약 실재한다면 일반인은 이해할 수 없는 범위 밖— 즉, 신과 같은 힘을 소지한 인외(人外)의 존재뿐이다.

그렇기에 기적의 협연을 본 망령부대 병사들은 경직되었다.

"그 정도 각오로 내 앞을 막지 마."

조금도 봐주지 않았다.

공격 태세를 갖추지 않았어도 가차 없이 참격을 가했다.
당연했다.
히로에게 용서한다는 선택지는 존재하지 않았다.
일방적인 살육은 적이 없어질 때까지 멈추지 않았다.
"아아…… 아아아아아."
대치하기만 해도 분명한 힘의 차이를 통감할 수 있었다.
서로 다른 두 눈동자가 바라보면 영혼이 잘게 썰리는 듯한 공포가 엄습할 것이다.
"입 다물어."
공포에 빠지는 것조차 허락하지 않았다.
신의 단죄 앞에서는 쓸데없는 저항이라고 마음이 꺾였다.
망령부대의 증오는 완전히 끊어졌고, 육체는 자비조차 받지 못한 채 조각났다.
"히, 힉……!"
경직된 비명을 지르며 얼굴 가득 절망을 머금고, 증오만으로 균형을 유지했던 그들의 마음은 완전히 꺾여 버렸다.
"어머…… 그란츠 병사들을 진심으로 원망하는 것 같았는데."
무기를 버리고 도망치는 망령부대를 보고서 클라우디아가 어이없어하며 말했다.
"……싱거운 결말이네요."
클라우디아는 싸울 의욕도 잃었는지 무기를 들고 있던 손에서 힘을 뺐다.
쓰레기라도 보는 듯한 싸늘한 눈으로 망령부대의 뒷모습을 좇다가— 문득 무슨 생각이 난 것처럼 고개를 갸웃했다.
"그런데 『왕』의 분노에서 도망칠 수 있을까요?"
클라우디아가 심드렁하게 중얼거린 말은 한 소년에게 향하고 있었다.
오른쪽 눈으로 이상하리만큼 엄숙한 분위기를 자아내고 있었다.
왼쪽 눈에서 방대한 살기를 방출하며 망령부대를 바라보고 있었다.
푸른 하늘로 손을 뻗은 히로는 가면 안쪽에서 섬뜩한 웃음을 지었다.

"그대— 절망을 아는가?"

그 한마디에 하늘은 소용돌이치고, 대지는 흔들리며 비명처럼 크게 울부짖었다.
방대한 힘의 격류가 적이든 아군이든 관계없이 위압했다.
"비관하여 울고, 실의에 눈물 흘리고, 단념을 향수하라."
지면이 크게 함몰되었다.
공간은 버티지 못하고 쪼개졌다.
모든 것이 공포에 뒤덮이고 절망이 주변 일대에 확산되었다.
"소혼(消魂)을 먹어라— 『명제』."
세계에서 소리가 사라졌다.
마치 처음부터 소리라는 개념이 없었던 것처럼 대지에 정적이 쏟아졌다.

수르트
"나의 이름은—『흑진왕』."

위압감이 팽창하며 알 수 없는 압박감이 주위를 지배해 나갔다.

포학한 정적에서 도망칠 방도는 없었다.

모두가 두려워하는 가운데, 히로는 목표를 겨냥하듯『명제』를 수평으로 들었다.

"모든 생명을 동등하게 허무로 이끄는 자로다."

무스펠
—사공(死恐).

시간이 멈췄다— 아니, 심장 소리만이 세계에 울렸다.

주위의 살아 있는 모든 자가 시각을 새기는 것을 잊었다.

적이든 아군이든 예외는 없었고, 말도, 곤충도, 풀조차도, 살아 있는 모든 것이 한결같이 움직임을 멈췄다.

"자, 죽음의 춤을 춰 보아라."

단죄받을 죄인에게 판결을 내리는 사신처럼 히로가 가면을 잡고 말했다.

슈바르츠발트
—명경시수(冥鏡屍水).

칠흑의 아가미가 현현하여 저주를 토하듯 세계에 떨어졌다.

*****

"——?!"

등을 타고 솟구치는 오한에 리즈는 깜짝 놀란 얼굴로 그 방향을 바라보았다.

검은 연기 같은 꺼림칙한 공기를 동반한 칠흑색 용이 하늘에서 떨어지고 있었다.

알아차린 것은 리즈뿐만이 아니었다.

주변 병사들도 싸우는 것을 잊고 그 이상한 광경을 주시했다.

비정하리만큼 하늘을 뒤덮은 악의의 덩어리가 천공을 지배하고 있었다.

모두가 무시무시한 공기를 피부로 느꼈다.

"이 기운…… 읏?!"

리즈는 위화감을 느끼고 눈을 가늘게 떴지만, 전장의 살기를 눈치채고 『염제』를 치켜들었다.

순간, 강렬한 충격이 온몸을 관통하고 발밑이 크게 함몰되었다.

"저를 상대하면서 한눈팔다니…… 아주 여유롭군요?"

대형 해머와 붉은 검이 맞붙은 틈새로 생기를 잃은 억양 없는 목소리가 흘러들었다.

리즈는 하늘에 뜬 어둠의 정체를 확인하지 못하고, 방해해

온 루카에게 성난 눈길을 보냈다. 반면 정면으로 그 눈길을 받은 것은 탁한 눈동자였다.

"……그렇게 **저것**이 신경 쓰이나요?"

확인하듯 하늘을 힐끗 본 루카는 리즈를 짓뭉개기 위해 대형 해머에 더 세게 힘을 주었다. 리즈는 질 수 없다며 다리에 힘을 주어 되밀었다.

"정체 모를 힘을 느끼면 누구든 궁금하잖아."

"정체 모를 힘— 정말로 모른다고요?"

서로의 무기를 맞부딪친 상태로 리즈가 다음 행동을 모색하는 사이에, 정신을 흐트러뜨리려는 것인지 루카가 기묘한 대답을 했다.

곤혹스러운 기분이 들었지만 리즈는 안색 하나 바꾸지 않고 평정심을 가장했다.

"그래…… 모르니까 확인하고 싶었던 거야."

리즈의 말에 숨겨진 노여움에 반응하여 대형 해머를 막은 붉은 칼날에서 불길이 뿜어져 나왔다.

혀를 찬 루카가 뒤로 크게 물러나 리즈와 간격을 뒀다.

"……성가신 불꽃이에요. 마치 뱀처럼 끈질겨."

검게 그을린 왼쪽 소매를 힐끗 본 루카가 귀찮다는 듯 콧방귀를 뀌었다.

리즈는 그런 그녀에게서 시선을 떼고 아까처럼 하늘을 올려다보았다.

하지만 그곳에는 평소와 다름없는 하늘이 있었고, 조금 전의 꺼림칙한 기운은 희미해져 있었다.

미약하게 남은 잔재로 어디에 있는지는 헤아릴 수 있었지만 인물을 특정할 수는 없었다.

"그럼 당신의 고민이 사라졌으니 죽어 주시겠어요?"

루카는 불온한 말을 중얼거리며 상쾌한 느낌마저 드는 작위적인 미소를 지었다.

말할 것도 없이 그 눈은 결코 웃고 있지 않았다.

리즈는 마음속에서 끓어오르는 동요를 때려잡고 루카가 눈치채지 못하도록 발바닥을 미끄러뜨려 그녀와의 거리를 재기 시작했다.

"……죽을 생각은 없어."

리즈는 세심한 주의를 기울이며 루카와 거리를 좁혔다.

그러는 사이에도 그녀(루카)는 줄곧 허공을 바라보며 떠들었다.

"근거 없는 자신감이 싫어요. 고생을 모르는 그 예쁜 외모도 밉네요."

빛이 없는 눈동자로 루카는 끊임없이 웃으며 황폐한 감정을 드러냈다.

"확실히…… 너와 비교하면 난 고생을 몰라."

리즈는 부정할 수 없었다.

자신은 축복받았음을 알기 때문이었다.

태어나 오늘까지 있었던 일들을 되돌아보면 나쁜 일만 있었던 것 같다.

하지만 좌절하지 않을 수 있었던 것은 많은 사람들이 구원의 손길을 내밀어 줬기 때문이다.

"인정하다니 의외네요. 제6황녀라는 거창한 직함을 가진 것 치고는 솔직해요."

"너무 바보같이 솔직하다는 말을 언니한테도 들었지만 내 장점이니까 어쩔 수 없어."

그 순수한 마음이 매력(카리스마)을 키운다는 것을 본인은 몰랐다.

반대로 말하자면 **솔직**했기에 같은 편을 얻는 데 고생한 것이었다.

모두가 타인을 실각시키려 하는 가운데서 인간다운 추한 부분을 보였다면 그녀는 지지자를 늘렸을 것이다.

조금이라도 농간을 부릴 줄 알았다면 그녀는 히로를 만나지 않았어도 지위를 확고히 다질 수 있었을지 모른다.

물론 리즈도 그 나이 때 느끼는 질투, 분노, 증오를 품기도 했다.

그러나 그런 것은 어른의 **악의**와 비교하면 귀여운 수준이었다.

간계, 책모, 모략, 이매망량이 판치는 궁정에서 리즈와 같은 결벽함은 받아들여질 수 없었다.

"……아아, 정말로 깨끗하네요. 마치 갓 태어난 아기처럼 더러움을 몰라요. 당신은 순수하고 고상하여 잔혹하리만큼 새하얀 아름다운 빛이에요."

루카의 몸에서 살의가 흘러넘치기 시작했다.

생겨난 악의에 의해 기압이 변하며 공간을 압박했다.

"하— 하하! 하하…… 하……."

잠긴 목소리로 목청을 울린 루카는 어깨를 들썩이기 시작했다.

"아하하…… 못 해……."

리즈는 처음으로 그녀의 표정이 바뀌는 것을 보았다.

그것은 도저히 인간이라고 형용하기 힘든, 너무나도 동떨어진 흉상(凶相)이었다.

피눈물을 흘릴 것처럼 얼굴을 일그러뜨린 루카는 목이 터져라 외쳤다.

"인정 못 해……!"

루카가 내뿜은 흉악한 기세를 버티지 못하고 지면이 터졌다.

"그런 인간이 있다니, 난 인정 못 해!"

등 뒤로 대량의 분진을 일으키며 루카가 리즈를 향해 빠르게 달려왔다.

거리를 재고 시기를 확인하던 리즈는 망설이지 않고 한 걸음을 내디뎌 『염제』를 내질렀다. 정확히 뻗어 나간 검의 궤적은 허공에 붉은 선을 그리며 루카에게 향했다.

코앞까지 육박한 칼끝— 루카는 가볍게 옆으로 목을 틀어 피했다.

이마의 피부를 살짝 찢은 찌르기 공격의 풍압이 전방의 대기를 크게 도려냈다.

"큭?!"

즉각 무게 중심을 옮긴 리즈는 오른발을 뒤로 이동시켜 몸을 비틀고 팔을 거두어들였다.

"당신이 뭔가를 준비하고 있는 것 정도는 알고 있었어요."

거기서 가해진 위협적인 타격에 리즈는 어떻게든 붉은 검을 휘둘러 대처했지만, 대형 해머에 튕기면서 발이 지면에서 떨어져 몸이 허공에 떴다.

"다음은 이쪽 차례네요."

폭풍이 휘몰아쳤다.

종횡무진 지면을 도려내며 대형 해머가 리즈에게 육박했다.

한 손으로 가뿐히 무기를 다루는 루카의 힘은 경악할 만하지만, 그 이상으로 전율한 것은 신출귀몰한 그녀의 공격이었다.

머리 위로 떨어지는가 싶었는데 실제로는 오른쪽에서 세차게 다가오고 있었다.

기묘한 거동을 반복하는 대형 해머에 농락당하면서도 리즈는 호흡 한 번으로 전부 대응했다.

"하아!"

붉은 칼날에 왼쪽 주먹을 세차게 대며 강제로 도신을 방패로 삼았다.

충격을 흘리기 위해 칼날에 대고 있던 왼팔을 떼고 절묘한 시기를 가늠하여 일격을 피했다. 이어서 대형 해머의 반동으로 루카에게 생긴 커다란 빈틈을 노려 오른발을 힘껏 날렸다.

그러나 몸이 앞으로 기운 루카는 정면으로 발차기를 받아낸 다음, 오른쪽 손목을 틀어 밑에서부터 힘차게 대형 해머를 쳐올렸다.

"내장을 쏟아 내라!"

피할 수 없음을 깨달은 리즈는 자세가 무너진 채로 대형 해머에 몸을 던졌다.

포기한 것처럼 보이는 행동에 루카는 눈썹을 찡그렸지만 리즈는 『염제』를 내질러 칼끝을 대형 해머에 부딪쳤다.

팽팽하게 대항하는 힘의 마찰로 인해 커다란 불꽃이 튀었다.

“어라, 힘겨루기인가요?”

“그럴 리가. 하고 싶으면 혼자 해.”

대답이 끝나기가 무섭게 리즈는 칼자루를 완전히 놓았다.

균형이 무너지면서 『염제』는 하늘 높이 솟구쳤다.

의표를 찔린 루카의 눈동자에 경악이 스치며 하늘에 뜬 『염제』의 모습을 멍한 표정으로 올려다보았다. 그때, 지면에 넘어진 리즈가 오른손을 축으로 그 자리에서 허리를 틀어 루카의 발을 걸었다.

“무슨―?!”

나동그라지는 모습으로 루카의 자세가 크게 무너졌다.

그 모습을 인식한 리즈는 벌떡 일어나 그녀의 복부에 격렬한 발차기를 먹였다.

“커헉?!”

벼랑에서 굴러 떨어지듯 세찬 흙먼지를 휘감으며 루카의 몸은 지면에 통통 튕겨 굴러갔다. 피비린내가 나는 전장에 한차례 회오리바람을 일으키며 루카는 모래 먼지 속으로 사라졌다.

그 모습을 바라본 리즈는 문득 하늘에 시선을 주며 손을 들었다.

"……어서 와."

붉은 칼날에서 항의하는 불길을 내뿜으며 『염제』가 리즈의 손에 돌아왔다.

그 후 리즈는 여전히 세차게 이는 흙먼지를 다시금 응시하며 호흡을 가다듬었다.

주변 소란에 귀를 기울이니 이미 망령부대 대부분이 죽어서 작은 국면은 끝을 맞이하려 하고 있었다.

격렬한 증오에 압도되면서도 장미기사단이 한 걸음도 물러나지 않고 맞선 결과였다.

"……이제 곧 끝나."

강자와 싸운 탓인지, 아니면 『염제』와의 동조가 강해진 덕분인지 전장의 분위기를 알 수 있을 만큼 오감이 예민해졌다.

전장 전체의 분위기는 변하려 하고 있었다.

본진에 육박하던 일부 적군은 완전히 발을 멈춘 듯했다.

그란츠 중앙군에 뚫렸던 커다란 구멍은 메꿀 수 없었던 모양이지만, 반대로 그곳이 함정 같은 역할을 발휘하여 공격해온 여섯 나라 본대를 가뒀다.

후방에서 그란츠 예비군이 공격을 가해 포위한 것 같았다.

"이제 우군과 좌군에 달렸는데……."

좌우로 시선을 주니 멀리서 거칠게 먼지가 일고 있었다.

아직 싸움은 계속되고 있는 듯했다.

칼부림 소리에 묻혀 저쪽 소리는 전혀 들리지 않지만, 이쪽과 마찬가지로 많은 시체가 산처럼 쌓이고 피바다를 형성하고 있을 것이다.

그것을 최소한으로 막기 위해서는—.

"……널 쓰러뜨려야만 하겠지."

천천히 다가오는 여성— 눈을 돌리고 싶어질 만큼 애처로운 상흔이 좌반신에 남았고, 잃어버린 왼팔을 강조하듯 소매는 바람에 펄럭였다.

하지만 그 이상으로 신경 쓰였던 것은 그녀가 짓고 있는 표정이었다.

"……이겔, 이겔, 누나에게 힘을 빌려주세요."

엄마를 찾는 미아처럼 공허한 눈으로 시선을 옮기며 루카는 두개골 앞에서 허리를 굽혔다.

모래 먼지를 몰아내며 중얼중얼 말을 걸고 있었다.

"미안해요. 미안해요. 금방 끝나요. 금방 끝나니까…… 여기서 기다려 주세요."

성모 같은 자애로운 표정으로, 악마 같은 수렁의 눈동자로 일심불란히 두개골을 쓰다듬고 있었다. 그럴 때마다 두개골에서 마른 살점이 떨어졌다.

"춥나요? 조금만 참으면 돼요."

오랫동안 이어진 전란으로 정신이 이상해지는 자는 많다.

그 반응은 천차만별이지만, 루카처럼 망가져 버린 자를 보는 것은 리즈에게 첫 경험이었다.

그녀가 전장에 있는 이유는 무엇인가— 리즈는 루카를 몰아세우는 증오를 모색했다.

복수하기 위해서인가, 죽을 곳을 찾고 있는가, 아니면 살아갈 목적을 찾고 있는가. 다양한 생각이 떠올랐으나 리즈는 전부 틀렸다고 단정했다.

“그란츠의 피를 근절시켜서 이겔의 마음을 충족시켜 줄게요.”

이별을 아쉬워하듯 두개골을 한 번 쓰다듬고서 일어난 루카가 리즈에게 얼굴을 돌렸다.

“슬슬 이겔을 위해 죽어 주시겠어요?”

“……너는 아무것도 없구나.”

그녀의 마음에는 아무것도 없었다.

이겔이라고 불렸던 남자가 누구인지는 모르지만 그를 잃으면서 본래 자신으로 돌아왔을 뿐, 처음부터 루카는 망가져 있었다고 리즈는 결론지었다.

언제, 어디서, 원인은 알 수 없으나 지금의 그녀가 바로 본래의 모습이다.

“……너는 헤매고 있어. 네가 있을 곳을 잃었으니까.”

의존했던 존재를 잃어 버려서 본래의 자신(루카)으로 돌아왔다.

원래부터 그녀는 살아 있으면서 죽은 자, 이 세계에 희망 따위 품고 있지 않았다.

세계에 절망하고 죽음을 원해도— 다양한 요소가 거듭되어 살아남은 것이다.

리즈와는 정반대인 행복— 아니, 불행이리라.

저주받은 아이로 태어났으면서도 많은 인간에게 도움을 받은 리즈.

축복받은 아이로 태어났으면서도 많은 인간에게 학대를 받은 루카.

그리고 두 사람 모두 자신의 바람과는 상관없이 지금까지 살아남았다.

"남의 감정을 들춰내서 만족했나요?"

"글쎄, 어떨까. 하지만…… 너의 정체를 조금 알 것 같아."

"이해해서 뭘 어쩌게요? 나와 당신은 서로를 받아들일 수 없어요."

"그럴지도 모르지……."

리즈가 유감스럽다는 듯 대답하니—.

"그럼 서로를 죽이죠."

루카는 입이 찢어져라 입꼬리를 올렸고, 입안에 생긴 점막이 바람에 끊어졌다.

"이겔과 똑같이— 목을 내놔!"

대지를 박찬 루카는 공중으로 날아 올랐다.

대형 해머가 날카로운 소리를 내며 하늘에서 떨어졌다.

리즈가 옆으로 뛰어 피하자 대지는 세차게 함몰되어 분진을 일으켰다.

그 흙먼지를 빠져나온 루카가 즉각 추격타를 가했다.

"미워, 미워미워, 미워미워미워!"

"윽?!"

붉은 칼날을 옆으로 세워 대형 해머를 막았으나 충격을 죽이지 못하고 리즈는 지면에 내동댕이쳐졌다.

"커헉?!"

"그 예쁜 가죽을 벗겨서 이겔에게 줘야 해!"

피부는 물론이고 티끌 하나 남지 않을 위력으로 대형 해머가 내리쳐졌다.

순간 리즈는 지면을 때려 모래 먼지를 일으켰다.

시야를 빼앗긴 루카의 무기는 궤도를 벗어나 땅에 추돌했다.

"칫!"

혀를 찬 루카가 재차 대형 해머를 내리찍었지만 그곳에 리즈의 모습은 없었다.

"난 여기서 질 수 없어."

루카의 등 뒤로 돌아간 리즈가 『염제』를 휘둘렀다.

루카는 몸을 옆으로 돌려 리즈의 공격을 피하고 오른발을 치켜들어 반격했다.

리즈는 다리에 힘을 줘서 지면을 세게 밟고 몸을 크게 젖혔다.

웅 소리를 내며 공기를 가른 발바닥이 코끝을 지났지만, 시야 끄트머리— 오른쪽에서 대형 해머가 날아오는 것이 보였다.

"하앗!"

리즈는 자세를 바로잡지 않은 채 이를 악물고서 몸을 틀어, 있는 힘껏 『염제』로 요격했다.

격돌— 붉은 칼날과 대형 해머는 힘겨루기 없이 서로 튕겨 나갔다.

그리고 두 사람 다 상대의 목숨을 빼앗기 위해 재빨리 자세를 바로잡고 다시 충돌했다.

1합, 2합, 3합…… 서로가 전력으로 후려치듯 베고 휘둘렀다.

때로는 발을 걸어 넘어뜨리려 하고, 실패하면 주먹으로 때리고, 복부를 노려 발차기를 날렸다.

리즈는 있는 힘을 다해 전력으로 공격했다.

하지만 루카는 전부 파악하고 재빠르게 피한 다음에 바로 반격했다.

변칙 공격과 변속 공격의 응수전.

공기는 낮게 울며 소용돌이치고, 바람은 예리한 칼날이 되어 두 사람을 덮쳤다.

뺨이 베이고, 베인 상처는 열을 냈다. 그러나 두 사람은 욱신거림조차 잊고서 전력으로 서로의 투지를 부딪쳤다. 체력이 바닥날 때까지, 기력이 고갈될 때까지, 누군가의 영혼이 부서질 때까지 혼신의 공방전이 펼쳐졌다.

하지만 마침내 균형이 무너졌다.

"끈질겨, 끈질겨……!"

루카가 숨이 차는지 하늘로 입을 벌려 산소를 들이마셨다.

리즈는 좋은 기회라고 여기고 재빨리 칼끝을 내질렀다.

하지만—.

"……유인한 거예요."

"알고 있었어."

루카의 코웃음 치는 목소리에 리즈는 비아냥거리는 어조로 말했다.

날아온 타격을 참격으로 요격하고 오른손의 힘만을 이용하여『염제』를 하단에서 쳐올렸다. 대형 해머가 머리 위에서 떨어지자 반걸음 옆으로 몸을 틀어 피했다.

그 반동으로 붉은 검의 궤적도 틀어져서 그저 바람만을 갈랐다.

비관에 잠길 수는 없었다. 대형 해머가 여전히 지면에 묻혀 있는 것을 보고 리즈는 이 호기를 놓치지 않겠다는 듯 외쳤다.

"다음!"

기백을 담아 숨을 토한 리즈는 한 걸음 앞으로 나갔다.

그러나—.

"느리네요."

"뭐? —헉?!"

아무런 전조도 없었다. 뭔가 일어날 듯한 위화감도 없었다. 그런데도 오장육부를 꿰뚫는 무시무시한 충격이 느껴졌다. 온몸의 뼈가 부서지는 듯한 소리가 체내에서 메아리쳤다.

쓰러질 수는 없다며 다리에 힘을 주었지만 악문 입에서 대량의 선혈이 터져 나왔다.

지면에 뚝뚝 피를 흘리며 리즈는 오른쪽 옆구리를 누르고 한쪽 무릎을 꿇고 말았다.

"어…… 어째, 서?"

아연실색하며 얼굴을 들자 공허한 눈으로 내려다보는 루카가 있었다.

"죄송해요. 그러고 보니 말을 안 했던가요……."

대형 해머 자루를 사랑스럽다는 듯 쓰다듬으며 루카는 전혀 미안해하는 기색도 없이 말했다.

“저는 세계 5대 보검 중 하나— 법정검(法淨劍) 5멸(滅) 『금강저[바즈라](金剛杵)』의 소지자예요.”

원래부터 평범한 사람이라고 생각하진 않았지만 리즈는 신음하며 일어났다.

“윽…….”

그래도 실력을 따지면 루카보다 자신이 위라고 리즈는 확신했다.

그렇다고 자만하지는 않았고 동정하지도 않았다. 방심 따위, 만에 하나라도 없었다.

“……아.”

물어보려고 해도 말이 잘 정리되지 않았다. 입에서 흘러나오는 것은 선혈뿐이었다.

“아아, 그렇군요. 왜 자신이 그런 처지가 됐는지 알 수 없어서 혼란스러운가 보네요.”

루카는 『금강저』를 힐끗 본 다음, 곤혹스러워하는 리즈에게 눈길을 보냈다.

“『천혜[그랄]』는 『정양[바즈라다라](淨讓)』이죠. 몇 가지 조건이 붙기는 하지만, 자신의 힘을 바치는 대신 상대의 체감 속도를 둔화시킬 수 있답니다.”

“……그래서 내가 잘못 봤다는 거야?”

“네, 당신이 지각했을 때 이미 『금강저』는 그곳에 없었어요.”

“그랬구나……. 근데 왜 가르쳐 준 거야?”

리즈는 아직 이 싸움을 내던지지 않았다.

앞으로도 싸울 것을 생각하면 『천혜』를 가르쳐 준 것은 치명적으로 불리했다.

"당신에게는 충분히 『정양』 받았으니 그 보답 같은 거예요. 알려져도 지장은 없어요."

그러고서 루카는 자못 우습다는 듯 턱에 손을 대고 고개를 갸웃했다.

"어째선지 그 남자한테는 효과가 안 보여서 곤혹스러웠지만 말이죠. 당신한테는 효과가 있는 것 같아서 다행이에요."

리즈의 몸이 떨렸다. 그 말이 의미하는 바를 알았기 때문이다.

거부하는 듯한 반응을 보고 루카는 소리 없는 희열을 드러내며 무아지경에 빠졌다.

"듣고 싶나요? 그 소년의 이름을—."

들어선 안 된다. 변변찮은 결과가 될 것이 뻔히 보였다.

그런데도 몸이 거절을 받아들이지 않았다. 뇌가 그녀의 대답을 바라며 신호를 차단했다.

"꼴사납게 대지에 머리를 조아리고서 목이 잘려 죽은 자의 이야기를 듣고 싶나요?"

교묘한 말로 사람을 조종하는 사기꾼처럼 루카는 뜸을 들이며 리즈의 반응을 즐겼다. 괴로워 몸부림치고, 슬퍼 발버둥치며, 세계에 절망하여 망가지는 리즈의 경과를 관찰했다. 분명 루카는 이 이야기를 하고 싶어서 『천혜』를 밝혔을 것이다.

"……누군데?"

알고 싶지 않았지만, 믿을 생각도 없지만, 감정이 앞서서 묻고 말았다.

전장에 있다는 것조차 잊고서 그저 그의 이름을 묻고 싶었다.

"히로 슈바르츠 폰 그란츠예요."

"아……."

들어도 현실미는 없었다.

왜 물어봤는지 자문자답하는 가운데 시야가 흐려졌다.

마음속 깊은 곳에서 괴로운 감정이 넘쳐흘렀다.

어두운 마음이 가슴에 퍼졌다.

살아갈 희망을 먹어 치우고, 죽어 버린 절망이 멈추지 않았다.

리즈의 뺨에 한 줄기 눈물이 흘렀을 때—.

"망가지기에는 아직 일러요."

"억?!"

한순간의 방심. 루카는 빈틈을 노려 공격했고 리즈의 몸이 지면에 격돌했다.

숨이 턱 막힌 리즈에게 루카가 발뒤꿈치를 내리찍었다.

복부에 강렬한 타격을 받은 리즈는 몸을 기역자로 굽히며 토혈했다.

그래도 몸의 아픔보다 심장이 터질 듯 아팠다.

"으으…… 아아—!"

"당신도 똑같은 곳으로 보내드릴게요. 그러면 외롭지 않겠죠?"

"으윽?!"

옆구리를 차인 리즈의 몸이 날아갔다.

빠르게 지면 위를 활공하는 리즈를 경이적인 속도로 따라잡은 루카가 무시무시한 속도로 대형 해머를 내리찍었다.

"안녕히 가세요, 행복한 황녀님. 조금은 아픔을 알았나요?"

몸을 때려 부수려 하는 『금강저』를 리즈는 흐릿한 시야로 인식했다.

육박하는 대형 해머가 유난히 느리게 느껴졌다.

머릿속에서는 다양한 일들이 주마등처럼 되풀이되었다.

가슴속에서는 다양한 마음이 뒤섞여 하나로 확정되지 않는 감정이 날뛰었다.

몇 번이고 반복되는 경치 속에서, 몇 번이고 망가지는 마음 속에서…….

—리즈는『보았다』.

수없이 추구하고, 애타게 그리며, 매달리려고 했던…….

—소년의 뒷모습을.

"더는…… 포기하지 않아."

이미 충분히 울었다.

이미 충분히 고민했다.

이미 충분히 후회했다.

이미 충분히 변명했다.

그렇다면— 이제 되풀이할 필요는 없다.

“응…… 이제 됐어.”

선명한 경치가 뇌리에 새겨지고 리즈는 오감을 되찾았다.

그리고 눈앞으로 다가오는 대형 해머를 인식했다.

공중에서 순식간에 자세를 바로잡은 리즈는 지면에 발을 딛고 그대로 주먹을 내질렀다.

격음이 연주되었다. 전장에 메아리친 것은 쇠를 후려친 것처럼 몸이 움츠러드는 소리였다.

보통은 누구나 리즈의 주먹이 부서졌다고 상상할 것이다. 하지만 리즈는 여전히 주먹을 내지른 자세였고, 루카는 후방으로 크게 튕겨서 대형 해머에 몸이 끌려가고 있었다.

“말도 안 돼?!”

단순한 주먹에 막혀 튕긴 것에 루카의 얼굴이 경악으로 물들었다.

“……때리겠다고 약속했어.”

어중간한 각오가 꺾인 것 정도로 또 그에게 도움을 구할 뻔했다.

그래서는 안 된다고 몇 번이나 타일렀는데.

그래도 마음은 여전히 응석을 부려서 또 자기 발로 걷기를 포기할 뻔했다.

“짐(나)을, 얕보지 마!”

마치 자신을 질타하듯 내뱉고서 리즈는 화가 머리끝까지 치밀어 루카에게 달려들었다.
하지만 대형 해머를 든 루카가 모든 궤도를 먼저 파악하고 무기를 맞부딪쳐 왔다.
"옆구리가 아프죠? 공격이 예리함을 잃었어요."
"그래서 어쨌다는 거야!"
두 사람이 정면으로 쇳소리를 내며 격렬하게 맞붙는 형태가 되었다.
"참고로 히로 제4황자를 죽인 건 저랍니다. 밉나요? 죽이고 싶을 만큼 살의가 들끓나요?"
"닥쳐!"
"커헉?!"
붉은 칼날에 온 신경을 빼앗겼던 루카의 오른쪽 뺨에 강렬한 주먹이 꽂혔다.
발밑의 지면이 터질 만큼 강렬한 타격을 받았으면서도 루카는 쓰러지지 않고 기우뚱한 자세로 멈춰 섰다. 탁한 눈동자로 쳐다봐도 리즈는 정면으로 마주 노려보았다.
"나는 믿고 있는걸."
그 확고한 눈에 깃든 장절한 의지에 『염제』가 포효했다.
맑게 갠 붉은 불길이 푸른빛을 내며 세계에 흘러내렸다.
리즈가 한 걸음 내딛자 발밑에서 불길이 뿜어져 나와 하늘을 향해 치솟았다.
"더는 망설이지 않기로 했어."
맑고 푸른 불꽃— 날개를 하사하듯 그녀의 몸에 창염(蒼

炎)이 휘감겼다.

"더는 현혹되지 않기로 했어."

리즈는 『염제』를 역수로 잡고 눈높이까지 들어 올렸다.

붉은 칼날을 쓰다듬자 창염이 뿜어져 나와 세계를 뒤덮어 나갔다.

"전력으로 갈 거야."

그날 강해지겠다고 맹세하고, 그날 바랐던 마음을 가슴에 품고서—.

셰올
그 불은 변옥(邊獄).

인페르노
그 불꽃은 지옥(地獄).

푸르가토리움
그 화염은 연옥(煉獄).

레바테인
"화려하게 피어나라—『염제』."

라그나로크
—백화요란(百花繚亂).

리즈의 손에서 『염제』가 소실되고 세계는 붉은색과 푸른색에 휩싸였다.

변화는 그녀의 몸에도 나타났다.

리즈의 전신에 휘감긴 창염이 모든 상처를 순식간에 치유한 것이다.

"시작하자."

감미로운 목소리가 리즈의 목에서 나왔다.

지금까지 보여 줬던 용맹스러움은 없었다. 대담한 울림도 없고 늠름함도 없었다.

있는 것은 청렴하면서도 요염한 목소리였다. 그 미성은 듣는 순간 뇌를 마비시켰다.

"아…… 무슨…… 어……?"

루카는 망연자실하여 입을 뻐끔거리고 자신의 『금강저』를 내려다보았다.

그때, 어떤 광경이 그녀의 시야 끄트머리에 날아들었다.

"이, 이겔?"

그녀가 동생이라고 주장하던 두개골이 불길에 휩싸여 있었다.

"이겔!"

몹시 당황한 모습으로 도약했으나 한발 늦었다.

조금도 주저하지 않고 불길에 손을 집어넣었지만 두개골은 재조차 되지 못하고 사라졌다.

"아, 아아, 아, 아아아아아아아아악!"

필사적으로 긁어모으려고 해도 그 손은 허공을 잡을 뿐, 그녀의 비통한 목소리 따위 전해지지 않았다.

홍련의 불길은 모든 것을 불태워 나갔다. 루카는 검게 탄 하늘을 올려다보며 주먹으로 지면을 때렸다.

"어째서, 어째서어째서…… 왜!"

그리고 얼굴을 들었을 때, 수라가 씐 것처럼 격렬한 증오를 리즈에게 보내며 질주하기 시작했다.

"왜 너희는 나를 방해하는 거야!"

리즈는 아무 대답도 하지 않고 오른손을 휘저었다.

그러자 주위의 불길이 그녀를 지키듯 방패가 되었다.

"아아아아아아아아아아!"

짐승처럼 포효한 루카가 무시무시한 공격을 몇 번이고 되풀이했다.

그러나— 무의미했다.

모든 것이 소용없었다.

마치 생물처럼 꿈틀거리는 불길은 리즈에게서 떨어지지 않고 모든 공격을 막았다. 그래도 루카는 과감하게 일심불란히 계속 공격했다.

"내가 뭘 했다고 이래! 그저 행복을 바랐을 뿐인데! 이런 처사는 너무하잖아! 그저 동생과 행복하게 살고 싶었어! 그거면 족했다고!"

리즈는 불길에 막힌 대형 해머를 바라보며 눈가를 슬프게 찡그렸다.

"지금의 나는…… 답을 알 수 없어."

리즈가 대형 해머를 향해 손을 들었다. 그 간단한 동작만으로 창염이 『금강저』를 감쌌다.

눈 깜짝할 사이에 불꽃은 자루 부분까지 삼켰다.

"젠장!"

타오르는 불길에 깃든 강렬한 열기를 견디지 못하고 루카는 얼굴을 찌푸리며 무기를 놓았다.

"하지만 반드시 찾아 보이겠어."

리즈에게 휘감긴 창염이 팽창을 개시했다.

이윽고 그것은 형태를 이루어 붉은색과 푸른색이 뒤섞인 사자가 되었다.

그 몸집은 대형 괴물(몬스터)을 뛰어넘었고, 꼬리는 뱀처럼 길게 허공에서 춤췄다.

날카로운 이빨 사이로 불꽃의 침이 대지에 방울져 떨어졌다. 화염 발톱이 지면을 도려냈다.

"하…… 뭐야, 그건……."

압도적인 존재감 앞에서 루카는 포기한 것처럼 지면에 무릎을 꿇었다.

"왜…… 아무도 나를 안 도와주는 거야."

리즈가 하늘을 향해 손을 들자 사자는 포효하며 루카에게 달려들었다.

힘이 다했는지 루카는 도망치려 들지도 않고 달려드는 사자를 바라보았다.

"이겔…… 미안해."

루카는 멍하니 그 광경을 바라보다가 뭔가가 보였는지 탁한 눈으로 한 줄기 눈물을 흘렸다.

"누나가 원수를 갚지 못했어."

그 비통한 외침— 너무나도 작은 목소리는 눈물과 함께 업화에 삼켜졌다.

폭발적인 불길이 주변 일대에 퍼졌다.

대지가 흔들렸고, 검은 연기조차 지워 버리며 지옥의 업화가 지상에 휘몰아쳐 생명을 모조리 태워 나갔다.

이윽고 약해진 불길은 희미한 그을음을 남기며 사라졌다.

리즈는 무표정하게 한 점을 바라보고 있었다.

시선 끝에는 한 여성— 다양한 고난을 만났던 루카가 쓰러져 있었다.

리즈는 루카를 죽일 수가 없었다.

"……."

자신이 생각하기에도 안이했다. 그래도 도저히 죽일 수가 없었다.

하지만 망설이지 않겠다고 맹세했다.

자신의 마음을 따라, 그것이 잘못된 선택이더라도 나아가기로 했다.

이것이 그 첫걸음, 그녀(루카)에게 무엇을 해 줄 수 있을지 리즈는 알지 못한다.

하지만 살렸으니 그녀를 지탱할 책임이 있었다.

"일단은 속죄하자. 그다음에…… 같이 목표라도 찾을까?"

정신을 잃은 루카에게 말을 건 순간—.

"너는 그 길을 택했구나."

여전히 세계가 단절된 가운데 박수 소리가 울렸다.

외적이 침입할 수 없도록 주위에 『염제』로 화염벽을 쳐 두었을 텐데…….

리즈가 꿰뚫을 듯한 눈빛으로 고개를 돌리니 홀연히 선 한 남자가 있었다.

기묘한 가면을 쓰고서 하얀 옷을 입었고, 허리에는 꺼림칙한 흑도를 차고 있었다.

"초대 황제조차도…… 제2대 황제조차도, 아니, 역대 황제 중 누구도 택하지 않았던 길이야."

남자는 어딘가 기쁜 것처럼 말하며 다가왔다.

"하지만 이번에는 그 선택을 존중할게."

그리고 리즈 앞에 멈춰 서더니 루카에게 시선을 옮겼다.

"그러니까 그녀의 몸은 이쪽에 양보……."

다시 리즈를 바라본 남자의 말은 도중에 끊어졌다.

왜냐하면—.

리즈가 **웃음**을 짓고 있었기 때문이다.

*****

"뭐든 안다는 얼굴로, 뭐든 아는 것처럼 말하지 마!"

안면에 충격이 느껴지나 싶더니 정신을 차렸을 때는 하늘을 올려다보고 있었다.

아픔을 알기도 전에, 무슨 일이 일어났는지 이해하기도 전에 복부에 충격이 덮쳤다. 그 이유는 명백했다. 리즈가 올라탄 것이다.

"아무도 네가 하는 일에 기뻐하지 않아! 누구도 행복해지지 않아!"

멱살을 잡힌 히로는 강제로 상체가 들렸다.

"그저 독선일 뿐이잖아!"

머리가 흔들려서 사고가 제대로 정리되지 않았다. 뭔가 말하고 싶어도 그럴 수 없었다.

"그런데 어째서 뭐든 직접 해결하려는 거야!"

눈초리에 노여움을 드러낸 그녀의 얼굴을 보니 아무 말도 할 수 없게 되었다.

"어째서 아무도 의지하려 들지 않는 거야!"

밀쳐지듯 지면에 내동댕이쳐졌다.

눈물을 참으며 감정을 폭발시킨 리즈를 보고 히로는 알티우스의 말을 떠올렸다.

"……그런가."

알티우스의 말이 맞을 것이다.

자신이 해 온 일은 전부 자기만족이었을지도 모른다.

왜냐하면 리즈는 아무것도 구원받지 못하고 이렇게 히로를 책망하고 있으니까.

"미안해…… 널 상처 입힐 생각은……."

"시끄러워! 멋대로 단정 짓지 마!"

리즈의 뺨으로 뻗은 손이 튕겨 나가고 대신 그녀의 박치기가 날아왔다.

신음하는 것도 잊어버렸다. 그녀의 우는 얼굴을 보니 아무것도 느껴지지 않게 되었다.

"나는 바보니까! 제대로 말해 주지 않으면 몰라!"

멱살을 움켜잡은 양손을 떨며 리즈는 히로의 목에 얼굴을 묻었다.

"있지, 가르쳐 줘……."

"어?"

"……약한 걸까?"

쉬기 시작한 목소리가 히로의 고막을 진동시키고, 흘러넘치는 눈물이 목을 적셨다.

"나는, 그렇게 의지가 안 될 만큼 약한 걸까……?"

"……."

히로가 말을 잇지 못하고 있으니 그녀가 오열하기 시작했다.

"그렇다면…… 강해질, 테니까……."

히로의 목에 팔을 두른 리즈는 연약한 힘으로 그를 끌어안았다.

"누구에게도 지지 않을 만큼, 강해질 테니까……."

고개를 든 그녀는 울지 않겠다는 듯 애써 얼굴을 일그러뜨리고서 확실한 빛을 눈동자에 담고 있었다.

"너의 무거운 짐을 짊어질 수 있을 만큼 강해질 테니까—."

눈물이 떨어졌다.

무척 따뜻하고 상냥한 온기를 품은 비가 히로의 얼굴에 쏟아졌다.

"……그때까지 기다려 줘."

다정한 손짓으로 리즈가 뺨을 만졌다.

"반드시 데리러 갈 테니까. 네가 짊어진 것을 전부 뺏으러 갈 거야."

히로의 부은 뺨을 미안하다는 얼굴로 어루만지며 그녀는 꾀꼬리 같은 목소리를 계속 떨었다.

"그러니까…… 그때까지는 네가 하고 싶은 대로 해."

욱신거리는 뺨의 통증이 사라졌다. 찌는 듯한 열기가 가셨다.

"그래도 네가 버틸 수 없다고, 중압을 견딜 수 없다고 한계를 느끼면 나한테 돌아와."

억수 같이 눈물을 흘리고 흐느끼며 그녀는 웃었다.

"세계가 널 버려도 난 마지막까지 함께 있어 줄게."

쑥스러운 듯 눈물에 젖은 눈꼬리를 닦은 리즈는 미소 지었다.

"이렇게나 말했는데도 모르겠다면—."

리즈가 일어나면서 복부에서 무게가 사라졌다.

"반드시 널 앞지를 거니까."

머리 위에서 내려앉은 것은 그녀의 뜨거운 마음이 담긴 말이었다.

"—기대해."

떠나가는 그녀의 기척을 느끼며 히로는 소리 죽여 어깨를 떨었다.

"아아……."

히로는 양손으로 얼굴을 덮었다.

그녀의 강한 말이 가슴에 울렸기 때문이다.

결별— 아니, 미미하지만 이어져 있었다.

원망하더라도 히로는 반론할 수 없었을 것이다.

모든 원한을 주먹에 담았더라도 히로는 반격할 수 없었을 것이다.

그럴 만한 일을 그녀에게 해 버렸다.

그러나 그녀는 용서한다고— 히로가 있을 곳을 남기겠다고 말해 줬다.

가슴 안쪽에서 기쁨이 북받쳤다. 참을 수 없는 기쁨이 가슴에 퍼졌다.

이제 그녀는 히로의 뒷모습을 보고 있지 않았다.

그 앞을 응시하고 걷기 시작했다.

'이렇게 기쁜 일이 있을까…….'

떼쓰는 어린아이 같은 자신은 발뒤꿈치에도 미치지 못했다.

1000년 전부터 걸음을 멈춰 버린 자신과는 달리 그녀는 나아가기 시작했다.

강하다— 경의를 품을 만큼 순수하게 그런 생각이 들었다.

'그렇다면 나도 나아가자.'

목표가 아니라—.

넘어서야 할 상대로서 그녀 앞에 서자.

당당하게 그곳으로 돌아가기를 바라며—.

'네가 나를 앞지르는 날이 올 것을 믿고 기다릴게.'

히로는 지면에 떨어진 가면을 다시 얼굴에 썼다.

# 에필로그

깨어났을 때— 모든 것이 끝난 상태였다.

후각을 마비시킬 만큼 꺼림칙한 악취가 강제로 의식을 각성시켰다.

상체를 일으키니 초원을 뒤덮은 것은 까맣게 불탄 병사들의 시체였다.

"윽…… 왜, 내가 살아 있지?"

그때 불길에 휩싸여 먼지가 되었을 터다.

하지만 몸은 아무 데도 아프지 않았다. 얻어맞은 둔통만이 안쪽에 울리고 있을 뿐이었다.

그렇게 당황하는 그녀에게 말을 거는 자가 있었다.

"……정신이 들었어?"

그 모습은 기묘하다는 한마디로 정리되었다.

섬뜩한 가면을 쓰고 하얀 군복을 입고서 죽음으로 넘쳐 나는 세계에 위풍당당하게 앉아 있었다.

"……너는 누구죠?"

눈을 날카롭게 빛내며 기세를 부려 보았지만, 눈앞에 앉은 남자의 이상한 기운에 스스로도 깜짝 놀랄 만큼 압도되고 말았다.

땀이 멈추지 않았다. 공포로 몸이 떨렸다.

목숨이 사라지는 감각— 살을 도려내듯 간단히 혼이 에였다.

"건강해 보여서 다행이야. 죽으면 그녀의 각오가 무용지물이 되니까."

가면 쓴 남자가 입을 열 때마다 이상하리만큼 사나운 패기가 피부를 태웠다.

"지금 너에게는 두 가지 길이 있어."

"……."

"옛 전장에서 썩기를 기다리거나, 새로운 전장을 목표로 걷거나."

자, 어느 쪽을 택할래?

품평하는 듯한 시선이 온몸에 얽혀 들었다.

급속도로 목이 타고, 폐가 산소를 달라며 날뛰었다.

두 사람 사이에 침묵이 길게 감돈 후— 가면 쓴 남자가 한 번 탄식하고서 움직였다.

"두 가지 선택지— 결단하기는 어려워. 하지만 선택하고 난 뒤는 단순해."

남자는 그렇게 말하며 천천히, 천천히 팔을 들었다.

"크……."

그에 반응하여 몸을 긴장시켰지만, 얼굴을 덮은 가면을 잡은 남자는 조용히 다가왔다.

"그렇게 과하게 반응하지 않아도 돼."

그리고—.

"다시 태어나길 원해? 종언을 원해?"

가면을 벗은 남자의 얼굴이 드러났다.

그 순간 머릿속이 새하얘졌다.

"……죽여 버리겠어."

자연스럽게 말한 것은 명확한 살의였다.

"그럼, 희망을 줄게."

산뜻함을 넘어 불길하게 느껴질 정도로 남자는 웃었다.

## ■작가 후기

『신화 전설이 된 영웅의 이세계담 7』을 구매해 주셔서 감사합니다.

전권부터 이어서 읽어 주신 분은 반갑습니다.

이번 권도 중2를 활짝 펼쳐 보였는데 즐겁게 읽으셨나요?

일단 이번 7권은 제1부가 완결되는 권입니다.

다음 권부터는 제2부가 개시되는데, 지금까지 그랬던 것처럼 중2가 가득한 작품을 보여 드릴 예정입니다. 그리고 아직 나오지 않은 소인족(드워프)이나 수족(앤스로)이 등장할 수도 있고 안 할 수도 있다고 애매하게 말씀드리지만 분명 재미있을 겁니다. 이렇게 스스로 허들을 높여 압박을 가해 두겠습니다.

각설하고 독자 여러분, 죄송하지만 표지를 한번 봐 주세요.

보셨나요? 그럼 어디에 주목하길 원하는지 아셨을 겁니다.

멋있는 히로가 있었다고요? 그렇죠, 금색 눈으로 노려보면 저항할 마음을 잃거나 반하거나 둘 중 하나밖에 없습니다. 권수가 쌓일수록 점점 멋있어지는 주인공입니다. 하지만 이번에 주목하셨으면 하는 부분은 거기뿐만이 아닙니다. 거기뿐만이 아니에요.

클라우디아의 배꼽, 배입니다. 엄청 선정적이라고 느꼈는데 저만 그런가요?

일러스트를 받았을 때, 맨 처음에 제가 주목한 것은 클라우디아의 배꼽이었습니다.

탄탄한 복근, 서혜부의 아름다운 곡선이 어우러져 배꼽이 돋보인다고요.

정말이지 발칙해요. 눈 호강입니다. 빤히 바라보다가 침 흘릴 뻔했습니다.

물론 가슴이나 허벅지도 좋지만, 역시 저는 애끓는 심정으로 배꼽을 추천하고 싶습니다.

독자님들은 어디를 가장 좋아하시나요?

그럼 감사 인사를 드리겠습니다.

미유키 루리아 님, 미려하고 멋있게 완성되는 일러스트들은 제 안에 잠든 새로운 가능성을 깨웁니다. 정말로 감사합니다.

담당 편집자 S님, 담당 편집자 I님, 변함없이 모자란 점이 많았겠지만 앞으로도 힘을 보태 주시면 좋겠습니다. 편집부 여러분, 교정자분, 디자이너분, 본 작품과 연관된 관계자 여러분, 앞으로도 잘 부탁드립니다.

그리고 독자 여러분. 여기까지 올 수 있었던 것은 여러분이 지지해 주신 덕분입니다. 진심으로 감사드립니다.

앞으로도 더욱 멈추지 않는 중2를 발신해 갈 테니 응원해 주시기 바랍니다.

그럼 또 뵐 날을 기대하고 있겠습니다.

타테마츠리

갈라진 두 사람의 길―
2년의 시간이 흐르고……
음모가 소용돌이치는
군웅할거의 대륙에서
왕도(王道)와 패도(覇道)가
리즈 히로
서로 맞부딪친다!
신화 전설이 된 영웅의 이세계담 8권
기대해 주세요!

이야기는 새로운 장으로!

# 신화 전설이 된 영웅의 이세계담 7

초판 1쇄 발행 2019년 7월 10일

**지은이_** Tatematsuri
**일러스트_** Ruria Miyuki
**옮긴이_** 송재희

**발행인_** 신현호
**편집국장_** 김은주
**편집진행_** 최은진 · 김기준 · 김승신 · 원현선 · 권세라
**편집디자인_** 양우연
**국제업무_** 정아라 · 전은지
**관리 · 영업_** 김민원 · 조인희

**펴낸곳_** (주)디앤씨미디어
**등록_** 2002년 4월 25일 제20-260호
**주소_** 서울시 구로구 디지털로 26길 111 JnK디지털타워 503호
**전화_** 02-333-2513(대표)
**팩시밀리_** 02-333-2514
**이메일_** lnovelpiya@naver.com
**L노벨 공식 카페_** http://cafe.naver.com/lnovel11



ISBN 979-11-278-5133-0 04830
ISBN 979-11-278-4025-9 (세트)

**값 7,000원**